# L'audace d'aimer en héritage

Chantal Mirail

© Chantal Mirail, 2025
Édition : BoD · Books on Demand, 31 avenue Saint-Rémy,
57600 Forbach, bod@bod.fr
Impression : Libri Plureos GmbH, Friedensallee 273,
22763 Hamburg (Allemagne)
ISBN : 978-2-3225-6113-1
Dépôt légal : Février 2025

*On ne chante bien que dans les branches de l'arbre généalogique.*
*Proverbe.*

## A- Ameysin

Et c'était la première fois. Mais comment l'aurait-elle su ? Comment savoir qu'on n'a pas atteint la jouissance quand on n'a jamais joui ?

Du plaisir, elle en avait eu, son corps en était avide, frémissant à l'approche de l'homme, à son odeur, au son grave de sa voix. Dès les premiers jours, elle avait senti ce feu couvant en elle, cet appel de toutes les fibres de son corps aux caresses de son mari. Un simple regard pouvait l'embraser toute entière, un frôlement d'épaule titillait jusqu'au bout de ses seins, elle sursautait au simple contact de cet homme qu'elle n'avait jamais vu avant son mariage et qui lui semblait si homme. Oui, c'était un homme fait, tandis que ses dix-sept ans la laissaient inachevée. En tant que femme en tous cas. Elle aimait ces moments de l'amour, les attendait avec gourmandise, ne se dérobait jamais. Et pourtant. Pourtant quand le grand corps à côté d'elle se relâchait, quand elle-même se laissait aller à la tiédeur des draps, à leur odeur d'après l'amour, elle ressentait au creux de son sexe un malaise, une amertume, une exaspération, la faim d'un ventre saturé de nourriture, le vide d'une carafe débordant d'un liquide sirupeux. Dans l'amour, l'avant est meilleur que l'après, se disait-elle. Sans savoir que les extraordinaires délices du désir ne sont rien face à la satisfaction du désir, sans savoir qu'elle n'avait encore jamais eu sa part.
Elle l'aimait, ce mari. Il était paisible, dur à la tâche, facile à vivre. Pas causant, certes, en Savoie les

mots semblent toujours un superflu incommodant. Il chantait par contre. A toutes occasions, et sa voix ressemblait aux cloches de l'église et, comme les cloches de l'église, amenait à se taire, à fermer les yeux, à écouter. Oui, la vie avec cet homme aurait été simple s'il n'avait pas fallu vivre aussi avec ses parents. On n'épouse pas un homme, on épouse une famille et si le mariage n'est qu'une guerre à l'envers, la guerre n'est jamais totalement neutralisée et s'insinue entre bru et belle mère, entre sœurs et beaux-frères quand ce n'est pas entre mari et femme.
Jeanne pourtant avait été chaleureusement accueillie par son beau-père, un homme avenant et direct. Il lui avait souhaité la bienvenue avec deux gros baisers sur les joues.

Elle revenait alors de sa nuit de noce chez la cousine Marcelle. Les jeunes gens du village, après une nuit de beuverie, les avaient dénichés au petit matin dans ce lieu resté secret jusqu'au dernier jour et leur avait apporté le pot de chambre des mariés bordé de coulures marron, empli d'une liqueur blanchâtre où surnageaient des morceaux de mousse beige. Jeanne n'avait jamais apprécié cette coutume et son air dégoûté avait décuplé les rires du groupe. Le jeune marié avait ri complaisamment, juste pour respecter les convenances, -Clément savait toujours se conformer aux attentes tout en restant sur son quant-à-soi- et avait porté à sa bouche une première bouchée, encourageant des yeux sa jeune épousée. Jeanne avait hésité, ce jeu lui semblait bien stupide mais elle n'osait pas refuser. Elle ferma les yeux, mit à sa bouche les biscuits trempés de mousseux et enrobés de chocolat, essayant d'en oublier la présentation scatologique. Elle aurait aimé que son mari refuse cette coutume comme avait eu le courage de le faire son cousin Antoine. Elle épiait l'homme à ses côtés. Elle en savait si peu de choses. Etait-il un homme courageux ? Il en avait l'allure, avec ses épaules carrées, sa moustache fournie et son buste bien dressé. Et ses yeux ? Peut-on lire le caractère de quelqu'un dans ses yeux ? Elle en doutait. Ses pensées l'extrayaient du groupe bruyant qui avait envahi la chambre et la livrait aux délicieuses saveurs du pétillant marié au chocolat tandis que les biscuits à la cuillère fondaient sous sa langue. Les plaisanteries autour d'elle tournaient à la grivoiserie, les jeunes gens avaient tous beaucoup bu en cette nuit de noces qu'ils avaient prolongé jusqu'à l'aube.

- Allez, Clément, trempe le biscuit.

C'en était trop. Jeanne ne pouvait supporter ces allusions grossières et ces rires lourds, dignes d'une cour d'école primaire, qui faisait de la sexualité un cloaque écœurant. Elle se leva brusquement avec un air déterminé qui les surprit tous.

- Je vais m'habiller, dit-elle.

Ils se levèrent aussitôt, se dirigeant vers la porte. Mais le plus excité de tous, un jeune moustachu frêle et nerveux, tenta de reprendre l'avantage, de revenir vers le lit en rameutant la troupe des jeunes fêtards.

- C'est pas tout, faut consommer ! Un baiser, un baiser !

Clément se leva tranquillement, écarta les bras, le repoussa doucement, fermement.

- Jeanne va s'habiller. Attendez-nous dehors.

Et c'est ainsi que fut leur vie : Clément se livrant aux convenances, Jeanne se dressant contre celles qui l'entravaient, Clément la suivant, abandonnant ses réserves par souci de la protéger, subjugué qu'il était par sa détermination. Aurait-elle pu se douter que son audace à vivre se répercuterait en ricochets de bonheurs et de malheurs tout au long de sa vie, de celle de ses enfants et sur plusieurs générations ?

Ces premières semaines dans sa nouvelle maison, dans cette famille qui était devenue la sienne, furent tranquilles et sereines. Elle se mit au travail avec ardeur. Elle n'avait jamais compté sa peine et il était bien plus agréable de travailler pour soi que chez les autres. Son mari ne se mêlait jamais de ce qu'elle avait à faire. Seule sa belle-mère lui donnait des ordres. Elle s'aperçut vite pourtant que celle-ci acceptait avec plaisir ses initiatives, dans la mesure où elles la soulageaient. C'était une femme fatiguée et qui n'aspirait qu'à souffler un peu. Et c'est ainsi que Jeanne prit peu à peu les rennes, à condition de trimer de l'aube à la nuit. Ce qui lui était naturel. Elle ne se lassait pas de voir la merveille d'un gratin réussi, le tas de cerneaux de noix s'agrandissant, les gerbes de paille méticuleusement engrangées, les raisins dégoulinant dans le pressoir. Elle transformait le monde avec une vitalité toujours neuve.

Mais son beau-père n'attendit pas les vendanges pour se montrer entreprenant. Il se trouvait mille raisons pour traîner à la maison après que son fils soit parti aux champs. Il se plaçait juste derrière elle au moment où elle se baissait pour enfourner un plat dans la cuisinière, faisait tomber sa blague à tabac sous ses pieds, arrivait dans l'écurie quand elle faisait ses besoins. Il lui demandait de vérifier sur son torse s'il n'avait pas attrapé une tique et elle sentait son souffle lourd sur ses cheveux. Il se plaignit d'une bronchite et voulut que ce soit elle qui le soigne. Elle ne savait que faire, aussi honteuse que furieuse. Elle tenta de le repousser par des gestes brusques. Mais il s'enhardissait. Un jour de foire, il passa sa main sur son corsage, pour voir la qualité du tissu, disait-il, car il voulait en acheter du semblable. Et sa main glissa sur son cou. Elle sursauta, furieuse, voulut lui dire son fait. Mais il regardait ailleurs comme si rien ne s'était passé. Réagir, c'était se mettre elle-même en position de fille séduite. Par un beau-père : l'impensable. Elle se révoltait, si elle parlait, si elle lui disait de cesser, c'est comme si elle faisait exister ces gestes déplacés. Ni son mari ni sa belle-mère ne se rendait compte de ce qui se passait et n'aurait pu l'admettre si elle en avait parlé. Alors elle adapta sa stratégie à la sienne. Il usait de toutes les ruses pour l'approcher, elle usa de toutes les ruses pour le fuir. Elle n'était jamais où il l'attendait et elle s'éclipsait juste au moment où il croyait l'avoir. Elle en fit un jeu, le provocant, le narguant. Avec des moments de désespoir, de rage impuissante, de dégoût quand il réussissait à la toucher ou à violer son intimité.

Un jour que Clément était aux champs, elle le crut parti avec lui. Elle voulut descendre une bassine à confiture rangée au-dessus du buffet. Elle monta sur une chaise après avoir accroché le bas de ses jupons à sa ceinture pour ne pas s'accrocher dedans. Elle ne l'entendit pas venir, sentit sa main sur sa jambe avant même de l'entendre.

- Attend que je te tienne sinon tu vas tomber.

Elle se retourna, furieuse, manqua tomber réellement. Il prit cet air à la fois innocent et satisfait qu'elle détestait. Il lui faisait savoir que cette fois il avait gagné, qu'il avait eu son petit plaisir malgré elle. Elle se sentit salie, humiliée. Violée. Elle le repoussa avec rage mais elle sentait bien qu'il se délectait de sa colère. Il lui restait une arme : l'indifférence. A partir de ce moment, elle ne le vit plus. Elle réussit à se le rendre totalement transparent, inexistant. Et comprit que pour lui, c'était insupportable. Il essaya quelques provocations, quelques méchancetés sournoises. Il renversait sa tasse à son passage, lui déchirait son tablier préféré, réclamait les plats qu'elle détestait et refusait qu'on cuisine ce qu'elle aimait. Elle restait stoïque.

Ce petit jeu se calma, ou peut-être ne le remarqua-t-elle même plus, quand elle se trouva enceinte et pendant toute sa grossesse. Quand elle se sut réellement grosse, elle paniqua, elle était si jeune ! Elle n'en dit rien, honteuse de cette réaction inattendue, anormale. Quand on se marie, c'est pour avoir des enfants bien-sûr. Mais saurait-elle s'en occuper ? Oh, elle avait l'habitude de nourrir, changer, faire dormir un bébé. Elle avait eu un petit frère qui était plus souvent dans ses bras que dans ceux de sa mère. Mais allaiter ? Mais accoucher ? Elle ne savait pas très précisément comment ça se passait, n'ayant pour expérience de cet évènement que les cris de sa mère derrière la porte de la chambre. Des cris à faire frémir. Et quelle mère pouvait-elle être ? Elle se sentait tout à coup si petite fille.

Clément, dès qu'il eut compris que ses vomissements matinaux n'étaient pas dus à une maladie mais à son état, l'entoura de prévenances silencieuses. La considération respectueuse qu'il lui montrait la fit femme plus que ne l'avait fait leurs ébats amoureux. Il avait épousé une enfant, fait l'amour à une enfant, paternellement. C'est une femme qui lui donnait un rejeton. Elle s'installa peu à peu dans son état. Un soir d'hiver, alors qu'ils étaient tous réunis autour du feu à trier des noix dans la monotonie des gestes et des bavardages, elle se laissa aller à une douce rêverie, caressa son ventre sous le tablier. Elle se sentait bien, pleine, complète. Tiens, se dit-elle, c'est donc vrai qu'il y a un grand plaisir à être enceinte. A moi aussi, cela m'est donné, ce…cette…béatitude. Elle berça ce mot en elle, doucement : béatitude. Sans bien savoir d'où il venait. Elle le retrouva à l'église le dimanche suivant mais elle l'avait déjà oublié.

Et la petite Rose naquit, sans se presser, tranquille. Et c'est ainsi qu'elle vécut, sans se presser, tranquille. L'accouchement fut long, sans douleur excessive pourtant et Jeanne s'installa dans une maternité heureuse mais sans passion. Ce prénom, Rose, lui fut imposé par les traditions familiales de son mari, dont la mère, promue marraine, portait ce nom ainsi que sa cousine. Mais Jeanne dès qu'elle vit l'enfant et sa bouche en corolle n'entendit en Rose que la fleur. Et en planta dans son jardin. Quel plus bel ornement pour une vie de femme que cette enfant facile et paisible ? Rose fit de Jeanne une mère réussie.
Sa passion de mère lui vint avec Tyvan. Elle le désira, ce deuxième enfant, bien assurée qu'elle

était dans son statut de mère. Et elle le désira garçon. Mais ce tourment qui la lia à lui n'était-il pas prémonitoire du grand malheur ? Il venait de naître quand sonna le tocsin de la grande guerre qui emmena son Clément loin d'elle.

Elle n'y croyait pas. Le Ciel l'avait protégée en lui donnant ce mari brave, travailleur, respectueux, cadeau surprise dans sa corbeille de mariée, le Ciel ne pouvait pas le lui reprendre ni l'éloigner alors qu'elle accouchait juste de son deuxième enfant et que la ferme ne pouvait fonctionner sans lui. Il partait, la laissant seule avec deux enfants et des beaux-parents encombrants qui avaient pris l'habitude de se reposer sur le jeune couple. Elle craignait aussi que son beau-père ne profite de l'absence de son mari pour la tourmenter encore.
Le jour de son départ, Clément s'approcha d'elle et lui mit la main sur le cou. Elle frémit. Elle aurait voulu lui dire quelque chose, des mots d'espoir et de réconfort. Mais elle ne savait pas et lui encore moins. Ils se regardèrent.
- Donne-moi une photo de toi, dit-il.
Elle sentit ses yeux se mouiller, courut au buffet de la chambre, en sortit un carton qu'elle déposa sur le lit, y étala les quelques photos qu'ils possédaient, celle de leur mariage, celle de Rose bébé.
- Tiens, emporte celle-là, tu l'aimais bien.
C'était une photo prise juste avant son mariage. Elle posait à côté de sa sœur Marie, fièrement plantée devant le photographe, avec ce si beau corsage que sa mère lui avait fait coudre dans un tissu satiné rosé que lui avait donné sa patronne. Ses cheveux y sont tellement tirés en arrière qu'on dirait qu'elle les porte courts, comme le font parait-il les femmes de

Paris. "Ça te donne un air de garçon" lui avait dit Clément.
- Et celle-là, c'est ma préférée à moi, murmura-t-elle.

Elle la regarda longuement, caressa le bel uniforme de son Clément, sa moustache fière, son visage carré, solide. Elle la lui tendit. Il la contempla en soupirant.
- Je ne pensais pas être obligé de remettre un uniforme. Trois ans de régiment, c'était bien suffisant.
- C'est vraiment pas de chance. Tiré au sort il y a dix ans et rappelé aujourd'hui…
- Bah, le régiment, c'était pas si terrible et c'est bien la seule occasion que j'ai eu de voir du pays. C'est comme ça que j'ai découvert Grenoble, une bien belle ville. Mais c'était long, affreux comme c'était long. Je savais ce que c'est que de travailler mais je ne savais pas comme c'est dur de s'ennuyer. Heureusement qu'il y avait les copains, les chansons, l'accordéon, c'est là que j'ai appris.
- Mais maintenant c'est la guerre.
- Elle ne va pas durer, je serai vite revenu de par chez nous.
- J'ai si peur qu'il t'arrive quelque chose.
- Parle pas de malheur, ça va l'attirer.
- Prends bien garde à toi, mon homme.

Elle lui glissa dans la main une médaille de la vierge
- Emporte-là, elle te protégera.

Il la plaça dans son portefeuille avec les deux photos.

Si la Vierge l'avait protégé, elle aurait évité qu'il soit blessé, ce fameux 28 mai. La médaille arrêta la balle qui aurait pu lui transpercer le cœur, c'est vrai, et ça ressemblait bien à un miracle. Mais le morceau de ferraille à l'effigie de la Vierge ne put dévier celle qui l'atteint à l'aine, blessure qui brisa sa vie. Mais il ne le saura, ne le pensera que bien longtemps après.

Et Tyvan grandit sans connaître son père, fit ses premiers pas sans le secours d'une main paternelle, ses premiers caprices sans les gronderies d'une voix virile, ses premiers mots furent maman, tata, pépé et il sut dire *mon père* sans avoir dit *papa*. Il courait seul déjà dans toute la maison, dans le jardin, l'écurie et la grange et même jusqu'aux champs, il connaissait le Flon, les mûriers sauvages et les bois de châtaigniers de l'Os sans que jamais la silhouette d'un père n'y ait été mêlé, sans que jamais le propriétaire des lieux n'y ait été présent. Son père n'était qu'un mot dans la bouche de sa mère. De cette attente, il était absent comme l'est un spectateur, pas directement concerné. Son père n'était qu'un creux dans l'esprit de sa mère.

Depuis le départ de son fils, le beau-père avait changé. Il s'était vite rendu compte qu'il pouvait compter sur sa bru bien plus que sur sa femme, réservée, timorée, ressassant ses malheurs. Il se mit à considérer Jeanne comme une compagne de travail qu'il consultait volontiers, sur qui il pouvait s'appuyer. Il la respectait. Et du coup il la respectait aussi en tant que femme. Il n'eut plus jamais de gestes ambigus. Peut-être est-il plus facile de tromper un présent qu'un absent ? En tous cas ce fut pour elle un véritable soulagement. Elle put relâcher sa méfiance, ne plus vivre sur le qui-vive. Ce fut une époque bien courte. Il tomba malade, une

vilaine fièvre dont il ne se remit pas. Il était sans force, ne pouvait plus tirer la charrue, peinait à soulever la faux. Jeanne commença à prendre des décisions mais il montrait son autorité par à coup, gérant le peu d'argent qui rentrait comme s'il l'avait seul gagné, ce qui la mettait en rage. Pourtant il finit par comprendre qu'elle était plus à même que lui de régenter. Il ne dit rien mais cessa toute activité, refusa tout travail au champ. Il baissa les bras, d'un coup, se réfugia près de la cheminée qu'il ne quitta plus. Quelques mois plus tard, on le trouva mort sur sa chaise, affalé, comme surpris par l'immobilité mortuaire.
Jeanne devint seule chef d'exploitation.

Elle se trouva dans un état de panique et de soulagement. A la peur de ne pas être à la hauteur se mêlait la griserie d'être enfin seule à gérer sa vie. Sa vie et celle de ses enfants, de sa belle-mère, de la ferme. Elle avait connu l'autorité d'un père, de ses frères puis celle de son beau-père. Son mari, elle avait vite compris qu'il ne la commandait pas, qu'elle pouvait le mener là où elle voulait si elle savait s'y prendre. Mais il ne dirigeait pas non plus la maison, s'en remettant totalement à son père. Il ne sortait de sa réserve que lors de colères mémorables qu'on se racontait à l'envi. A sept ans il avait cassé une dent à un garçon plus fort que lui qui s'était moqué de lui, à quinze ans, c'était contre un gendarme qui l'avait traité de *péquenot*, il avait fallu faire intervenir un ami de la famille, bourgeois de Yenne, pour lui éviter la prison. Depuis son mariage, ses colères avaient toujours été en faveur de Jeanne car il ne supportait pas qu'on puisse lui manquer de respect ou la peiner de quelque manière. Même sa mère avait été, pour la première fois de sa vie, victime d'une colère de son fils parce qu'elle avait traité Jeanne de coquette. Jeanne avait le cœur serré en pensant à ces colères qui la protégeaient et dressaient autour d'elle un mur d'affection. Oh, ce n'est pas avec le respect de son homme qu'on fait marcher une ferme, il faut aussi se battre contre les commerçants pour le prix des produits à vendre, il faut avoir le courage de changer de cultures, d'acheter une bête supplémentaire ou de s'imposer face au meunier. Et pour tout ça, il avait plus besoin d'elle que elle de lui. N'empêche, elle se sentait bien seule de le savoir si loin sans savoir s'il reviendrait. Le plus affolant, c'était de n'avoir personne vers qui se tourner. Le plus confortable, c'était de n'avoir personne à qui rendre des comptes. Et elle s'en régalait.

Elle ne le revit qu'une fois lors d'une permission dont elle n'avait gardé qu'une amertume que la conception de la cadette n'avait pas réussi à apaiser. Trois enfants et pas de mari, ce n'est pas le compte, non, vraiment pas. A la fin de la guerre, il resta prisonnier en Allemagne. Il revint le jour où on enterrait sa mère.

Et c'est la première fois.
Elle en est émerveillée, sidérée. C'est donc ça ? C'est donc ça dont ils parlent tous et qui fait courir les garçons, frémir les hommes faits ? Baver les beaux-pères ? Elle chasse cette idée, se consacre à son émerveillement. Laisse son corps s'élargir. Son ventre, ses hanches se fondent dans un monde qu'elle peuple et qui la peuple. C'est donc ça ? Les yeux encore fermés, elle tend la main vers le torse nu en un geste de gratitude. L'homme la prend et presse sa paume sur sa bouche en un long baiser apaisé. Elle ressent une énorme reconnaissance envers cet homme qui lui a offert cette sensation unique. Et ordinaire pourtant. Ordinaire ? Elle pourrait avec lui connaître à nouveau ce frémissement de tout son corps ? Pour l'instant elle ne veut rien, elle ne désire rien. Elle a tout. Elle est comblée. Le temps s'arrête. Elle arrête le temps pour se livrer à son plaisir, à ce moment d'après plaisir où seul existe la jouissance d'être.
Les branches d'un frêne oscillent au-dessus d'elle, un rayon de soleil chauffe son épaule, une fourmi se balade sur sa cheville, elle s'ouvre à nouveau au monde qui l'entoure, tranquillement. Elle pose sa main sur les boucles claires de son amant. Son amant ? Elle sourit, béate d'aise. Son amant ! Qu'en dirait sa mère, son entourage, les vielles chipies du village, qu'en aurait dit son beau-père ? Elle rit intérieurement. Qu'en dirait son mari ? Une ombre traverse son ventre. Elle se redresse, plonge son regard sur le visage de son aimé. Son aimé car elle l'aime, oh oui, elle l'a choisi et il l'a choisie. Car il l'aime, il aime ses hanches paysannes lourdes et solides, non parce qu'elles font de bonnes mères et de bonnes travailleuses mais parce qu'elles le

rassurent. C'est ce qu'il lui dit à l'oreille et il détaille son corps avec volupté, il aime ses poignets si fins de princesse et il aime ce grain de beauté dans le haut de sa gorge qui appelle les baisers. Il aime sa vaillance aussi, non parce qu'il en faut pour faire une bonne épouse et une bonne paysanne mais parce qu'elle donne l'ardeur de vivre, parce qu'elle la dresse sur le chemin comme la figure de proue d'un navire. Il parle, il parle. Et elle ne savait pas que les mots existaient aussi pour dire ce qui loge tout au creux de soi et elle ne savait pas que les mots donnent du plaisir aussi et qu'ils sont une caresse et un baiser. Et il parle et elle l'écoute et elle rit et chaque éclat de son rire fait rebondir les mots en ricochet et en feu d'artifice. Mon dieu, elle l'aime, elle l'aime. Et c'est si bon d'aimer.
Le soleil rasant se pose sur un buisson de mûres, quelle heure est-il donc ? Elle se redresse.
- Il est tard.
Ambroise lui caresse la nuque.
- Il faut y aller, Ambroise, il est tard.
Jeanne se sent envahie par la honte. Elle, une femme mariée, sérieuse, pieuse, mère de famille, s'est livrée au plaisir, s'est donnée à un homme. En oubliant son mari. Son cœur se serre à la pensée de Clément. C'est un homme bon, respectueux, il ne lui a jamais fait que du bien et elle le trahit honteusement. Elle se lève, rajuste ses jupons et en fait tomber des brins de paille, se baisse pour remettre ses bas. Ambroise, encore allongé, attrape dans ses doigts une mèche de ses cheveux dénoués. Elle le regarde. Elle fond. Non, cet amour là ne peut être un péché, non, il ne peut être mal d'aimer et cet instant paradisiaque qu'elle vient de vivre ne peut être qu'un don de dieu. Songeuse,

grave, elle passe ses doigts dans les boucles claires. Il rit.
- A quoi penses-tu ?
- A rien.

Elle secoue la tête. Il l'enlace, la fait rouler par terre.
- Dis-moi à quoi tu penses, allez, dis-moi à quoi tu penses.

Oui, elle a le droit de l'aimer, cet homme sensible, qui n'a de cesse de lui faire dire ses soucis, de les prendre sur lui, cet homme au regard clair et droit. Elle l'embrasse avec ivresse.
- Est-ce un péché de s'aimer ?
- C'est l'absence d'amour qui est péché.

Elle éclate de rire tout en se débattant dans ses bras, elle n'en revient pas de cette légèreté qu'il a face aux choses de la vie. Elle n'a connu jusque là que des gens graves, pour qui tout doit être pesé en fonction des convenances, des contraintes sociales et économiques, avec qui chaque moment de la journée n'est qu'un dur labeur, pour qui la vie même n'est qu'une lourde tâche à mener. Ambroise, lui, est dans une insouciance d'être qui fait de chaque minute une fête. Non pas irresponsable comme certains jeunes gens qu'elle a connus et qui étaient incapable d'assumer leurs actes. Non, Ambroise est doué pour le bonheur, confiant en l'existence, toujours persuadé de trouver sur terre le meilleur. "Un mal peut cacher un bien" a-t-il coutume de dire. "Ma blessure de guerre ne m'a-t-elle pas donné du travail ?" En effet on lui a accordé un poste de cantonnier à son retour de la grande guerre. Il est fonctionnaire ! Et tellement beau... Jeanne ne cesse de se régaler de sa longue silhouette svelte, du duvet blond cuivré sur son torse et ses mollets, de ses taches de rousseur, de ses yeux clairs, de ses

cheveux clairs. Clair, il est clair et la cicatrice qui balafre son visage n'enlève rien à sa beauté, en rajoute même : quand elle tient dans ses bras ce grand corps blessé, elle croit se pencher sur le magnifique Jésus de la pietà de l'église.
- Ne pars qu'un moment après moi, il ne faut pas qu'on nous voie ensemble.
- Demain, je passerai à la maison, Clément m'a demandé de l'aider pour le foin.
- Chouette ! Que veux-tu que je prépare à dîner ?
- Il y a longtemps que je n'ai pas mangé tes délicieuses croquettes de pomme de terre.
- Va pour les croquettes alors ! Et une salade de haricots verts ?
- Miam… Je vais me régaler. Et j'ai trouvé un autre nid d'amour.
- Où ?
- A la Péïendrire.
- Dans la cabane de vigne ? Impossible, tu sais que Clément pourrait nous y surprendre.
- Non, non, ce n'est pas dans la cabane. Tu verras, tu verras. Demain, quand on boira le café, fais-moi juste comprendre à quelle heure ce sera possible pour toi. Rendez-vous là-haut.

Elle est à la Peïendrire à trois heures. Elle rit en dedans. "Je me suis réveillée à trois heures, trois" a-t-elle claironné le matin et Ambroise a repris "trois heures, dis donc". Le rendez-vous était pris. Elle le voit arriver de loin. Et c'est déjà du plaisir. Un plaisir tout rond et tendre. Il l'attrape par la main et l'entraîne en riant, s'éloigne de la vigne, pénètre dans un champ de maïs. Il lui murmure à l'oreille,

*Jeanne, ma Genah*. Car il a décidé, ce passionné d'astronomie, que là-haut dans le ciel, sur l'aile de la constellation du Cygne brille une étoile qui porte son nom. Ils disparaissent ensemble au milieu des épis, prenant grand soin de ne pas abîmer les pousses. C'est le champ de Jean-Marie, leur voisin, et son maïs est précieux.

- Voilà notre cabane à nous.

Un espace de terre est resté vierge, les graines n'ont pas poussé. C'est là qu'ils s'allongent. Ils roulent l'un sur l'autre sur la terre sèche. Les longues tiges vertes forment autour d'eux un ciel de lit protecteur. Ici, personne ne peut les voir. Isolés dans leur berceau d'épis chevelus, ils se laissent aller à leurs baisers. Il la caresse en des endroits restés vierges et elle se demande s'il trouvera toujours, toujours, sur son corps de nouvelles terres à illuminer. Des brindilles viennent chatouiller sa hanche. C'est étrange quand même qu'il soit si plaisant de faire l'amour dans la nature. Non, pas étrange, bien au contraire, l'un ne va pas sans l'autre car, elle le sait maintenant, l'orgasme est une plongée dans la profondeur de la terre, une envolée dans l'immensité du ciel, une jonction avec le monde par le feu du désir qui les soude comme du métal en fusion.

Et ils se créent des habitudes, des complicités autour de rendez-vous secrets, pris en public et à eux seuls audibles, codés. Un mot, un geste peut devenir un message, une lettre d'amour. Et chaque fois, Jeanne ressent dans tout son corps le picotement du désir. Avec Ambroise, tout est préparatif à l'amour. Un frôlement de main, un regard prolongé sur son fichu oublié, celui qu'il avait humé avec délice le jour où il était resté accroché à leur toit de branchage, la contemplation d'un épi de blé en rappel de leur dernier rendez-vous, une rose à sa boutonnière qu'il n'a pas pu lui offrir et qu'il garde là "pour la lui offrir encore et encore, toujours", un geste vers leur étoile, une expression familière qui, malgré sa banalité, est devenue leur depuis qu'il l'a revisitée aux couleurs de leurs ébats :"demander la lune", "un coup de baguette magique"… Tout prend sens, tout est invite et hommage. Jeanne n'en revient pas, se laisse porter par cette délicatesse des prémices de l'amour. Elle s'invente des fiançailles.

Ils ont peu de moments d'intimité mais ils se voient assez souvent car Ambroise est un grand ami de la famille et il rend de nombreux services. Il passe une partie de son temps libre à Ameysin et il lui arrive même, sur le chemin de son travail, de s'arrêter à la maison pour boire un verre. Et il invente mille occasions d'adresser à son amante ces clins d'œil vers le plaisir. J'ai dit amante, oui, car Ambroise, anarchiste de la première heure, ne supporte pas le terme de maîtresse, terme bourgeois et déformé. "Ni dieu ni maître ni maîtresse, je ne reconnais que l'amour"clame-t-il. Jeanne connaît par cœur toutes ces belles phrases qui colorent son discours. Jeanne aime l'entendre parler.

Mais quand elle est loin de lui, elle se sent envahie par les doutes et l'inquiétude. La peur d'être découverte la tenaille et elle s'étonne d'être avec lui si imprudente, presque excitée parfois par le risque. Elle ne se reconnaît plus. La peur que Clément l'apprenne la glace d'effroi. Pas seulement pour le scandale mais pour la peine qu'elle lui ferait. Il n'en a rien dit mais elle sait qu'il souffre et se sent diminué depuis son retour de guerre. Quel traumatisme en a-t-il gardé ? S'il ne la touche plus, est-ce parce qu'il n'a plus de désir ou parce qu'il est devenu impuissant ? Sujet tabou qu'il n'est pas question d'aborder. Et elle l'aime, son Clément, même si elle a découvert avec Ambroise une autre facette de l'amour. La seule, pense-t-elle, que les gens appellent amour. L'idée du péché aussi la tracasse. Mais elle est plus dans la crainte de la punition de dieu que dans la conscience de faire le mal. Son sentiment pour Ambroise n'évoque que pureté, bienfait, respect. Avec une inquiétude, celle de tomber enceinte. Comme elle aimerait pourtant porter un enfant de lui. Elle découvre combien un bébé est un prolongement de l'amour, un accomplissement, combien cette perfection à deux aspire à s'ouvrir à un autre, autre et même, à un être qui serait lui et elle à la fois. Comme elle aimerait que son amant soit le père d'un enfant de son ventre. Et plus son rêve grandit plus sa terreur grandit aussi. Que ferait-elle si elle était enceinte ? Sa vie, leur vie serait définitivement cassée. Chaque vingt- huit jours elle guette avec angoisse le retour de ses règles, chaque jour de retard la met en transe. Et le sang qui coule enfin est un vrai soulagement. Plein de larmes.

Elle lui confie son inquiétude. Ils décident de faire attention. Il se retirera juste à temps. Alors c'est fini pour elle ? Elle va revenir à des plaisirs aux relents de devoirs conjugaux ? Elle s'y résigne. Puisqu'il le faut.

Mais il saura la surprendre.

Il la guette, l'attend, la déniche et la suit, il frémit, gémit, l'appelle et la supplie. Un long grognement d'aise, un soubresaut, elle comprend qu'il a atteint le ciel. Elle se relâche, laisse rouler sa tête en arrière, une main posée sur ses cheveux, fière de lui avoir donné son plaisir. Mais il s'ébroue, passe ses mains sous ses reins, embrasse ses seins. Sa main glisse vers son intimité, elle en est gênée, voudrait l'arrêter. C'est alors qu'une onde de chaleur en émerge et irradie ses cuisses, sa poitrine, son corps entier. *Il* lui vient. Mais quoi ? Ce quelque chose d'attendu et d'inattendu, un ouragan fulgurant qui grimpe aux limites du monde et la ramène sur terre en une chute, une glissade ouatée. Tout est arrêté. Plus rien n'existe. Un rien qui est tout. Car en cet instant unique, intemporel, elle est elle entière, sans déchirure, sans question, sans doute, face à un autre entier et aimé, sans fissure, sans choc. Comme si tout ce qui fait souffrance dans les relations humaines trouvait là sa résolution.

Ils s'habillent, jettent un coup d'œil autour d'eux pour vérifier qu'ils sont seuls. Sur le champ se dressent fièrement, à intervalles réguliers, les *dames* de blé. A moins de pénétrer dans le champ, personne ne peut les voir.

Encore un moment…

Ambroise tire quelques gerbes pour leur faire un oreiller. Ils s'allongent à nouveau, à l'abri de la haute *dame* aux épis ébouriffés. Jeanne s'étire, soupire d'aise comme une chatte devant le feu, se love sur sa poitrine. Il est étendu sur le dos, les bras sous la nuque, les épaules ouvertes, les jambes écartées, encore tout livré, abandonné. Il a basculé son chapeau sur ses yeux, comme pour se concentrer sur ce poids doux et ferme contre son flanc. Et ensemble ils goûtent et savourent ce doux moment d'après l'amour.

- Y a bal ce soir sur la place. Le bal du quatorze juillet.
- Quatorze juillet déjà ! Heureusement qu'on a fini le sulfatage, faut attaquer les moissons, le blé est juste à point.

Jeanne rage. Comme d'habitude, il ne sera pas question pour Clément d'aller danser, comme d'habitude, il ne sera même pas possible d'en parler, elle devra se contenter de ces quelques mots laconiques. Et si elle s'énerve, ce sera pire. Il la regardera avec surprise puis lassitude et ira aussitôt s'enfermer dans une tâche ingrate ou dans le sommeil selon le moment. Ce bal, pourtant, il faut qu'elle y aille. Ce sera le premier depuis ses "épousailles intimes" avec Ambroise. Elle a déjà manqué le bal de la Saint Jean à cause des foins et à la vogue des bugnes, Ambroise n'était encore pour elle qu'un ami. Elle avait dansé, ce jour-là, à en perdre la tête. Tiens, n'est-ce pas dans ses bras qui la faisaient valser qu'elle a commencé à frémir pour lui ? Elle ne sait plus. Se souvient seulement de la clarté de ses cheveux aussi dorés que les bugnes frémissant dans l'huile. Elle s'était faite cette réflexion sans oser le dire à haute voix, dans une retenue qui l'avait étonnée elle-même. Car les plaisanteries fusaient autour des énormes poêles crépitantes et personne n'y aurait vu du mal, surtout pas les jeunes gens déjà bien éméchés. Oui, c'est peut-être là qu'elle a commencé à le voir autrement, avec du feu dans ses yeux. Ou peut-être ce jour où il a parlé si joliment du mouvement harmonieux d'une femme qui fane et qu'elle a osé prendre l'allusion pour elle, sans être sûre encore. Ou même peut-être, aussi, quand elle l'a entendu expliquer au jeune Tyvan comment les arbres cherchent la lumière et comment il faut les aider à laisser un chemin pour les rayons du soleil en coupant les branchettes centrales et comment les arbres apprécient cette aide et nous remercient de leurs fruits abondants et sucrés. Elle se régale à se rappeler ces prémices de leur amour, s'extasie sans cesse de ses mystères, pourquoi lui, pourquoi moi. Et ce qui la sidère le plus, c'est que cet homme qui est tout pour elle, qui remplit sa vie, ses pensées, son cœur, sans qui elle serait autre, ait pu être un jour un homme du village, un quelconque voisin, ami, un homme parmi les hommes. "Tu m'as choisi parmi tous les hommes et moi je t'ai choisie entre toutes les femmes" lui a-t-il dit en riant lorsqu'elle lui a confié ses pensées. Choisie entre toutes les femmes, comme le dit la religion. Et n'y a-t-il pas quelque chose dans l'amour qui donne accès au divin ?

Le bal ! Le bal ! Celui de la vogue des bugnes, elle a pu y aller sans problème. C'était au village, tout le monde y était, Clément servait à la buvette. Il a même joué un peu d'accordéon et chanté des chansons du régiment. Mais il n'aime pas descendre à Yenne. Comment le convaincre ? Quel prétexte trouver ? Et elle ne peut y aller sans lui. Et il faut qu'elle y aille ! Il le faut. Demander à Ambroise de lui en parler ? Ce ne serait pas très délicat et de toute façon il aurait peu de chances de le convaincre. Il faut à Clément des raisons matérielles, tangibles, incontournables. Les mots et discours lui font peu d'effet. C'est énervant quand même ! La guerre est finie, tout le monde s'amuse, tous les jeunes vont

danser, les bals se multiplient malgré les admonestations des curés. On veut oublier le malheur et la mort, on veut s'amuser parce que la guerre nous a laissés vivants et entiers. On veut vivre, quoi ! Mais quel prétexte trouver ?
C'est le garde-champêtre qui la sauvera. Il a besoin de tréteaux pour les tables, plusieurs ont été cassés l'an dernier et pas remplacés, il vient emprunter ceux de Clément. Jeanne sait que Clément ne refuse pas un service mais qu'il n'aime pas néanmoins risquer son matériel. Il a lui-même monté ses tréteaux pour les bugnes et il y tient. Alors elle lui suggère de donner un coup de main à la buvette pour avoir un œil sur son matériel et sur les ivrognes qui pourraient le mettre à mal. Clément est connu pour son calme et sa maîtrise des fêtards, le garde-champêtre surenchère sur la proposition, insiste et convainc Clément. Celui-ci n'est pas vraiment dupe et pas mécontent de faire plaisir à Jeanne sans pourtant l'accompagner comme danseur.
- Viens aussi, lui dit-il. Les voisines y seront ?
- Il y aura la Mathilde, la Suzanne, la Marie avec ses filles. Et puis mon petit frère aussi qui doit donner la main.

Sur la place, les musiciens s'en donnent à cœur joie.
Jeanne s'est assise tout près de la buvette avec Suzanne et ses filles. Elle est fière d'avoir trouvé un joli tablier à fleurs pour Rose qui est bien mignonne, toute sage à côté d'elle. Les jeunes gens du village sont venus les saluer, elles, les femmes, ils reviendront dans un moment inviter les jeunes filles. On dit que le fils du Baptiste a un faible pour l'aînée de la Suzanne. Ils se seraient même échangé

quelques bécots. Mais le mariage, c'est plus compliqué que quelques baisers. C'est ce qu'elle pensait, Jeanne, avant. Mais maintenant les choses lui paraissent différentes. Parce que quand même, dans le mariage, arrangé ou pas, il faut faire l'amour. Et faire l'amour sans amour, c'est pas facile, ça peut même être douloureux. Bien sûr qu'il y a tout le reste, les enfants, le travail, tout ça. Mais pour faire des enfants, il faut bien aussi cette chose là, faire l'amour. Et on revient au même point. Le mariage, c'est pas seulement un arrangement de famille.

- Maman, maman, y a papa qui vous envoie du blanc limé et pour nous, des limonades. Des limonades, maman !

Tyvan porte fièrement les verres, les dépose sur la table, court en chercher d'autres. Ah, il est heureux, son *gone*, et toujours serviable et vif malgré son jeune âge. Ça fera un bel homme et gentil avec ça. Et qui sera sa femme ? L'aimera-t-il ? Jeanne rit : imaginer Tyvan marié, mon dieu que c'est drôle…
De loin elle aperçoit Ambroise. Elle fond. Elle rougit. Regarde autour d'elle, inquiète que quelqu'un ait pu voir son trouble. Cherche des yeux Clément. Il parle avec Baptiste tout en remplissant les verres, attentif à son service. Elle a convenu avec Ambroise qu'ils ne danseraient ensemble qu'une fois, maximum deux. Ils ne veulent pas faire jaser ni causer du tort à Clément. Ils sont surtout dans le cocon de leur secret, dans l'excitation de ce monde à deux qui n'appartient qu'à eux. Elle aperçoit sa sœur Louise qui danse avec Etienne, le jeune frère de Clément. Louise interpelle ses amies, bousculant ses frères et ses cousins qui n'osent s'approcher des filles.

- Veux-tu danser, Jeanne ?

Son jeune beau-frère s'est approché gentiment. Jeanne est bien contente de faire cette première danse avec quelqu'un de la famille. Et qui danse bien, en plus. Elle se laisse entraîner. Elle se doute bien qu'il va lui parler de sa sœur, il a déjà fait connaître ses intentions.
- Tu comprends, les deux familles se connaissent bien, s'apprécient et seraient encore plus unies si j'épousais ta sœur. Je suis sérieux, tu sais, je travaille, je ne bois pas. Est-ce que tu penses que tes parents seraient d'accord ?

C'est vrai, Etienne est un jeune homme sérieux, croix de guerre, sergent dans le 133e Régiment d'Infanterie de Belley qui a été décoré et qu'on a surnommé le régiment des lions. Il n'a jamais parlé, on le comprend, de la mutinerie qui a suivi leurs exploits, des camarades condamnés à mort. C'était un an avant qu'il soit gravement blessé. Et le voilà qui pense au mariage, à la vie. Oublier ! Oublier l'horreur, honneur et déshonneur confondus !

Jeanne élude. Elle ne sait pas si ce mariage se fera, ne sait pas ce qu'en pensent ses parents, sa sœur. Elle-même est un peu perplexe, deux frères qui épousent deux sœurs, c'est à la fois plaisant et bizarre.
- Nos enfants seront doublement cousins, surenchérit le jeune homme, par leur père et par leur mère. Tu te rends compte ?

Jeanne sourit de son enthousiasme, elle opine vaguement de la tête, elle tourne, soûle de musique. Elle est bien.

Ambroise a bu et discuté à la buvette puis il a fait danser la Suzanne, il se rapproche peu à peu d'elle.

Suzanne se laisse entraîner par son voisin, elle lâche Ambroise.
- Fais donc danser la Jeanne, que son Clément va servir le vin de toute la soirée.

Ambroise se penche vers elle, l'enlace. Ils ne disent rien, leur sérieux même pourrait les trahir tant il est intense. Ils se laissent emporter par la musique. Jeanne se concentre sur son bonheur.

Elle n'avait jamais vu, jamais touché un membre d'homme. Quoi ? Une mère de trois enfants ? Au moins trois fois, elle a eu affaire à cette chose-là ! Oui, dans le noir, dans son sexe. Mais son vagin est bien trop inéduqué, sauvage, pour lui en décrire les contours, la texture, l'odeur. Non. Ce sont ses mains, ses yeux, qui lui ont appris ce qu'est un pénis et les mots nés entre eux deux pour le nommer n'y auraient pas suffi. Elle l'a connu d'abord dressé fièrement, droit devant -*ma flèche, ma fourche de lumière*- à d'autres moments à la verticale -*ma sentinelle, mon vaillant, mon mât de cocagne*-. Et puis un jour elle l'a surpris au repos, oh ! furtivement, à peine l'a-t-elle effleuré qu'il a repris position. Mais elle a guetté au fil du temps ces moments où elle pouvait le voir dans son entière nudité, nu de désir car un simple regard le transformait aussitôt. Un lui sans elle. Et ce fut seulement quand leur excitation se fut un peu émoussée, se tint plus tranquille qu'elle put le garder dans ses mains -*mon oiseau fragile et doux*- et le caresser sans le faire fuir -*mon fugitif, mon en-allé*-. Ambroise s'étonnait : les femmes ne sont donc pas attirées seulement par les durs, les gros, les longs, les forts ? Elle sourit au souvenir d'avoir été si surprise, la toute première fois, d'avoir trouvé un pénis sec, net, propre. Qu'est-ce qui avait pu dans ses souvenirs ou dans ses rêves lui faire imaginer un sexe visqueux, poisseux ? Sensation de sperme coulant sur les cuisses ? Fantasmes enfantins ? Elle repousse l'hypothèse maudite, non, non ! Elle se rappelle avoir eu, enfant, un dégoût abominable pour la bave des escargots et des limaces. Mais ce que jamais, jamais elle n'avait même imaginé, ce sont les bourses. Elle les prend à pleines mains, à pleine bouche, Ambroise rit, elles sont chaudes et souples -*mes bijoux, mes petits œufs duveteux*- elles sont douces et pulpeuses -*mes pompons, mes pêches*-. Ne les mange pas, s'esclaffe Ambroise ! Ils aiment ensemble les appeler bijoux de famille, rêvant d'héritage à eux interdit. Dans leurs étreintes, elle s'amuse à interpeller l'objet précieux comme un être autonome, le nomme, se grise de ses noms -*mon bonhomme, mon petit chose*- en écho avec ceux qu'il invente pour elle, pour sa partie intime : *ma figue, ma cabane, mon petit nid, mon iris flamboyant, mon vase, mon pétillant, ma douceur, ma sucrerie, mon calice, mon âtre d'étoiles, ma rosée, ma rose éclose, mon refuge, mon entrouverte, ma tenture, ma voilure…*

Mais quand vient l'orgasme, toutes ses sensations physiques s'évaporent, elle n'habite plus son corps, basculant dans l'envers du monde. *Il* lui *vient*. Les mots, les images disparaissent. Reste *il*, ce *il* qui lui vient, étincelle incandescente couvant au centre de son intimité et se propageant en ondes rayonnantes jusqu'à illuminer de son feu d'artifice l'immensité du ciel et qui lui revient en particules chaudes, muettes, apaisées. Ce *il* qui lui vient, note de musique isolée dans le silence de l'attente qui en appelle une autre

et deux et trois folâtrant, jouant, pianotant dans les cuisses, flûte sous les aisselles et à l'aube des seins, percussions à la base de la nuque et jusque dans le crâne puis dans les airs les arbres les nuages et soudain, soupir musical, notes-étoiles par milliers retombant en pluie dans le silence de l'accompli. *Il lui vient*, cabriolant avant de s'élancer dans une haute voltige, funambule entre elle et lui, équilibriste entre amour de lui et amour d'elle-même. *Il lui vient.*
Jeanne se perd dans l'indicible, le ressenti, sans savoir que l'enfant de l'enfant née de cette étincelle tentera un jour de dire l'indicible, de mettre en images l'irreprésentable, de témoigner de ce réel irréel.

Mais au fil des mois elle se fait de plus en plus inquiète. Après l'amour elle va se laver dans l'eau glacée du Flon car l'eau froide paralyse la semence masculine. Elle attend ses règles avec impatience, compte les jours. Elle ne vit plus que dans un cycle infernal de 28 jours, inquiétude, puis angoisse, puis soulagement, puis sérénité, joie, et inquiétude à nouveau et encore et encore. Elle glane toutes les informations qu'elle peut sur les moyens de se préserver d'être enceinte, étonnée qu'on commence à dire que c'est mal. Pourquoi serait-ce mal ? Même sa mère était fière de s'être limitée à cinq enfants et entre copines elles s'étaient souvent promises de n'en avoir pas trop pour pouvoir bien les nourrir et bien les élever. Quatre, c'est bien, pensait-elle alors. Elle était éduquée, elle savait lire et écrire, elle ne voulait pas se comporter comme une ignorante qui ne réfléchit pas à sa vie.

Elle a retenu Mathilde la laveuse depuis plusieurs semaines car elle sait qu'à l'approche des beaux jours, celle-ci est très demandée. Elle se réjouit de ces jours de lessive. La fatigue ne lui fait pas peur et elle a toujours aimé ces moments d'effervescence dans la maison, l'odeur du *cuvier* où trempent les draps, le lavoir où elles se retrouvent. Dès que les hommes ont rempli les lourds baquets et tendu les fils d'étendage, ils sont mis à la porte et elles se retrouvent entre femmes. La lessive, c'est l'affaire des femmes. Des voisines sont là pour l'aider, les fillettes de la maison s'agitent en tous sens. Sa sœur est venue lui prêter main forte et elles retrouvent leur complicité de petites filles. Jeanne a sorti les lourds draps de coton que son père a tissés et qui faisaient partie de son trousseau.

- Tu te rappelles quand on devait enrouler les canettes le soir, comme on riait.

Marie la regarde en secouant la tête.

- C'était l'enfer, oui. Ce n'était jamais fini, je m'endormais dessus et mes doigts me faisaient mal. Quel soulagement quand papa a acheté des terres et abandonné le tissage.
- C'était bien, quand-même, ces soirées en famille…
- C'était bien mieux après, quand on cassait les noix le soir, avec les voisins qui venaient nous aider.
- Avec l'Emile, oui ! C'est pas les noix que tu aimais, c'était le petit voisin. Et qu'est-ce qu'il est devenu, ton amoureux d'autrefois ?
- Toujours célibataire, à ce qu'il parait.
- Tu crois qu'il est toujours amoureux ?
- Bah, tu sais, l'amour, j'y crois pas trop, c'est juste des *amuseries* de gamin.

Jeanne sourit, se tait. Elle pense à son amoureux et se dit qu'elle n'est devenue adulte, femme, qu'en découvrant l'amour.

La Mathilde a préparé le *lissieu* et le verse dans le *cuvier*. Jeanne attrape le *puisard* et arrose le linge d'eau bouillante. La petite Rose s'approche, elle la repousse avec force.

- Ne reste pas là, tu vas te brûler. Je t'ai dit de surveiller ta sœur cadette.

La vapeur d'eau commence à remplir toute la maison et l'âcre odeur des cendres de bois trempée d'eau brûlante commence à se transformer en douces effluves. Ça sent le propre. Le *puisard* soulevé maintes et maintes fois se fait de plus en plus lourd. L'eau a déjà été changée trois fois, chauffée à nouveau puis versée sur le linge. Marie bavarde avec la Mathilde.

- Et mon beau-frère était furieux. Je lui ai dit, il faut pas s'énerver comme ça, plus on se tourmente et moins ça avance. Et je me suis levée et lui il voulait partir mais je l'ai retenu et ma sœur aussi et elle a dit …

Jeanne les entend à peine, la façon de Mathilde de raconter avec les détails des plus insignifiants a le don de l'endormir. Elle se penche sur le *cuvier*, il va être l'heure d'aller au lavoir, elle se sent les jambes en coton et les émanations montant du linge lui font tourner la tête, pourquoi est-elle si fatiguée ? Elle se sent glisser à terre. Elle se laisse aller.

Elle a vaguement conscience de cris et d'agitation autour d'elle, elle se sent bien. Sa sœur lui tape les joues tout doucement.

- Jeanne, Jeanne, qu'est-ce qu'il t'arrive, Jeanne, réponds-moi.

Elle ouvre les yeux, voit le visage inquiet de Marie penché sur elle. Elle se redresse, Mathilde la regarde d'un air goguenard.
- Mon dieu, elle est malade, mon dieu qu'est-ce qu'on va faire ? Rose, apporte-moi la bouteille d'eau-de-vie, vite.

Elle se tourne vers Mathilde.
- Qu'est-ce qui a pu lui arriver ? Elle qui est si forte, jamais malade.
- Une femme qui s'évanouit, c'est pas une maladie, claironne Mathilde, c'est des petites affaires de femme.

Marie ne comprend pas, s'étonne. Jeanne ferme les yeux. Non, non, pas ça, non, non, pas ça. Elle voudrait prier, supplier dieu de lui épargner ça. Elle n'ose pas s'adresser à dieu. Elle se relève, avale une gorgée d'eau-de-vie que Rose vient d'apporter, s'en tamponne les tempes. Elle met sa main sur l'épaule de l'enfant.
- Ne t'inquiète pas, ça va mieux, j'ai eu un étourdissement.
- C'est la vapeur c'est sûr, dit Marie. Depuis ce matin tu n'as pas arrêté. Il faut te reposer.
- Tout va bien, je t'assure. On va manger un morceau avant de porter le linge au lavoir. Tyvan, va prévenir ton père, je prépare la table.

Elle s'agite, tente de se convaincre que tout va bien, que c'est la fatigue ou peut-être a-t-elle mangé quelque chose qui ne lui a pas réussi ? Rien d'important en tous cas. Elle ne peut s'empêcher de calculer quel jour elle a eu ses règles, quand elle doit les avoir à nouveau. Non, ce n'est pas possible. C'était une semaine après Pacques, on est le... Elle n'ose pas demander. Cette chipie de Mathilde, commère comme elle est.

Que dira Clément quand il s'apercevra qu'elle est enceinte ? Elle l'épie, terrifiée. Elle s'imagine mille scénarios les plus invraisemblables. Il la frappera, l'assommera de coups ou d'injures. Impossible, il n'a jamais été violent envers elle, c'est impensable. Il la chassera de la maison, la renverra chez ses parents, la séparera de ses enfants. Impensable, il n'est pas homme de scandale. Il exigera qu'elle fasse passer l'enfant, qu'elle s'adresse à une faiseuse d'ange capable d'arrêter une grossesse. Oui, bien-sûr, c'est ça. Comme elle, il pensera à l'avortement. Comme elle. Et ce ne sont pas les nouveaux préceptes du curé qui l'arrêteront. Le curé, Clément ne lui prête aucune attention, il le respecte comme il respecte le repos du dimanche, pas plus. Depuis son mariage, il n'est retourné à l'église que pour le baptême des petits. C'est un homme concret qui déteste les bondieuseries et ne connaît de dieu que le nom. Sans savoir qu'il en a profondément intégré la morale. Oui, c'est un homme plus moral que religieux, droit et entier, honnête et bon. Mais sera-t-il influencé par ces nouvelles lois, qui interdisent même les moyens pour éviter de tomber enceinte et envoie en cour d'Assises les femmes qui avortent. Et Jeanne attend, s'étonnant qu'il ne voie rien de son état. Ses beaux-parents savent déjà, n'en font pas grand cas, ce n'est qu'un enfant de plus. Ils ne peuvent savoir ce que Clément sait, qu'il n'est pour rien dans cette paternité. Il est toujours aussi taciturne, âpre au travail. De plus en plus même. Oui, de plus en plus. Il part le matin de plus en plus tôt, rentre de plus en

plus tard, sans un mot, sans un regard. Il l'évite. Il fuit. Il sait. Elle guette son regard. Elle se sent submergée de tendresse pour cet homme, son mari, son compagnon. Que lui a-t-elle fait ? A nouveau elle pense avorter. Pour le protéger de ce mal qu'elle lui fait. A nouveau l'idée de l'avortement lui fait horreur, ce qui est dans son ventre est un bébé déjà, son bébé, son enfant de l'amour. L'enfant d'Ambroise. Elle imagine mourir avec le bébé. Elle le doit. Pour protéger Clément, pour protéger Ambroise. La nuit, elle pleure et ne s'arrête de pleurer que pour caresser son ventre et fondre de tendresse. Comment c'est, un enfant de l'amour ? Est-ce qu'un enfant né du septième ciel -septième ciel, c'est le seul mot qu'elle trouve pour dire ce miracle du plaisir- est différent des autres enfants ? Est-ce qu'il est promu à de plus grandes choses, à un avenir plus brillant ? Peut-être est-ce ainsi que se font les héros, dans le nid de la jouissance ? Son enfant ne sera pas paysan, ne connaîtra pas le dur labeur, l'odeur des vaches. Quittera le village peut-être, voyagera en des pays lointains. Oh non, pas loin d'elle, non !
Ses nuits blanches, sa grossesse, ses angoisses la mettent dans un état second, elle flotte dans une fatigue qui la plombe et l'allège à la fois.

Et puis un après-midi, juste avant la traite, alors que Clément est attablé devant du pain et du fromage, elle entend : "Jeanne." Elle sursaute, se retourne.
    - Jeanne, dit-il.
Et il la regarde.
    - Je mangerais bien une potée demain.
Et il la regarde tout droit. Elle sent ses yeux se mouiller.

- Avec du plat de côtes, comme tu aimes ? demande-t-elle doucement.
- Oui.

Il prend la lourde miche de ce pain qu'il réussit si bien, cale la boule entre sa main et son épaule.

- J'ai pensé, ajoute-t-il tranquillement, qu'on pourrait acheter le champ au Charlot, aux Champagnes. Si la famille s'agrandit, on aura besoin de plus de blé. Et puis on peut avoir plus de terres si on est plus nombreux pour les travailler.

Jeanne s'appuie contre le fourneau. Elle a du mal à parler.

- C'est une bonne idée, murmure-t-elle.

Elle sent une onde de chaleur dans son ventre.

Mon dieu comme il est bon, mon dieu comme il est bon. Il a pris mon enfant, il l'a mis dans sa famille, il nous a ouvert la porte à tous les deux, le bébé et moi. Je l'aime, il n'y aura jamais plus que lui, c'est mon mari, je l'aime. Seuls mes sens m'ont égarée, m'ont éloignée de lui. Ne suis-je donc qu'une femelle conduite par mon sexe ? Qu'importe ! Mon mari m'a ouvert la porte. Il m'aime. Il m'aime, moi, comme je suis. Ou a-t-il seulement voulu éviter le scandale ? Oh non ! Ses yeux étaient si francs, si droits. Mon enfant a un père.

L'image d'Ambroise l'envahit, elle la chasse. Il ne doit plus y avoir d'Ambroise. Elle a une famille, un mari. Et quel mari ! Elle se sent profondément fier de cet homme capable d'accepter un enfant qui n'est pas de lui, de l'adopter en somme, un homme capable de choisir sa femme plutôt que la morale, sa famille plutôt que sa fierté. Depuis des mois, des années, elle lui demande d'acheter de nouvelles terres, d'utiliser sa dot pour agrandir leurs propriétés, il est toujours resté frileux. Et voilà qu'il le lui propose lui-même, dans l'attente de l'enfant à naître. Quel hommage il lui fait là, quel hommage à sa place de femme, d'épouse, de mère ! Elle a honte d'avoir parfois pensé qu'il la tirait en arrière, qu'il l'empêchait de prendre son envol, de réussir. Elle a honte de s'être sentie si souvent plus forte que lui, de s'être prise pour le chef de famille plus que le chef de famille. Elle se sent toute petite, non, pas petite, protégée. Comme le jour de son mariage. Son homme est venu, son homme est là. Il coupe une large tranche de pain bis à la miche.

Et c'est en cet instant, tandis que le grand couteau crisse sur le pain, qu'elle se délie d'Ambroise.

Ne croyez pas que Clément, si avare de ses paroles, n'a pas été envahi, à l'intérieur de lui, d'une tourmente de paroles, de cris, de sentiments et ressentiments. De souffrance. Toutes les souffrances de sa vie se trouvent condensées là, dans ce déchirement aigre et violent. C'est l'humiliation qui le ravage en premier. Il n'est plus rien. La guerre l'a massacré. Blessé en ce foutu 28 mai jusqu'au plus profond de lui, jusqu'à ce qu'il ne reste qu'une carcasse vide. Une gueule cassée de l'intérieur. Sa survie a été de se raccrocher à sa famille, à sa femme si vivante. Mais elle n'est plus sa femme puisqu'elle est à un autre ! Mais lui, est-il toujours son époux ? Chef de famille, maître de maison, mais époux ? A-t-il été un époux pour cette enfant qu'il a épousée, cette petite inconnue qu'il n'a vue que deux fois avant le mariage, le jour où il a demandé sa main -elle est d'une bonne famille, en bonne santé, travailleuse, jolie ? oui- et le jour où les familles leur ont octroyé une entrevue. Avec chaperon. Cette enfant qu'il a aimée passionnément dès leur première rencontre. Oui ! Et elle aussi l'a aimé. Du moins lui semble-t-il, les histoires d'amour racontées dans sa jeunesse, les histoires de passion et de sexe racontées entre soldats sont ses seules références. Est-ce que c'est cela qu'elle a connu avec un autre ? Elle n'en avait pas le droit ! Le droit ? Clément ricane de lui-même. Lui a-t-on seulement demandé si elle voulait de ce mari là ? A-t-elle eu le choix de lui dire oui devant le curé ? Et quand on fait serment par force, est-ce qu'on est engagé par lui ? Maudite soit-elle ! Fait-on sa vie sur le sexe ? Il avait bien remarqué qu'elle aimait ça, qu'elle se réjouissait de ses caresses, qu'elle s'excitait à son approche. Et que ça lui manquait. Une pute. Il voudrait s'écraser la tête contre les murs, comment ose-t-il penser ça de Jeanne, sa chère Jeanne ? Oh ! La tuer, se tuer, tuer cette chose en elle, glisser dans son intimité des aiguilles tueuses, fouailler, déchirer, arracher. Avorter. Avorter cette chose immonde venue d'un autre. Un autre ? Qui ? Qui ? Qui ? Il passe en revue tous les petits séducteurs du village. Aucun n'est digne d'elle. L'Antoine ? Elle déteste ses plaisanteries grivoises. Le Paul ? Un gamin écervelé, elle lui a dit elle-même. Le Rouquin, un paresseux, menteur et vantard, tout ce qu'elle déteste. Il cherche plus haut, les bourgeois de Yenne : le boulanger chez qui elle amène la farine ? Il est gros et vieux. Le docteur ? Il est très amoureux de sa femme, tout le monde le sait. Qui ? Qui ? Qui ? Il soupçonne tout le monde, jusqu'à ses meilleurs amis, le Charlot, l'Ambroise, jusqu'à ses frères et ses beaux-frères. Non, aucun n'est digne d'elle. Et lui encore moins. Même s'il était encore entier, heureux, vivant comme avant. Même si la guerre ne lui avait pas enlevé toute espérance en la vie, en l'amour. Comment croire aux hommes quand on a vu ce qu'il a vu ? L'humain est une bête. Et pourtant, pourtant, il se sent humain quand il se laisse emporter par son affection pour Jeanne. Oui, c'est vrai, seule Jeanne le garde humain. Sa force, son enthousiasme, sons sens de la vie. Et cette tendresse qui la penche vers leurs enfants. Ces enfants qu'il lui a fait, lui, Clément. Il l'aime femme, il l'aime maîtresse de maison, il l'aime mère. Mais pas mère de ce bébé étranger qui s'accroche à elle, ce bébé maléfique qui veut prouver au monde qu'il est cocu, ce bébé qui le rejette, lui, Clément, et le désigne de son doigt de fœtus d'un autre monde, le désigne comme impuissant. Ce petit être pas fait, pas né aura donc la force de l'exclure, lui, de cette famille, de ce village, de ce monde. La force de le priver de sa Jeanne adorée ? Il rit de lui-même, amèrement, revient à la réalité de cet enfant à naître, tout petit, tout fragile et sur qui pèse déjà des désirs de mort et de vengeance et de destruction. Il pense à ses camarades morts, fragiles et petits face à la machine de guerre, se laisse attendrir. Cet enfant, lui, Clément, peut le protéger, lui donner du bonheur. Cet enfant, lui, Clément, peut lui donner vie. Lui donner vie. S'il le veut, il peut l'aimer. S'il le veut, il peut aimer Jeanne encore et toujours. S'il le veut. S'il est plus fort que tout. En revenant de cette maudite guerre, il s'est dit que plus jamais il ne ferait de mal à quelqu'un. C'est ça qui l'a maintenu en vie, qui l'a sauvé. Il sera donc dit qu'il aura un quatrième enfant. Il pense à la naissance de son petit frère

Tyvan, le quatrième de sa fratrie, qu'il a donné comme parrain à son fils. Il s'apaise. Il est vivant.

Ainsi Jeanne dès le lendemain donne un dernier rendez-vous à Ambroise -j'ai rentré six cageots dans la grange, six-. A six heures, ils sont dans la grange ensemble. Ambroise la prend dans ses bas. Elle le repousse.
- Clément accepte l'enfant. Toi et moi, c'est fini.
- Mais moi aussi je l'accepte et je te l'ai dit et c'est mon enfant.
- C'est ton enfant mais tu ne peux être son père.

Jeanne tente de se durcir, de parler sèchement. Sa décision est prise et elle se sent inébranlable. Mais déchirée. Quitter un homme qu'on n'aime plus n'est rien mais quitter l'homme qu'on aime… Le quitter parce qu'il le faut… Elle est coupée en deux et s'insensibilise à une moitié d'elle.
- Tu ne peux pas me quitter. Je t'aime. Je ne peux vivre sans toi.
- Ce sont des mots. Rien n'est possible pour nous. Il n'y a aucune autre solution, aucune. Et tu le sais bien.

Elle ne le regarde pas. Ambroise, impuissant face à cette situation qu'il ne maîtrise pas et pour laquelle en effet il ne peut trouver aucune solution sent la colère monter.
- Tu n'es qu'une égoïste, ton mari, tes enfants, ton foyer, tu ne penses qu'à toi et à ton petit confort.
- Tais-toi !
- Parce que tu crois que c'est tout simple ? Je vais te dire au revoir et c'est tout ? Tu vas me jeter comme on jette une coquille de noix

dont on s'est régalé ! Mesquine ! Egoïste ! Dévergondée !
- Oh !
- Jeanne, ma Genah !
- Je dois m'en aller.

Elle pleure. Elle s'accroche à son ventre. Elle regarde au loin. Elle s'en va.
- Jeanne !

Jeanne vit sa grossesse comme une bulle au-dessus du monde. Elle sarcle, elle cuisine, elle répond au discours de Tyvan et aux silences de Rose, habille la cadette et la fait manger, elle dort, elle frotte le sol, soigne les lapins. Mais elle n'est pas là. Elle est toute entière dans son ventre, toute sa pensée, sa tendresse, son amour se rassemblent là. Oui, Ambroise n'est plus qu'un absent présent là dans ce petit bout d'être né de son amour. Et y est aussi Clément, ce toujours présent, lourd de son corps dans le lit, de son ombre dans la maison, un présent si absent. Sa bulle d'irréalité rassemble tous les possibles, un bébé, garçon fille à la fois, enfant d'Ambroise et de Clément tout autant, enfant d'un amour qui n'aurait pas de loi, pas de barrière, pas d'entrave.

Euphémie naît sans même percer la bulle : sa mère et elle vivent plusieurs mois collées l'une à l'autre, en dehors du monde. Rien ne les touche, rien ne les sépare.
Et puis un jour la bulle n'est plus là. Le monde existe avec la Marcelle et ses yeux fureteurs de commère, avec Clément qui s'enferme dans de lourds moments de tristesse, avec la confession de Pâques où il faut dire la vérité, avec Ambroise. Ambroise qui

continue en ami de la famille à passer prendre le café, à greffer les arbres au jardin, à seconder Clément trop faible pour certains travaux. Ambroise qui continue à la regarder. Et qu'elle ne réussit plus à ignorer. Les premiers sourires d'Euphémie la font fondre de joie. Et de tristesse. Elle épie dans ses traits les ressemblances, se maudit d'avoir donné à cette enfant si belle, si souriante, si calme une origine que la morale abhorre. Mon enfant d'amour, ma toute petite, mon aimée. Elle se reproche de trop l'aimer car l'enfant si calme devient furie dès qu'elle s'éloigne. Coupable d'aimer ! Que disait Ambroise quand elle se reprochait de l'aimer ? Ce ne peut être péché d'aimer. Mais ne délaisse-t-elle pas Rose et Tyvan et la cadette ? Ne rabroue-t-elle pas trop souvent sa grande Rose, la bousculant pour qu'elle aide au ménage ou aux champs ? Elle s'aperçoit alors que Tyvan s'est totalement entiché de sa petite sœur, la berçant des heures, courant vers elle dès qu'elle pleure et provocant ses plus beaux sourires. Il ne pose pas la question de savoir si elle est sa sœur, il l'aime, sa Mimine, c'est tout. Et Clément ? Il est son père, tout simplement. Jeanne s'apaise. Jusqu'aux prochaines angoisses et tourments de culpabilité, de regrets, d'interrogation. Que son entourage se charge de réveiller au cas où elle les oublie.

La Toinette, sa plus proche voisine, a toujours été gourmande d'histoires d'adultères et d'enfants bâtards. Jeanne ne peut plus les entendre avec la même désinvolture et s'étonne de l'extrême méchanceté de ses propos. Il y est toujours question de sexe, jamais d'amour. On rit de l'homme cocu autant qu'on persifle la femme, à qui on reproche de garder un enfant adultérin au lieu de se débarrasser de l'enfant du péché. Jeanne reçoit ses mots comme s'ils lui étaient destinés. Se demande si la Toinette n'en rajoute pas un peu devant elle, si elle ne fait pas des sous-entendus la concernant. Elle serait bien contente de la prendre en défaut, elle qui s'est si souvent montrée un modèle de courage et de vaillance, connue pour la propreté de sa maison et la politesse de ses enfants. Ce dont elle est si fière, y mettant tout son soin. Et la manière même dont Toinette aborde le sujet la salit et lui fait horreur. Vient ternir aussi l'image de son amant tendre et sincère et celle de son homme généreux et responsable. Pour lui, elle doit préserver son secret.

Ambroise a fini par accepter ce qu'elle lui demandait, une relation distante et impersonnelle. Mais il en souffre comme il n'imaginait pas qu'on puisse souffrir. Les premiers temps il a tout fait pour lui parler, espérant la faire changer d'avis. Il voulait surtout et avant tout effacer les paroles de colère qu'il lui avait adressées, lui expliquer, la convaincre. Et se montrer tel qu'il était, homme tolérant et pacifique, aimant et non comme un vulgaire amoureux éconduit. Tel qu'il voulait être. Il l'avait pratiquement enfermée dans la grange pour lui parler. Elle avait fini par s'asseoir sur le foin, raide et froide. Il avait parlé, parlé, parlé. Elle, elle ne faisait que répéter "Ce n'est pas possible", opposant le silence à ses "M'aimes-tu ?" désespérés. Il a continué à fréquenter la maison, comme elle le lui demandait et parce qu'elle lui avait assuré que Clément ne savait pas et n'avait pas cherché à savoir qui était son amant. La voir régulièrement et sans que rien ne se passe entre eux est pour lui une torture…dont il ne peut se passer. Un bonheur à portée de main qui lui est refusé. Sa passion grandit. Il la voit, si belle, si forte, si aimante auprès de ses enfants, de son mari. Il maudit la morale, le mariage, les curés qui disent ce qu'il faut faire et ne pas faire, comment il faut aimer ou ne pas aimer. Il admire sa force de caractère et sa droiture. Il essaie de se convaincre que Clément n'est qu'un rustre, un opportuniste attaché seulement aux apparences. Mais il ne peut s'empêcher d'avoir de l'estime, avec des accès de rage pourtant, pour ce mari courageux, simple, clément ma foi, qui se conduit envers l'enfant comme un père à part entière. Cette enfant que lui, Ambroise, ose à peine toucher, à peine regarder. Ah ! comme il aimerait les haïr l'un et l'autre, la croire dévergondée et légère, pour cesser de l'aimer, le croire borné et niais, lui, le haïr pour se laisser submerger par un autre sentiment que ce désespoir d'amour, que ce désir fou, envahissant, récurrent. Mais il sait bien en même temps que c'est la plus belle chose qui lui soit arrivé et il tient à son amour comme à une part de lui précieuse et indispensable. Alors il s'ouvre à elle, à chaque minute, pour l'accueillir au cas où elle revienne. Et il patiente. Il patiente tandis qu'elle se replie sur sa grossesse, ne voyant plus rien d'autre, il patiente le premier mois après la naissance, la contemplant dans son tendre maternage. Mais ce bonheur qu'elle affiche, dans l'ombre tranquille de Clément, cette image d'une famille heureuse, d'un père comblé l'excluent petit à petit, inexorablement. Son amertume du premier jour ressurgit de plus en plus souvent : elle l'a jeté comme une coquille vide, comme un objet inutile. Que lui reste-t-il ? Il n'a pas de femme, pas de famille, pas d'enfant. Pas d'enfant ! La naissance de ce bébé si jolie, petite

Jeanne en miniature, a réveillé tous ses rêves de paternité. Mais ils lui ont été volés ! Il est père sans enfant, enveloppe vide. Qu'est-ce qu'un père à qui on n'a jamais dit papa ? Qu'est-ce qu'un père qui n'est pas reconnu comme tel ? Qu'est-ce qu'un père qui n'en a pas le nom ? Plus Jeanne semble tranquille, plus Ambroise est tourmenté. Si encore elle paraissait soucieuse, malheureuse mais il ne voit en elle qu'une sérénité troublante, irréelle. Et leur histoire même devient irréelle. Est-ce bien cette femme qu'il a tenue dans ses bras, qu'il a embrassée ? Aimée ? Elle est tout à coup, pour la première fois, la femme d'un autre. Et lui ? De qui sera-t-il l'homme ? Et pour être un homme, est-il besoin d'une femme ? Ambroise se replie sur lui et s'éloigne de l'amour d'elle.

Jeanne passe du fourneau à l'évier, de la cuisine à la cave, soûle de travail et d'agitation. Car il faut les nourrir, tous ces hommes venus aider à la batteuse… Elle aime cette effervescence, cet entrain mutuel plein de gaieté. Elle n'a pas le temps de penser et ça lui convient bien. Ce soir, elle s'écroulera sur son lit avec le seul souci d'avoir satisfait la faim de tous. C'est beau d'être une nourricière, c'est bon, elle aime ça. Comme si tous ces hommes là, ces grands costauds braillards, étaient un peu ses enfants. Des *gones*. Si le temps reste au beau, tout ira bien. Elle inspecte ses casseroles, les assiettes sur les tables, longues planches dressées dans la cour sur des tréteaux. Elle est prête, ils peuvent venir. Elle se demande où ils en sont, dresse l'oreille pour guetter le sifflet annonçant la pause. Elle décide d'aller voir, sort de la cour tout en calculant mentalement si elle n'a rien

oublié, le pain, les cruches de vin. La batteuse est installée sur la route tout près de leur grange. Tyvan court tout autour, les jambes déjà toutes rayées, écorchées par les brins de paille qu'il ramasse. La chaudière ronfle doucement. Le mécanicien au visage noirci enfourne les briques de charbon. Sur le *gerbier* trois hommes défont les gerbes, sur la batteuse deux autres les *engrènent*, Clément hisse les lourdes bottes de paille. Elle se demande si ce n'est pas trop dur pour lui. Comme si souvent, elle maudit ce 28 mai qui a affaibli son homme, lui qui portait si facilement autrefois les lourds sacs de grain jusqu'au grenier. Elle aperçoit sur l'échelle un homme qui disparaît sous un sac posé sur son dos. Les hommes le taquinent, les plaisanteries fusent.
- Avec quelle main tu comptes la caresser ?
- Moi je dis qu'il lâchera l'échelle pour lui tripoter les nichons.
- Non, non, il lâchera la femme et tiendra l'échelle.
- Quand elle est dressée, faut plus la lâcher.

Ils s'esclaffent, tout contents de leurs allusions graveleuses.
- Laissez-le tranquille, dit Clément.
- Il faut bien qu'on lui donne des conseils, au futur mari. Si ça se trouve, il ne sait pas faire.
- Tu vois pas que ça les excite rien que de penser à la noce ?
- A la nuit de noces, tu veux dire ! Vas-y, le futur, soulève lui ses grosses fesses de blé, à ta promise, reprend de plus belle un homme en soulevant haut sa fourche pour accompagner le mouvement.

Jeanne est appuyée à la porte de l'écurie, juste un peu à l'écart. Elle regarde l'homme qui, arrivé en

haut de l'échelle, balance d'un coup de rein le lourd sac dans la grange. Il se retourne, lève un bras comme pour un discours tout en se cramponnant à l'échelle, sourit et apostrophe les hommes qu'il surplombe.
- Messieurs et chers concitoyens, vous êtes tous invités à l'apéritif. Et rappelez-vous, c'est le 25 août que je me marie.

Jeanne regarde l'homme sans le voir, ses yeux se brouillent, elle titube. C'est Ambroise.

Elle se retourne, essaie de reprendre le cours de ses préoccupations, les assiettes, les verres, oui, il y en a assez mais aura-t-elle assez de pâté de lapin pour tous ? Elle repousse l'image d'Ambroise, les mots qu'elle a entendus, elle ramasse un torchon tombé à côté de la fenêtre, combien d'assiettes, une, deux, trois, quatre, non je me trompe, je recommence, une, deux… Vingt-cinq août ? Les assiettes, elle les a déjà comptées et de toutes façons il sera bien temps d'en rajouter quand ils seront tous assis, ils vont aimer sa poule au pot, c'est sûr, elle sent du plaisir à l'imaginer, mais une horrible amertume lui serre le ventre, quoi, c'est quoi ? Ah oui, le mariage, Ambroise. Non, elle a dû mal comprendre et puis quelle importance, ne pas oublier les salades. Tiens ! Le sifflet de la batteuse, ça y est, ils vont être là, qu'ils mangent, vite, qu'ils s'en aillent, vite, que cet enfer finisse. Quel enfer ? Le mariage d'Ambroise ? Ça ne la concerne pas, Ambroise n'est plus rien pour elle, elle n'est plus rien pour lui, ce n'est pas possible qu'elle en souffre, elle souffre, horriblement, comme si son cœur s'arrêtait, comme si sa vie s'arrêtait. Sa vie s'arrête. Elle n'est plus rien. Quoi ? Quoi ? Elle a un mari, quatre enfants, elle est une femme, une paysanne sur des terres qui leur appartiennent, grâce à elle la propriété s'est agrandie, des champs ont été défrichés. Et puis elle est bonne cuisinière. Les pâtés ! Ils vont brûler ! Ils sont dorés à point, elle se brûle le doigt en sortant un plat, aïe, elle regarde la trace qui rougit sous son alliance, son alliance, le cœur lui serre, quoi ? Quoi ? Ah ! Le mariage. Ambroise. Les hommes sont là, bruyants, gais, exigeants. Jeanne s'appuie sur le fourneau, ferme les yeux, se redresse. Elle appelle Marthe, une voisine venue l'aider, lui confie les grands saladiers.

- Mets-les sur la table, s'il te plaît et toi, Rose, prends-en un aussi, moi je n'ai pas le temps, j'ai les plats à préparer. Appelle ton père, qu'il découpe les poules !

Clément entre dans la cuisine.

- Tout va bien, Jeanne ?
- Oui, oui. Où ai-je mis le couteau ?

Dehors les hommes appellent : "Jeanne ! Jeanne !". Clément sourit, il aime voir sa femme appréciée et fêtée, elle sait si bien régenter, commander, trouver un mot pour chacun, voir d'un regard ce qui manque. Jeanne, c'est une reine.

- Vas-y, Jeanne, ils te veulent, je m'en sors, ne t'inquiète pas.

Elle se penche à nouveau sur son fourneau, un homme passe la tête à la porte.

- Jeanne, on vous demande.

Clément s'étonne.

- Tu n'y vas pas ?

Elle ne peut plus se dérober. Elle marche vers les tables, elle marche vers sa douleur, elle marche vers Ambroise. Ambroise qui va se marier.

La journée n'en finit plus. Les hommes sont retournés travailler, le sifflement de la batteuse indiquant qu'ils ont fini le blé et qu'ils commencent l'orge a résonné dans le brouhaha de la cuisine. La vaisselle est terminée, la cuisine s'est vidée mais il faut maintenant préparer le casse-croûte d'avant la traite. Même en un jour comme celui-là, les vaches n'attendent pas. Jeanne ne cesse de s'étonner de cette douleur qui la ravage, douleur qui ne lui appartient pas, douleur à laquelle elle n'a pas droit puisqu'elle n'a aucun droit sur cet homme qui fut son amant. Elle tressaille. Son amant. Le mot seul déclenche dans son ventre, dans ses cuisses une ondée de plaisir et remonte en amertume déchirante. Jamais plus. Jamais plus elle ne connaîtra le bonheur, le sentiment d'être femme. D'être quelqu'un. D'être unique. *Tu n'es pas tout seul*, ne cesse-t-elle de dire à ses enfants, à Tyvan toujours si demandeur, à Euphémie qui ne supporte pas de la quitter une minute, qui ne peut dormir sans lâcher sa main. Euphémie, l'enfant de l'amour. Non, l'enfant de Clément, l'enfant de son mari ! Unique au monde, elle l'a été dans les bras de cet homme aux paroles déferlantes, aux éclats de rire multicolores, aux yeux vivants. Des yeux qui la voyaient et où elle se voyait. Elle n'avait jamais été regardée auparavant, elle ne sera plus jamais regardée. Son mari, sa famille, ses voisins et même tous ces hommes qui tournent autour d'elle ne l'ont jamais vue, ne voient d'elle que le reflet de leurs désirs et de leurs besoins : épouse, mère, maîtresse de maison. Qui est-elle ? Que n'est-elle pas ? Un plat lui échappe des mains et s'écrase au sol dans un grand fracas. Elle le regarde, éberluée, se met à pleurer. Clément venu chercher une cruche de vin la

trouve ainsi, en larmes, avec Euphémie qui s'est dressée sur ses petits pieds en s'accrochant à ses jupes.
- Zut, le plat de notre mariage, c'est pas de chance. Allez, pleure pas, c'est la vie.

Il se baisse pour ramasser les morceaux, elle le repousse.
- Laisse donc, je m'en occupe.

Elle s'essuie les yeux, attrape la cruche vide pour lui en donner une pleine, empoigne Euphémie pour l'installer à nouveau sur ses coussins. Depuis qu'elle se déplace à quatre pattes, il faut tout le temps la surveiller. Clément sort. Et elle se sent furieuse. *C'est la vie, c'est la vie.* C'est tout ce qu'il sait dire. Cet homme là est d'une passivité à faire peur, il laisse tout couler, le bien comme le mal, sans jamais rien attraper dans ses mains. Un mort vivant. Un boulet dans sa vie. Elle s'étonne de ces sentiments qui l'assaillent, ne se reconnaît plus, d'où lui viennent ses pensées si dures, si nouvelles ? Elle a été aveugle jusque là, c'est tout. C'est bien une réalité que sans elle, rien jamais ne bougerait. Elle a dû lutter contre lui pour qu'il achète de nouvelles terres, elle a même proposé qu'il utilise sa dot. Elle a dû lutter contre lui pour qu'il se mette à l'élevage du ver à soie, il avait peur, n'osait pas. C'est pourtant agréable quand un peu d'argent rentre à la maison. Comment pourrait-elle préparer le trousseau de ses trois filles si elle n'avait que le produit de la ferme qui suffit juste à les nourrir ? Et cette idée qu'elle a de servir des repas le jour de la vogue des bugnes et qu'il repousse parce qu'on n'est pas un tripot quand même. Oui, il la tire en arrière, englué qu'il est dans le quotidien. Et son silence, ah ! Son silence. Deux mots par jour, quatre quand il est en forme. Des jours entiers à faire la tête quand il est contrarié et sans pouvoir dire pourquoi. C'est tellement bon de parler pourtant ! Et de parler avec un homme. Avec un homme ? Elle se secoue, elle est injuste, son mari est un brave gars, il ne boit pas, ne traîne pas dans les cafés, ne la tape pas. Il ne fait rien en fait, c'est bien ce qu'elle lui reproche. Un empoté. Un lourd, un mou. Et depuis la blessure du 28 mai... Elle repousse ses pensées, il y a une limite à l'indécence, elle n'a jamais voulu même réfléchir aux conséquences dans leur vie de cette blessure. Elle le soigne, c'est tout. Comme une bonne épouse. Mais elle n'aime pas ses jambes poilues, son torse épais, son cou de taureau. Oh ! Oh ! Ça suffit ! C'est ce qu'elle aimait jeune fille, cette force virile qui la protégeait. Oui, eh bien maintenant, ça la dégoûte. Non, non, ça ne la dégoûte pas quand même, elle aime toujours se serrer contre lui la nuit, dans cette chaleur qu'irradie son corps solide. Mais est-ce donc cela, et cela seulement, qui lui sera, sur cette terre, échu ?

Quand il s'incline devant elle comme si elle était une dame, Jeanne sent se déplier en elle un voile de lumière. Le quincaillier s'est toujours montré prévenant, au point qu'elle en soit gênée. Mais ce jour-là, ses égards lui paraissent bien doux. Il faut dire qu'elle se trouve depuis des mois dans un état de marasme et de dégoût de tout. Clément l'irrite au plus haut point, la lenteur de Rose l'exaspère, les amis et voisins ne lui ont jamais paru si mesquins et vulgaires, même son Tyvan chéri l'énerve par son désir de bien faire qui le met sans cesse dans vos pattes alors qu'on ne lui demande rien. Elle a réussi à se fâcher avec sa sœur pour une histoire de gamelle prêtée et rendue abîmée. C'est la guerre généralisée. Mais sa pire ennemie, c'est elle-même : elle est grosse, laide, elle a un visage de cheval et des cheveux affreux, elle casse tout, n'a jamais réussi une reprise sur des chaussettes, son ragoût n'a jamais égalé celui de sa belle-mère. Elle ne sait pas s'y prendre avec sa cadette toujours si exigeante ni même avec le bébé qui hurle dès qu'elle s'éloigne. Elle est obligée de l'emmener partout avec elle. Le monde est noir comme les murs de la salle de ferme. Et la voilà encore obligée d'aller négocier un crédit chez le boucher et chez le quincaillier comme une pauvresse qu'elle est. Elle respire profondément. Se laisse guider par le commerçant jusque devant le comptoir. Elle le regarde. Il n'est pas si vieux que ça, à peine dix ans de plus qu'elle, pas plus. Et il a fière allure avec sa fine moustache et sa blouse grise. Il a l'aisance d'un bourgeois. Il doit en avoir, de l'argent ! Et simple avec ça. Ce doit être un brave homme.

- Qu'est-ce qu'il vous faut aujourd'hui ?
- Des clous pour le portillon du soue des cochons. Cette taille-là.

Elle lui montre un modèle.

- Pas de problème.
- Est-ce que ce serait possible, si ça ne vous dérange pas, de me le marquer sur ma note ? Je paierai avec l'argent du cochon.
- Aucun problème, ma petite dame, je vous connais bien et je vous fais confiance. Mais vous avez l'air bien soucieuse aujourd'hui.
- Moi ?

Il rit.

- Vous, oui. Vos beaux yeux sont tout nostalgiques.

Elle se raidit sous le compliment, habituée comme par réflexe à écarter les hommes.
- Ne craignez rien, Madame, j'ai le plus grand respect pour vous. Il y a longtemps que je vous observe, si vaillante, si pleine de vie. Vous êtes une vraie personnalité, plaisante, intéressante. Je vous en parle aujourd'hui parce que je vous trouve bien triste.

Jeanne le regarde à nouveau, longuement. Elle se voit dans ses yeux, jeune femme dans tout l'épanouissement de ses trente ans, belle, attirante, captivante. Quoi ? Elle est quelqu'un ? On peut la remarquer, avoir plaisir à lui parler ? Elle n'est pas la délaissée, la *péguenote*, la ratée ? Elle se laisse aller à la caresse de ce regard. Elle plaît, depuis longtemps peut-être. Le quincaillier se met à rire à nouveau.
- Me permettez-vous, Madame, de vous faire un petit cadeau, en tout bien tout honneur, juste pour vous remercier de votre fidélité à notre magasin.

Il lui tend une magnifique rose de tissu écarlate.
- Vous pouvez aussi bien en décorer un chapeau qu'une robe ou une ceinture. Ainsi vous serez encore plus belle.

Jeanne rougit. Elle se secoue, termine vite, très vite, son achat, sort sans le regarder.

Et oublie aussitôt, préoccupée à compter ce que les jambons pourront rapporter, sans compter le boudin que la châtelaine lui achète chaque année. Elle pourra rembourser le boucher et peut-être garder un peu pour le trousseau des filles, il faut y penser.

Le jour où l'on tue le cochon est une journée de dur labeur pour les femmes. Jeanne l'a toujours entamé avec vaillance, emportée par l'ambiance, les chants, la gaieté des hommes, la coopération des femmes, les délices du repas. La veille du grand jour, elle s'endort en faisant la liste des plats à préparer, celle des voisins sur qui ils peuvent compter, les choses à ne pas oublier dès le lever. Mais cette année le sommeil est long à venir, elle ne rumine que les tâches pénibles qui l'attendent, les incidents probables, les défections, les petites manies de tel ou telle qui ont le don de l'exaspérer. Elle en est fatiguée d'avance.

Et dès le matin, tout commence mal. Le temps est à la pluie, il va falloir trouver des bâches pour couvrir le baquet, elle a ses règles avec plusieurs jours de retard, ce qui les rend toujours plus abondantes et Rose a la fièvre, elle va lui faire défaut à la cuisine. Jeanne s'appuie contre la cuisinière, la tête lourde. Le manche de la cafetière maintes fois rafistolée vient de lui rester dans les mains. Si le quincaillier la voyait dans sa misère et sa peine, avec ses cheveux qu'elle n'a pas eu le temps de coiffer et son visage tout ankylosé de fatigue et d'abattement... Elle revoit son regard, elle se revoit dans son regard. Elle se redresse. Oh, comme il est bon d'être appréciée. Elle le reverra bientôt puisqu'elle doit aller le payer. Elle en est toute ragaillardie, adoucie, elle verse le café à son homme, se dit que Rose se sentirait bien de boire un peu de lait au miel, la pauvre, prend le temps de chatouiller et faire rire Euphémie prisonnière de sa chaise haute. La journée commence.

Mais les cris du cochon ne lui ont jamais semblé si stridents. Le Paul s'y prend mal, c'est sûr ! Et Ambroise qui rit comme un bienheureux ! Bienheureux, fichtre ! Heureusement qu'il n'a pas

amené sa niaise, on a assez de bras inutiles ici. Et toutes ces commères qui racontent la vie du pays : à cause de la neige, ils ont attendu deux semaines pour baptiser leur *gone*, quelle inconscience, et la Germaine, c'était pas un coup de froid, c'est sûr, ce qu'elle a eu, c'est un polichinelle dans le placard, oui, vous n'y croyez pas, c'est sa belle sœur qui me l'a dit, et je vais vous dire un truc mais il ne faudra pas le répéter, j'ai vu la Marie, oui, celle de Lulu, sortir du bois toute ébouriffée et avec un homme, non, je peux pas le dire, non.
Cette fois Jeanne n'en peut plus. Elle monte dans la chambre, s'effondre. Est-ce que sa vie ne sera faite que de casseroles et de vaches à traire ? Et cette maison jamais vraiment propre malgré ses efforts, les murs noirs de suie, le parquet enfoncé et rebouché par endroit avec du plâtre. Ce qu'elle aime dans les magasins de Yenne, c'est le propre, le neuf. Et quand il la regarde, le quincaillier, c'est comme si la vie prenait des couleurs. Jeanne sent le froid l'envahir, les vitres de la chambre sont couvertes de gel, il lui faut retrouver la chaleur de la cuisine, les repas à servir, les femmes, les hommes, la cochonnaille.

Le jour où elle descend à la ville régler sa dette, Jeanne a mis son plus beau corsage et un fichu coloré. Avant d'entrer, elle se pince les joues et s'humecte les lèvres pour se donner des couleurs. Le quincaillier vient vers elle avec élégance, pense-t-elle. Il n'a pas sa blouse grise et elle le trouve très beau dans son veston. Elle se sent intimidée de toutes les pensées qui l'ont portée vers lui ces dernières semaines et rougit comme s'il pouvait deviner. Il demande des nouvelles de sa famille, lui

fait raconter la mort du cochon. Elle s'apaise, prend plaisir à lui donner des détails.
- Et je me suis demandé si le Paul n'avait pas raté son coup tant il criait fort, pauvre bête. D'autant que c'était un porc particulièrement doux. Et très gourmand ! Quand il me voyait arriver pour remplir son auge, il frétillait de la queue. Je l'aimais bien, vous savez, on s'habitue aux animaux qu'on élève.
- Peut-être parce que vous êtes particulièrement sensible. Je connais bien des paysans qui ne se préoccupent aucunement de leurs animaux. Certains sont mêmes méchants avec eux.
- Ce n'est pas la majorité, je vous l'assure. Nous aimons nos bêtes. Nos vaches ont chacune leur nom et même les enfants ne les confondent pas. Mon Tyvan a sa préférée, Choupette, il la nourrit toujours en premier.
- C'est incroyable comme vous avez une vision positive du monde.
- Comment ça ?
- Vous ne voyez jamais le mal.
- C'est un défaut, sans doute.
- Non, c'est une grande qualité.

Elle rougit. Il enchaîne, très vite.
- Avez-vous fait de l'huile de noix, cette année ?
- Oui.
- S'il vous en reste, je vous en achèterais bien une bouteille. Et vous faites aussi du vin de noix ? Moi, j'en ai fait pour la première fois, tiens, je vais vous le faire goûter.
- Oh non !

Il est déjà parti au fond du magasin, il revient avec deux petits verres et une bouteille.
- Vous ne pouvez pas me le refuser, il faut sceller notre amitié.

Elle rougit à nouveau mais il a l'air naturel, sans arrière-pensée. Elle trempe ses lèvres dans la liqueur. Elle se sent bien, sereine, vivante. Oui, la vie est là, dans ce moment où le temps s'arrête, où le plaisir des papilles donne une consistance à l'existence. Elle existe, femme, jeune, elle est une personne et en face d'elle un homme prend plaisir à sa compagnie.

Pas toujours facile de trouver des prétextes pour aller à la quincaillerie et les gens auront vite fait de jaser s'ils l'y voient trop souvent. Elle s'en moque. Autant elle a été d'une extrême prudence dans ses rendez-vous avec Ambroise, autant elle se montre inconséquente pour ceux-là. Quand elle trouve du monde dans le magasin, elle fait semblant de réclamer des clous, du plâtre, donne des explications sur la nécessité de ses achats. Elle sait bien que tous ne sont pas dupes. Qu'importe ! Ces moments passés dans la boutique sont devenus vitaux pour elle. Le quincaillier se fait de plus en plus tendre et elle s'étonne de ressentir une excitation si raisonnable, si sage. Elle se contenterait bien de quelques câlins. Mais si elle en accepte un, il faudra bien accepter la suite. Les hommes, il ne faut pas leur en promettre… Et puis, elle n'est pas une allumeuse, quand même ! Allumeuse, un raisonnement d'homme. Elle n'a rien promis, rien donné. Elle se laisse juste un peu courtiser, il n'y a pas de mal à ça. De toute façon, elle ne sait plus ce que ça veut dire le bien, le mal. Elle se sent prête à le défier, à défier tout le pays. Elle veut juste que s'apaise la douleur au creux d'elle-même où des tenailles la broient sans cesse, lui coupent le souffle, resserrant son univers, effacer l'image de l'autre. Elle veut juste se redresser un peu.

Et c'est la Toinette comme toujours qui lance les premières piques.
- Tu ne pourrais pas me rapporter quelques caoutchoucs pour mes bocaux, par hasard ?
- Comment te rapporter ?
- Ben oui, de la quincaillerie. Comme ça, tu lui dis de le mettre sur mon compte. Il te fait des prix, à toi ?

Jeanne rougit. Comment ose-t-elle ? Mais elle se reprend. Et contre-attaque.
- Oui, il nous fait des prix. Il dit qu'il fait toujours des prix aux bons payeurs.

Elle s'étonne elle-même d'avoir trouvé la répartie face à cette langue de vipère. Elle a envie de la rendre jalouse, de les rendre jaloux, tous, qu'ils voient tous comme elle sait plaire. Il y a des moments où elle voudrait se promener à nouveau avec un ventre rond et leur faire croire à tous qu'elle porte un enfant de bourgeois. Ah, ils en seraient verts de rage ! Elle s'en veut de ses pensées, elle s'en veut de s'être laissée entraîner à une malveillance qui l'écœure. La vie est bien amère, plus souvent glauque que belle. Belle ? Elle chasse des souvenirs qui ne lui laissent que des regrets.

Tyvan arrive en courant, portant Euphémie.
- Toinette, regarde, elle marche ! Elle marche, à onze mois ! Elle est très en avance, maman a dit qu'elle fait tout en avance. Elle parle

aussi. Enfin, un peu. Mimine, Mimine, viens là, viens montrer à Toinette.

Tyvan campe sa petite sœur devant la femme. L'enfant se débat, enfouit son visage dans le pantalon de son grand frère.

- Laisse-la donc, tu sais qu'elle n'aime pas quand il y a du monde. Tu vas la faire pleurer.
- Mimine, Mimine, dis : Tyvan, Tyvan.

Il la met debout devant la table pour qu'on la voie bien et se tient derrière. Elle pleure, se retourne et tend les bras vers lui, il recule en riant, elle s'élance pour attraper sa main tendue.

- Mais laisse-la, enfin ! On n'embête pas les enfants comme ça. Ton Tyvan, il va la faire tomber, tu vois bien.

Jeanne sourit, la vie n'est belle que dans la tendresse des enfants.

- Ne t'inquiète pas, avec lui, elle est en sécurité.

Jeanne sent toutes les mauvaises pensées s'en aller, une forme de bien-être l'envahir. Ça alors, il y avait longtemps qu'elle n'avait pas eu cette sensation. C'est comme si elle s'ouvrait, s'épanouissait dans une plénitude tranquille. Un moment magique qui pourrait ressembler à du bonheur. Elle rit en elle-même. Elle n'ira plus à la quincaillerie. Elle se suffit à elle-même, elle n'aura dans sa vie que du propre, du simple, du vrai. Elle entend le murmure de la voix qu'elle aimait.

- Attrape-la, maman, attrape-la !

Jeanne reçoit dans ses bras le doux corps de la fillette, Tyvan se précipite à son cou et les enlace ensemble.

Jeanne s'apaise mais pas les mauvaises langues. Les ragots, elle le sent bien, se déchaînent et voilà que les soupçons pèsent sur la naissance d'Euphémie. Mais c'est le quincaillier qui est soupçonné d'y être pour quelque chose. La première fois qu'elle saisit une allusion dans ce sens, Jeanne en rit franchement, ce qui d'ailleurs désamorce un temps les commérages. Qu'on puisse colporter le faux en ignorant le vrai lui semble un bon tour qu'elle leur fait. Son secret le plus précieux, elle l'a gardée pour elle seule. Mais très vite elle comprend que ce n'est pas très confortable et que le regard narquois des autres la touche plus qu'elle ne pensait. Si encore elle vivait toujours dans ce merveilleux amour qu'on lui reproche aujourd'hui. Mais elle n'a même pas cette consolation. Parfois elle ressent au creux de son ventre un coup de poing, une douleur insupportable qu'elle se refuse à nommer. Elle se dirige alors vers son ouvrage, vers ses enfants qui chacun à sa façon, la comble. Parfois elle sent sur Euphémie des regards suspicieux qui cherchent des ressemblances, des preuves, elle voudrait alors mettre ses mains sur le joli visage pour le préserver à jamais. Puis elle se redresse farouchement, défiant le monde. La Mathilde vole le bois de son voisin, l'Antoine met de l'eau dans le vin qu'il vend, les Mignard sont en guerre avec leurs voisins et prêts à sortir le fusil, le Gaston bat sa femme, la Valentine a dénoncé son beau-frère à la police. Et ces gens-là la condamnent parce qu'elle a aimé ?

Ils sont bien nombreux ce soir pour *nailler* les noix, Jeanne s'en étonne sans s'en inquiéter. Elle aime qu'il y ait du monde et elle connaît son Clément,

accueillant. Et puis ces soirées sont tellement gaies quand on est nombreux. On y échange toutes les nouvelles, celles du village, celle de Lyon et même celles de l'Amérique. Ambroise est en colère parce que deux innocents ont été condamnés à mort.
- Condamnés uniquement parce qu'ils sont anarchistes, uniquement à cause de leurs idées. Et aussi parce que ce sont des immigrés, on les aime pas, là-bas. Ils n'ont rien fait, ni Sacco ni son copain Vanzetti et pourtant ils vont mourir. Il fait pas bon aimer la liberté.
Les conversations sérieuses de la première heure ont laissé place aux plaisanteries. Un homme commence une histoire, un autre enchaîne. Le tas de cernes de noix grandit. Deux fois déjà, Jeanne a débarrassé les coquilles.
- Clément, chante-nous une chanson !
Clément ne se fait pas prier, entonne la chanson des blés d'or.
- Si on passe aux chansons, alors moi je vais vous préparer un *brulôt*, dit Jeanne.

On applaudit, on se réjouit.
- Je débarrasse encore *un coup* les coquilles et je m'y mets.
- Je vais t'aider, dit Ambroise.

Il se lève, attrape la lessiveuse avec elle, sursaute. L'effleurement involontaire de sa main l'a gêné, il ne veut à aucun prix qu'elle le croit ambigu. L'effleurement involontaire de sa main a plongé Jeanne dans un émoi total. En elle c'est une digue qui cède. C'est la première fois depuis des mois qu'elle voit Ambroise, non pas l'ami fidèle de la famille mais son Ambroise. Son visage à peine aperçu brille. Elle sort d'un long tunnel, d'un long sommeil et sa pulsion amoureuse déferle en elle comme un ouragan de plaisir, sa partie intime frémit, le creux de son ventre tressaute. Elle tente de repousser l'image aimée mais ça ne marche plus. Ce qu'elle a verrouillé si longtemps n'est plus verrouillable. Je l'aime, je l'aime. Et elle attrape une casserole, je l'aime, je l'aime. Elle y met le sucre et la *gnôle*. Je l'aime, je l'aime, elle sourit et baragouine avec Euphémie assise sur un coussin, elle tapote l'épaule de Tyvan qui emplit une cruche, répond aux hommes qui réclament des noix encore, explique aux jeunes filles comment laisser caraméliser le sucre, je l'aime, je l'aime. Et elle verse le *brulôt* doré à point dans un grand broc de terre.

A huit heures au Flon. Avant même de l'avoir décidé, elle sait qu'elle lui donnera rendez-vous. Elle se demande s'il acceptera, s'il captera son message. Et reprendra leur tendre connivence. Comment savoir où il en est après tout ce temps ? Comment savoir s'il l'aime encore ? Mais il est marié, c'est une autre qu'il aime, c'est à une autre qu'il consacre ses mots tendres. Non, elle ne peut le croire. Leur amour avait quelque chose de particulier, quelque chose d'unique. Leur amour est resté intact au fond d'elle-même, comme endormi, parce qu'il est impérissable.

Alors qu'Ambroise s'approche du fourneau pour l'aider, elle accroche son regard une fraction de seconde. Oh ! Que c'est bon de se regarder !

- Le Flon a bien grossi avec les pluies. Faudra que j'aille y voir demain matin, j'ai huit grosses lessiveuses à vider, huit.

Et Ambroise, le Ambroise de toujours répète d'une voix toute chargée d'émotion.

- Huit lessiveuses, dis donc, veux-tu que je vienne t'aider à les transporter ?
- C'est pas de refus. Viens donc au matin.

Et c'est ensemble qu'ils descendent au Flon, comme de bons amis, pendant que Clément est à la taille. Et c'est ensemble qu'ils se retrouveront, comme des amants éternels. Et ils s'aimeront et ils parleront et ils s'aimeront et ils parleront.

Ah ! la merveille des mots ! Des mots qui ruissellent sur son corps en autant de caresses vivifiantes. Des mots qui disent tout de leurs émotions, de leurs sentiments, de la dure ambivalence de la vie, des mots qui disent la beauté du monde et combien il est bon de s'unir à elle dans l'amour. Des mots qui ne cessent de rouler entre eux et les emportent ensemble dans un tourbillon qui les isole d'un monde de convenance, de commérages où n'existe pas cette réalité humaine toute simple qu'une femme peut aimer un mari et un amant. Car elle l'aime aussi, son Clément, ce taiseux sur lequel elle appuie sa vie, confiante et sereine, et elle le dit à son amant, j'aime mon mari et Ambroise qui l'écoute en fait des mots qui construisent au lieu de détruire, qui unissent au lieu de séparer. Ah ! La merveille des mots ! Quand tout est au dessus du bien et du mal, en dehors. Et elle voit de loin les noirs discours du curé sur l'adultère, elle voit de loin ce dieu qui est amour et exclut l'amour, non, elle n'est pas d'accord avec lui et elle le lui dit, elle dialogue avec dieu comme elle ne l'a jamais fait, comme elle ne le fera plus jamais surtout après le grand malheur car la parole de ce dieu-là, un dieu d'amour qui ne reconnaît pas l'amour la tourmentera souvent, longtemps. Mais pas en ce moment, pas dans les

bras d'Ambroise où tout est clair, propre, beau. Où tout peut se dire même le plus tabou. Même cette peur toujours et toujours d'être enceinte, de revivre cet enfer d'être déchirée, écartelée, dans cet impossible d'être épouse, amante et mère à la fois.
Et ils en parlent. Oui. Simplement. Comment éviter d'être enceinte : d'abord il doit se retirer avant d'éjaculer. Oui, il emploie ces termes-là, les termes justes. Tranquillement. Ensuite, elle doit se laver juste après. Mais cela ne suffit pas. Il refuse les mixtures introduites dans l'orifice féminin -oui, il emploie ces termes-là, tranquillement- car il a entendu dire que c'est dangereux pour la femme et il n'est pas question qu'elle prenne un risque. Et il lui parle du *voluptueux*. C'est quoi ça ? Un préservatif en latex, inventé par un certain Goodyear, qui empêche que le sperme pénètre. Des amis de régiment lui ont dit que c'est très efficace à condition de le laver soigneusement chaque fois qu'on s'en sert. Et c'est ce qu'ils feront, sans honte et sans gêne. Et Jeanne se sent plus tranquille, et le temps d'une étreinte oublie qu'elle est mère, qu'elle peut l'être à nouveau, le temps d'une étreinte se livre à ce moment qui la coupe de tout, sauf d'elle-même.
Et elle laisse sereinement se dérouler les cycles et les mois et les saisons. Elle s'étonnera que son orgasme ne soit pas toujours le même, que là où elle l'attendait en flèche il arrive en vagues ondulantes et cadencées. Elle s'affolera qu'il ne soit pas présent à l'appel. Car elle poursuit cette première fois où il lui fut révélé comme s'il ne pouvait être que tel qu'il lui fut révélé, immuable. Elle se laissera pourtant séduire et apprivoiser par ses tressautements frivoles et badins, par ses longs étirements langoureux et entêtés, malgré sa crainte

qu'il lui échappe. Et il lui échappera parfois et elle en rira, riche de tous ceux qu'elle a vécus et goûtés. Car leur souvenir même, encore et encore, la comble.

Alors vient le grand malheur.
Euphémie a grandi et comme le disait sa mère, elle est en avance en tout. "Et elle fait déjà des phrases" dit Tyvan avec sa tête penchée et qui lui fait si mal depuis qu'il a reçu un ballon dans la tête dans la cour de l'école. Et Ambroise est là et elle s'appuie sur lui tandis que le malheur se prépare, pendant que le malheur s'installe, quand le malheur est là. Oh ! Elle serait devenue folle sans lui et elle devient folle dès qu'elle est loin de ses paroles rassurantes, censées, claires, dès qu'elle est sous le regard accusateur d'un dieu vengeur qui hurle qu'elle est responsable du grand malheur et que c'est sa punition car elle a péché. Punie d'avoir aimer ! Elle devient folle de douleur et de rage, elle voudrait n'être que mère, prendre dans ses bras son enfant et remonter le temps, quand il était en sécurité dans son giron, qu'elle pouvait tout pour lui, qu'elle pouvait lui donner le bonheur après lui avoir donné la vie. Et la vie lui est reprise, Tyvan se meurt, à l'hôpital de Lyon, les médecins haussent les épaules, impuissants, et elle sait qu'il va mourir, que plus personne ne peut rien pour lui, alors elle le prend dans ses bras et s'enfuit loin de l'hôpital, loin de Lyon, vers la maison de son père et Tyvan, tout faible, tout menu, avec ce poison dans sa tête car ce n'était pas le ballon, se montre tout heureux de rentrer chez lui, de voir sa Mimine. "Mimine, Mimine, j'ai dû lui manquer. Est-ce qu'elle m'a réclamé, maman ? Est-ce qu'elle a dit mon nom ? Elle n'a pas

oublié mon nom, j'espère !" oui, tu lui as manqué, mon enfant, mon amour, oui, tu vas lui manquer encore et encore et me manquer dans cette maison où tu reviens pour mourir, mon enfant, ma vie. Il n'est pas juste qu'un enfant meure avant sa mère, ce n'est pas dans l'ordre des choses et je n'ai pas su te garder en vie, préserver cette vie que je t'ai donnée. Oh ! Le temps où je pouvais tout pour toi. Et c'est moi qui te fais mourir ? C'est ma faute qui te tue ? Oh ! Ambroise, redis-moi qu'il n'y a pas de faute à aimer. Oh ! Clément, redis-moi que c'est la fatalité, qu'on n'y peut rien. Mon fils se meurt et je ne peux rien. Je suis sa mère et je ne peux rien ? Comment est-ce possible ?

Un lit a été installé dans la pièce du bas, à côté du fourneau et c'est de là que Tyvan s'achemine vers sa fin. Il est de plus en plus éteint, faible. Seule sa tendresse pour sa petite sœur le redresse. Dès qu'elle approche, ses yeux s'animent, il tend sa main toute fluette hors des couvertures, essaie de l'attraper. Puis se remet à gémir de douleur, tournant la tête sur les draps mouillés de sa sueur. Euphémie s'approche alors, toute étonnée. Elle lui montre une pomme que sa mère lui a donnée, ou un épi de blé tressé, ne comprend pas qu'il ne veuille rien. Le soir, quand Jeanne vient se glisser près de lui, il se laisse aller contre sa poitrine et pendant quelques instants, la maladie n'existe plus. Mais elle attaque à nouveau avec une force décuplée, comme furieuse d'avoir été dupée par ce mouvement de tendresse maternelle. Et les nuits sont une torture pour la mère comme pour le fils. Un matin, Clément la trouve endormie, harassée de fatigue. Il s'approche du lit, effleure le front de son fils. Il ne sait que faire, gauche et impuissant. Il se dirige vers le fourneau,

ce serait bien que Jeanne trouve le feu allumé, le café prêt. C'est la première fois qu'il est levé avant elle et il se sent tout emprunté. Il entend un petit bruit, se retourne. Elle pleure. Sa femme, sa solide, sa forte a un regard d'enfant perdu. Ils se regardent longuement, Tyvan dort. Clément fait signe de ne pas parler, de ne pas bouger, de laisser leur fils se reposer. Jeanne pleure de plus belle, silencieusement, comme si cette sollicitude ouvrait les vannes de son chagrin. Clément a ouvert le couvercle du poêle, gratte les cendres de la veille. Jeanne essaie de se détacher des bras de son fils sans l'éveiller. Mais il pousse un petit cri de douleur, se contracte, s'agite. Elle le prend dans ses bras, essuie ses larmes dans son cou en tentant de l'immobiliser contre elle, enserrant de ses mains la petite tête douloureuse. La journée commence, le calvaire continue.
Tyvan s'éteindra doucement, sans bruit et c'est le silence qui attirera Jeanne vers le lit. Le silence de la mort qui l'envahira toute entière.

Si les larmes mesurent l'amour qu'on a pour celui qui n'est plus, alors l'amour de Jeanne était infini car infinies sont ses larmes. Mais peut-être mesurent-elles aussi notre impuissance face à la mort ou au contraire la part qu'on y a, cette illusion qu'on peut y avoir une part. Cette illusion d'une mère qui croit avoir donné une vie qui n'aura pas de fin, qui croit avoir donné la vie sans avoir donné la mort qui est au bout. Mais ce n'est pas dans l'ordre des choses ! Il n'a pas déroulé sa vie, il n'a pas été adolescent, jeune homme. Il n'a pas aimé. Il ne s'est pas révélé ou fort ou tendre ou violent ou paysan ou artisan ou soldat ou grand ou père ou voyageur ou… Son

avenir ne s'est pas déployé, le fil en a été coupé. Son seul garçon, sa fierté, sa joie n'est plus. Qui prendra soin d'elle, qui héritera des terres, de la ferme. Du nom ?
Jeanne pleure.
Tyvan est partout, voilà sa blouse d'écolier, voilà la petite chaise où il aimait s'asseoir, voilà le groseillier qu'il avait planté avec son parrain. Et voilà son nom dans la bouche d'Euphémie car elle le réclame encore malgré ses deux ans et malgré, dans cette famille de taiseux, la difficulté de tous à parler de lui. Sauf Ambroise. Ambroise qui, tout doucement, petit à petit va faire renaître tous les souvenirs de l'enfant, sa diligence à aider, sa manière si drôle, tout jeune, d'imiter son père et de marcher dans son sillage, sa jolie voix quand il chantait, comme son père encore. Et un jour, longtemps après, Ambroise commencera à évoquer ses bêtises. "Tu te rappelles quand il séchait l'école, oh ! la colère que tu as pris ce jour-là, il était allé ramasser des mûres" et Jeanne fronce les sourcils, il ne faut rien dire de mal de son fils, des colères qu'elle a eu contre lui, puis elle se détend et sourit et revoit son Tyvan bougonnant devant son livre d'école, toujours pressé de travailler aux champs, de traire les vaches et courir autour de la batteuse.

Les années passent.
Jeanne se sent double. Elle est totalement cette mère de famille sérieuse, sincèrement attachée à l'homme qui lui a été donné pour époux, pleurant un fils, pétrie de culpabilité de ses amours adultères. Et elle est totalement cette femme aimante et fière d'aimer, pour qui Tyvan est un ange qui veille sur elle, pour qui la culpabilité n'est qu'une affaire de bigotes et de curé attardés, pour qui dieu est amour et bien au-dessus de tous ces raisonnements et bondieuseries.
Les années passent au rythme des saisons et des travaux des champs, avec le soin régulier des bêtes et l'évolution si rapide du souci porté aux enfants grandissant, avec la douleur lancinante et quotidienne qu'elle porte au cœur d'elle-même.

Euphémie depuis le grand malheur s'est attachée encore plus, si faire se peut, à sa mère. Jusqu'à quatre ans, elle n'a pu dormir sans tenir sa main. Enfant sensible, affectueuse plus encore que ne l'était Tyvan, elle qui est si souvent câlinée par ses grandes sœurs. Elle se montre pourtant terriblement têtue. Quand elle veut quelque chose, elle s'obstine, se referme sur elle-même, refuse tout compromis et ne retrouve le sourire que lorsqu'on a cédé. Oh ! Elle ne se met pas en colère ! Mais elle peut faire la tête pendant des jours. La moindre méchanceté, même anodine, la laisse blessée longtemps et elle s'enferme dans un chagrin plein de rancune qui la paralyse. Mais la moindre gentillesse qui lui est accordée la fait fondre de tendresse. Elle se consacre totalement à ceux qu'elle aime dans un désir de faire plaisir qui ne faiblit pas. A trois ans, sans qu'on le lui demande, elle va chercher la pelle quand elle voit sa mère avec le balai. A cinq ans, elle va cueillir des mûres pour sa grande sœur Rose qui les aime tant, à sept ans elle court jusqu'à la Peïendrire pour porter le casse-croûte du matin à son père et elle y ajoute des fleurs coupées dans les champs. Elle a pour Clément une admiration pleine de réserve, proclame que le pain de son père est le meilleur du village – car à tour de rôle chaque foyer fait le pain pour sa maison et pour les voisins. Et quand il se met à chanter, de cette belle voix grave et chaude, elle l'écoute fascinée. En se désolant de chanter si faux elle-même.

Seul Ambroise ne réussira jamais à avoir ses faveurs. Elle lui montre une superbe indifférence, passe à côté de lui sans le voir, ne sait jamais de quel "ami de la famille" on lui parle. Ambroise en souffre mais ne dit rien. Il se régale d'elle, de loin. Il se régale de sa beauté, de sa gentillesse, de son attention aux autres et de son attrait pour les livres. Car dès les premiers jours d'école, Euphémie se précipite dans ce savoir qui lui est offert comme si l'ignorance était pour elle un gouffre de perdition. Elle apprend très vite le français, que sa mère, soucieuse de les voir posséder la langue, essaie de leur parler à la maison. Elle ne sera pas punie pour avoir parlé la langue savoyarde -le patois, comme dit la maîtresse- dans la cour de l'école. Elle ne sera pas punie du tout d'ailleurs, studieuse et sage. Elle apprend vite, bien, écrit parfaitement, bonne élève toujours. Euphémie, la "bien-dite" sera toute sa vie attachée à la beauté de la langue. Elle rêve d'être institutrice. Elle est douce et belle.
Il est une beauté propre à l'enfance, un arrondi du visage, une fragilité des traits, la petitesse du nez et

la découpe de la bouche. Et c'est les enfants qui ne possèdent pas cette beauté-là qui nous en font prendre conscience, tant sans elle, ils semblent disgracieux, ingrats. Malheureux. Quand on grandit, la beauté se fait fugitive, elle éclate dans un moment de grâce, dans un sourire radieux, dans une rencontre avec un regard qui la fait s'épanouir. Elle s'installe quelque temps dans une période de vie, pour certains à l'adolescence pour disparaître avec la maturité, pour d'autres dans l'épanouissement de la quarantaine, ni avant ni après. Elle reste le plus souvent éphémère. Pourtant, pourtant il est des êtres chez qui elle s'installe dès la naissance et perdure, de ceux qui font qu'on s'arrête, homme ou femme, face à cet être, femme ou homme qu'on contemple en s'exclamant : quelle beauté ! Ainsi en était-il d'Euphémie, bébé magnifique aux traits fins si féminins, petite fille aux adorables taches de rousseur, jeune fille sur laquelle se retourneront les garçons, femme dans toute sa splendeur, vieille dame splendide. Oui, jusqu'à ses 80 ans et plus, on dira qu'elle est belle ! On dira ta mère, elle est superbe, on dira ta grand-mère, quelle classe, on dira tu as une arrière-grand-mère éblouissante.

Jeanne est débordée. En ce jour de vogue de bugnes elle a ouvert la maison pour servir des repas. Clément a bien traîné les pieds, affolé par cette entreprise et comme d'habitude fier et ravi de la détermination de sa femme. Mais c'est quand est arrivée la lettre qu'il a cédé, comme si elle lui avait apporté sa jeunesse et redonné sa fierté. Une lettre d'Allemagne ! Tout le pays a su que le Clément avait reçu une lettre de ceux-là même qui l'avait reçu les fers aux pieds, un vaincu au service des vainqueurs.

Personne ne le croyait quand il racontait combien il avait été bien traité et l'omelette qu'il avait mangée le jour de son arrivée, après ces semaines de disette à l'hôpital où les médecins avaient décidé qu'il ne pouvait pas manger à cause de sa blessure, blessure à l'estomac, disaient-ils. Heureusement que son voisin de lit lui donnait une partie de son pain. Alors en dévorant l'omelette dans cette ferme allemande qui sentait bon les vaches et le foin, comme chez lui, il s'était senti renaître. Le jeune couple, d'abord sur ses gardes, lui donna vite sa confiance et ils se mirent au dur labeur ensemble, comme si le travail de la terre les unissait. Il pensait à cette phrase d'un camarade de tranchée *Travailleurs de tous les pays, soyez unis* ou quelque chose comme ça. C'est vrai que les guerres, c'est toujours les riches qui les décident et en profitent et les pauvres qui les font et s'entretuent. Il avait passé trois ans dans cette ferme allemande, loin de sa famille. Les enfants lui rappelaient les siens, ce qui le mettait dans une douce nostalgie. Mais il n'avait pas trop osé le raconter à son retour, qui aurait pu le comprendre ? Alors quand il reçut cette lettre avec la photo de cette jolie famille -il reconnaissait à peine les enfants tant ils avaient grandis- il l'avait montrée à tout le monde, il avait couru partout pour trouver quelqu'un qui la traduise. Oui, cette lettre l'avait délivré : il n'était plus l'ancien prisonnier, il était un homme. Cette lettre était comme une poignée de mains par-dessus les frontières.
Est-ce pour ça qu'il a accepté que sa maison s'ouvre à des étrangers, que sa femme s'improvise restauratrice et serveuse ?
- Dans la semaine, on ira tous ensemble chez le photographe, il faut que les Müller voient

mes enfants eux aussi. Tu crois qu'on pourra leur écrire en français ?
- Oui, oui, bien-sûr mais si tu veux qu'on aie l'argent pour le photographe, il faut que tout soit prêt pour les clients. Il y a assez de pomme de terre ? Tu as monté le vin ?

La cuisine et même les chambres ont été débarrassées pour installer des planches sur des tréteaux empruntées aux uns et aux autres. Elle les a couvertes des lourdes nappes de son trousseau, ces nappes tissées par son père dans son enfance. Dans la vieille maison familiale, toute la famille était mobilisée pour le tissage, c'était des moments durs et tendres à la fois. Elle les lisse du plat de la main, espérant qu'elles ne seront pas trop tachées de vin et de sauce grasse. Tout à coup la cour est envahie par un groupe bruyant. Ce sont les jeunes du village venus collecter les ingrédients pour faire les bugnes, des œufs, du beurre, de la farine, arborant un sapin décoré. Elle ne peut se dérober, c'est la tradition et personne ne refuse de donner. Cette année, c'est plus difficile pour elle qui a cuisiné pour ses clients, elle a fait deux gros cageots de bugnes. Mais elle a mis de côté un peu de beurre et de la farine, heureusement que la récolte a été bonne. Il parait qu'en des temps très anciens, le dimanche qui suivait le mardi gras, les frères de la Maladière, la léproserie de la Balme, distribuaient aux indigents de la farine pour faire des bugnes. Mais depuis des générations c'est la solidarité paysanne qui a pris le pas. Jeanne aime cette fête du village qui attire même les bourgeois de Yenne, l'épicier et l'instituteur, elle aime ces fêtes qui viennent scander l'année et mettre du sens dans la dure vie paysanne, qui permettent de sentir le temps.

Attablée à la table de la cuisine, Euphémie se plonge dans ses livres, totalement opaque aux bruits qui l'entourent.
*Le masculin l'emporte sur le féminin. Exemple : Paul et Marie sont gentils.*
*Le masculin l'emporte sur le féminin. Exemple…*
 C'est la tonalité de la voix de son père qui la fait sursauter plus que ses paroles. Il crie. Son visage est ravagé de colère.
- Non ! C'est non ! Cette fois-ci, c'est non.
Sa mère est appuyée à l'évier, ses mains sont toutes noires de la suie d'une casserole. Elle pleure.
- Mais enfin, pour qui tu me prends ?
Jeanne ne dit rien, elle pleure. Clément attrape une bouteille de vin et la fracasse par terre. Il sort en claquant la porte. Euphémie est affolée, elle n'ose rien dire. Elle se penche sur ses devoirs tandis que sa mère sans un mot ramasse les débris de verre.
*Les verbes d'état sont : être, paraître, sembler…*
Euphémie oublie vite, vite, ce qu'elle a vu, ce qu'elle a entendu. Elle déteste vraiment le noir des casseroles, c'est tellement dur à faire partir.

Jeanne est dans un désespoir sans borne, révoltée contre ce corps de femme qui ne cesse de la trahir. Suis-je donc une lapine pour me retrouver grosse sans arrêt ? Qu'avons-nous donc fait au ciel, nous les femmes pour avoir toujours la part la plus lourde ? Ne suffit-il pas que nous soyons les premières levées le matin, les dernières couchées le soir, il nous faut encore chaque mois subir ces règles qui nous déchirent le ventre, porter tout au long du jour ces serviettes imbibées d'un sang à l'odeur âcre qui nous blessent l'entrejambe. Et il nous faut endurer des grossesses à n'en plus finir ! Je ne veux pas de ce corps là ! Je ne veux pas de ce corps de femelle, je ne veux pas ! Ah ! Mourir, quitter ce monde, n'avoir plus ni mari ni enfant ni corps. Ni vie. Rejoindre mon Tyvan et mon frère et tous les aimés qui sont partis. N'être qu'une âme, sans famille, sans désir. Je ne peux rester en vie, je ne peux rester sur cette terre qui me montre du doigt, me repousse et me condamne. N'ai-je donc pas droit au bonheur ? Sera-t-il dit que mon plaisir m'amène le malheur toujours. J'ai cru pendant toutes ces années d'apaisement qu'il m'était permis d'être heureuse, de connaître ce miracle du plaisir dans les bras d'un homme sans que la foudre ne me tombe dessus. J'ai perdu mon enfant, mon seul garçon, mon fils si joli si gentil, j'ai vécu des années sans savoir si mon mari reviendrait de guerre, j'ai trimé et sué et bossé sans trêve. Et tout s'écroule à nouveau. Ma famille, mes enfants si forts et en bonne santé, ma petite Euphémie si intelligente et que Clément aime comme sa fille, mon aimé qui m'est revenu malgré son mariage, tout va s'écrouler. Et c'est mon corps qui me trahit, qui me rappelle que je ne suis qu'un ventre, qu'une reproductrice, c'est mon corps qui m'amène le malheur au moment où le monde me laissait tranquille, qui me fait la guerre en ce temps de paix retrouvée. Suis-je donc mon propre ennemi ? Ne serais-je donc jamais tranquille ? C'est au tour de ma fille de procréer, pas à moi. A l'âge où je ne devrais penser qu'à la marier, à préparer son trousseau et sa robe de noce, voilà que je vais ressortir des langes et des couches pour un bébé ! Je me trompe de génération, je me trompe de destin. Je me trompe. Neuf ans après Euphémie, me voilà encore enceinte d'un petit dont mon mari n'est pas le père. Comment éviter que tous le sachent ? Comment éviter le scandale cette fois ? Ceux qui n'ont rien compris la première fois comprendront aujourd'hui. Ceux qui se sont tus parleront, ceux qui ont chuchoté crieront. Il n'y aura plus de paix pour moi, pour mes enfants. Les injures dont j'ai préservé Euphémie filtreront, ma réputation est ternie à jamais et celle de mes enfants et de ma famille. Mon dieu, mon dieu, suis-je punie d'avoir aimé ? Suis-je punie d'avoir connu l'orgasme ? Orgasme, quel mot vil pour dire cette merveille. Cette merveille ? Je suis là avec un polichinelle dans le ventre et je pense au plaisir ? Et pourquoi pas ? Ce corps qui me porte au plaisir m'a été donné par ce dieu dont on me dit qu'il condamne le plaisir du corps. Serait-il perfide, aurait-il voulu me piéger ? Oui, j'ose aimer ! Mais que faire de cet être qui n'a pas de place sur terre ? Hélas celui qui y avait sa place n'est plus, Tyvan m'a été ravi et voilà qu'un autre veut prendre sa place ! J'ai perdu mon enfant et voilà qu'un enfant m'est donné ! C'est trop injuste. Pourquoi ceux qu'on aime nous sont enlevés et ceux qu'on ne veut pas nous sont donnés ? Pourquoi, pourquoi ?

Ce qui l'a décidé, c'est que c'est un jeune prêtre nouvellement arrivé sur la paroisse. Ce n'est pas l'aveu de ses fautes qui la mène au confessionnal mais le besoin de se confier et d'y voir plus clair pour prendre une décision. Doit-elle garder cet enfant ? Ou plutôt peut-elle le garder ? Car elle sait obscurément au fond d'elle-même qu'elle a déjà prêté vie à ce produit de la conception, qu'elle l'a déjà baptisé bébé, qu'elle lui a donné corps et visage. Et sexe. Oui, ce sera un garçon, elle se vivra

à nouveau mère d'un garçon, son Tyvan aura un frère, un successeur, elle reportera son amour de Tyvan sur ce petit vivant, ressuscitera sa tendresse pour lui. Lui redonnera vie. Elle attend le quinze août pour aller se confesser, c'est un jour de vogue, c'est la fête paroissiale, personne ne se demandera ce qu'elle va faire à confesse. Elle hésite, change d'avis plusieurs fois, finit par se décider.
- Je vais aller à confesse. Rose, tu mettras la soupe à cuire, Euphémie, n'oublie pas le casse-croûte du père.

Elle se met en route, panique tout à coup Elle décide de revenir en arrière. Mais que dira-t-elle aux enfants ? Qu'elle a changé d'avis ? Qu'elle s'est fait mal au pied ? Grotesque. Elle reprend la route. Mais que dira le prêtre ? Pourrait-il l'excommunier ? N'importe quoi ! Allez, courage, il saura la conseiller, c'est sûr, il saura la consoler. Non, elle est folle, il vaut mieux ne rien dire, parler de ses péchés ordinaires. Ridicule. Plutôt pas de confession qu'une confession mensongère ! Allez, en avant ! Décidément non, elle n'ira pas. L'angoisse qui s'accroche à elle depuis des semaines la submerge. Elle ne peut plus vivre comme ça, elle ne peut plus supporter ce poids en elle. Si au moins elle pouvait en parler à Ambroise ! Mais il vient de leur annoncer que sa femme est enceinte et que cette grossesse la console un peu de la perte l'été dernier de leur bébé de un an. Oui, Ambroise a connu lui aussi la douleur de perdre un enfant et elle sent bien qu'il est attaché à cette famille qu'il a créée. Elle est seule au monde, elle n'a personne à qui parler. Sauf ce curé. Oui, sauf ce curé. Qu'il l'aide, qu'il l'écoute, qu'il la conseille. A elle qui songe parfois à la mort comme seule issue, il ne peut conseiller que de fuir toute

idée de suicide, à elle qui ne sait comment porter ce bébé, il ne peut que déconseiller l'avortement. Il ne peut prendre parti que pour la vie ! Mais comment ? Comment ? Son avenir est un grand trou noir. Elle entre dans l'église et se met à genoux. Et parle.
- Mon père, dois-je le garder ?
- Comment osez-vous, ma fille, demander au serviteur de dieu ce que vous devez faire alors que vous êtes dans le péché ? Et depuis combien de temps commettez-vous l'adultère ?
- Longtemps.
- Des mois ?
- Des années.
- Et c'est aujourd'hui que vous venez implorer le Seigneur ? Que ne l'avez-vous fait avant ? Et comment avez-vous fait tout ce temps pour ne pas porter d'enfant du péché ?

Jeanne n'ose pas parler d'Euphémie.
- Nous avons fait attention, murmure-t-elle.
- Quoi ? Vous avez lutté contre la volonté de dieu ? Madame, il y a un mois à peine, Sa Sainteté Pie XI a dans une Sainte Encyclique interdit toutes méthodes artificielles qui entraveraient la procréation. L'acte sexuel n'a d'autre but que de procréer, c'est un péché d'y trouver du plaisir et c'est votre devoir de chrétienne et de Française de donner des enfants à la France qui en a tant perdu dans cette guerre atroce. Votre seule voie est de procréer dans le sein du mariage ! Vous êtes dans le péché car en dehors du mariage, dans le péché car en dehors de l'œuvre divine, vous vous êtes mise en dehors de l'Eglise, ma fille.

- Mais que dois-je faire ?
- D'abord promettre devant dieu de quitter immédiatement votre amant. Et tout avouer à votre mari.

Jeanne est interdite. Mais le ton haineux du prêtre anesthésie sa douleur, elle sent la colère l'envahir, elle se durcit à l'intérieur et retrouve les vieux réflexes de survie qu'elle a acquis quand elle servait chez des bourgeois : se réfugier à l'intérieur d'elle-même, se préserver et leur livrer un masque, une surface, une image. Et tandis qu'elle baisse la tête et promet au curé tout ce qu'il veut, au fond de son cœur elle prie. A vous mon dieu qui savez tout, entendez tout, je le dis tout droit, non, je ne renoncerai pas à mon enfant, non, je ne renoncerai pas à Ambroise, à vous le dieu d'amour je le dis tout droit : oui, j'oserai aimer !

Elle ne savait pas que cette confession priverait sa cadette, des années plus tard, d'un fiancé et qu'elle ne le lui pardonnerait pas et qu'elle ne pardonnerait pas à sa jeune sœur et qu'elle disparaîtrait de leur vie. Longtemps après, c'est vrai, mais tout a commencé là, quand le prêtre a reçu sa confession, sur laquelle il se fondera lorsque la cadette voudra se fiancer pour refuser la garantie de bonnes meurs et bonne famille réclamée par les parents du prétendant, et la jeune fille verra alors s'effacer ses rêves de mariage avec un gendarme, un uniforme, un fonctionnaire tandis qu'Euphémie épousera un uniforme, un fonctionnaire, un militaire, alors qu'Euphémie sera la première à construire sur le terrain de son père, son père qui n'est pas son père mais son père pourtant, elle, la plus chère de ses enfants.

Elle ne sait rien de tout cela, Jeanne, tandis qu'elle repart avec le cœur serré de désespoir et d'une révolte qui la maintient debout, tandis qu'elle pense à l'ancien curé plus soucieux, lui, de la souffrance de ses paroissiens que de repeupler la France. Elle marche. Elle va vers Ambroise.

Mais elle craint sa réaction. Elle ne supporterait pas de le voir, lui aussi, mal réagir. Elle préférerait qu'il le sache d'avance, qu'il ait le temps de se préparer avant qu'ils n'en parlent. Alors elle le lui dit très vite, dans un moment où ils ne sont pas seuls, comme une lettre jetée dans la boite. "Je suis enceinte" et elle s'éloigne, elle le laisse attablé devant son verre de vin, elle se tourne vers Clément qui arrive et lui fait signe, elle ne voit pas, ne veut pas voir Ambroise blanchir, se passer la main sur le visage, elle ne l'entend pas maîtriser un profond soupir et pourtant elle s'effondre là, dos tourné, elle se liquéfie et s'anéantit car il est le seul qui puisse lui permettre de rester debout. Et Clément s'est assis en face de son ami.

- Sers nous donc un autre verre, dit-il.

Et la voix d'Ambroise lui parvient, chaude et claire.

- Non merci.

et elle se retourne,

- Tout va bien.

Et il plante ses yeux dans ses yeux, un regard que jamais ils ne se sont autorisés en public et elle frémit.

- Merci, Jeanne, une autre fois.

Il se lève, il sort.

Et elle se redresse. Elle est vivante.

Il attendra trois jours, trois longs jours, avant de lui donner le rendez-vous qu'elle attend. "Faut que je monte à l'Os ce tantôt, oui, ce tantôt, le radier est tout encombré de bois mort, faut que je le débarrasse." Elle tressaille de joie puis s'affole, impossible de se libérer dans l'après-midi, il y a le blé à faner, après la traite peut-être, elle pourrait faire celle qui va chercher de l'herbe aux lapins. Elle reprend son souffle. "Après la traite, après la traite, tu peux passer ? – Je serai encore à l'Os à c't'heure-là, à l'Os, oui, à l'Os, c'est sûr."
Quand elle arrive à l'Os, il l'entraîne vers un buisson où il a étalé un lit d'herbes tendres. Il y a mêlé de la mélisse qu'il a dû ramener des Champagnes, il n'y en a pas dans les bois. Elle sourit de l'imaginer fourrant les herbes odoriférantes dans sa besace pour lui faire un nid parfumé. Il a de ses attentions qui mettent le soleil dans ses sabots.
Elle lui raconte alors le curé, le pape, le Clément, ses trois filles, son ventre. Elle lui raconte sa stupéfaction, sa révolte, son indécision, elle lui raconte ses tentations de suicide ou d'avortement. Elle lui raconte. Tout.
Ambroise ne lui cache pas sa panique, sa difficulté à penser cette grossesse malvenue tandis que l'autre, du côté de sa femme, est tellement attendue. Il lui parle.
- Tu comprends, le monde semble marcher à l'envers. Ma femme et moi on se révoltait qu'elle ne soit toujours pas enceinte après la perte du petit et toi tu tombes enceinte alors qu'il ne faudrait pas. Ça parait tellement injuste. Mais contre qui faut-il porter plainte ? Contre le sort ? Contre dieu ? J'y crois pas pour le bien, j'y crois pas pour le mal. Non,

c'est comme ça, la vie n'est pas comme on voudrait qu'elle soit, on n'y peut rien. Mais là où on y peut quelque chose, c'est comment on la prend, cette vie là. Et moi je veux la prendre à pleines mains, à pleins bras et tordre le cou à ce qui ne va pas pour faire sortir tout le bien et le beau et le bon.
- Le curé a dit que c'était un crime si je le faisais passer.
- Ils ont inventé ça juste après la guerre. Après nous avoir envoyés au carnage, après avoir fait massacrer toute la jeunesse de ce pays et de celui d'en face, ils nous ont dit qu'il fallait refaire des enfants et qu'on était des criminels si on refusait. En 23, ils ont décidé que l'avortement était un délit, tout ça parce que l'Etat n'avait plus assez de chair à canon. Toutes ces bondieuseries ne sont que mensonge. Et ils sont tellement forts à mentir qu'ils nous rendent aveugles à ce qu'on a sous les yeux. Regarde par exemple : ils nous disent que Jésus est dieu, or ce n'est pas écrit dans les Evangiles. Et depuis deux mille ans des millions de gens, alors qu'ils connaissent les évangiles par cœur sont persuadés que c'est écrit ! C'est comme pour le Père Noël, le gosse qui comprend qu'il n'existe pas, on le fait taire et on lui fait croire que ses raisonnements sont faux. Ils nous empêchent de penser, je te dis ! Et pareil pour la politique.

Ambroise et Jeanne se laissent doucement anesthésier, ensemble, par ce discours qui les éloigne un peu de leur angoisse.

- Tu crois que l'exposition coloniale, là, à Paris, montre le bienfait qu'on a apporté aux populations ? Alors qu'ils osent exhiber les kanaks en disant que c'est des cannibales !
- C'est qui les kanak ?
- Les habitants légitimes de la Nouvelle Calédonie. La vérité elle est devant nos yeux, il suffit de penser. Et penser, c'est bon, je t'assure.
- Mais moi j'y arrive plus…
- Allez t'inquiète pas de ça, ma belle, pense à toi, c'est tout. Parce que eux n'y penseront pas. Moi, la seule chose qui m'inquiète, c'est que le faire passer, c'est dangereux, il y a trop de femmes qui y laissent leur vie. Je ne supporterai pas que tu te mettes ainsi en danger. Voilà ce que je pense, moi.
- Et moi, ce que je pense, ce que je sais, c'est que cette petite chose là, c'est déjà mon enfant.

Ambroise la prend dans ses bras, lui caresse les cheveux.

- Alors, il faut juste penser à lui préparer une belle vie, à ce petit.
- Mais tu étais tellement fâché l'autre jour.
- Pas fâché, non tu le sais bien.
- Oui, je sais, tu m'as regardée…si fort.
- J'étais pas fâché. Mais bouleversé, ça, oui. J'ai bien cru que le monde s'écroulait. J'ai eu peur que tu fasses une bêtise, j'ai eu envie de m'en aller bien loin et de ne plus penser à rien et à te fuir en même temps que ma femme et j'ai eu peur aussi que tu me laisses tomber comme la première fois…
- Ça, jamais !

- …et que tu ne veuilles plus me voir et j'ai eu peur de Clément aussi.
- Et maintenant ?
- J'ai peur, c'est vrai. Mais je n'ai plus peur de ma peur.

Elle rit. Elle se blottit dans ses bras. Ils s'aiment, tendrement.
- J'ai une épouse, une amante, je suis doublement heureux, je suis doublement père.

Elle sait bien qu'il ne le pense pas totalement. Mais il a toujours cette façon de revisiter les idées reçues, de les prendre à rebrousse-poil pour les remettre dans le bon sens, celui de la vie. Et ça fait du bien.
- Pourquoi tu es toujours si joyeux ?
- Parce que je suis anarchiste.

Il s'interrompt, surpris de ses propres paroles. Il cherche ses mots, lui toujours si à l'aise pour discourir, il cherche sa pensée.
- L'Anarchie, tu comprends, c'est pas que de la politique, l'Anarchie c'est comme une grande bouffée d'air née dans le creux du ventre, là où … là où on tremble et plie, c'est un courant d'air frais dans le cœur, là où on s'émotionne et une lumière qui déborde dans la tête, là où on pense et un souffle lumineux qui ouvre les portes des pensées… qui rejoignent d'autres pensées et… et illumine l'avenir. Et c'est bon.

Elle voit bien que Clément est de plus en plus sombre, mauvais même. Elle se demande s'il n'a pas surpris le regard qu'elle a échangé avec Ambroise devant lui. Et voilà qu'il vient droit sur elle.
- Qui ?

Il s'est campé en face d'elle, le visage dur, furibond.
- Qui ?

Elle ne l'a jamais vu ainsi, il a un regard fou, ses traits sont déformés par la colère.
- C'est lui, hein, c'est lui ? C'est bien ça ?

Désignant du menton le béret d'Ambroise oublié depuis des semaines au portemanteau, il avance vers elle, menaçant. Elle se dit qu'il va la frapper.

Il lui vient alors une phrase, incongrue, impossible : je l'aime.

Oui, elle le lui dit, comme à un grand frère bienveillant, une sœur complice, un ami confident, une mère compréhensive, un curé charitable. Je l'aime.

Clément est interloqué. Il sort.

Pendant deux jours, il disparaît.

Le premier jour Jeanne se dit qu'il va revenir, trouve qu'il exagère, il n'a pas rentré les pommes de terre, ils vont prendre du retard. Qu'il ne soit pas là pour la traite la met en colère. Mais l'angoisse lui vient au coucher : où peut-il être ? Sa colère fait place à la compassion. Comme il doit souffrir pour fuir ainsi la maison, aura-t-il trouver un abri ? La journée du lendemain se traîne lamentablement, elle guette son retour, se promet d'être patiente. Elle va aux pommes de terre, accompagnée de Rose, se jette violemment dans le travail. Elle se demande ce qu'elle peut dire aux enfants et aux voisins, raconte qu'il est parti précipitamment chez son frère à Lyon. Elle commence à imaginer des scénarios désespérés : il est parti pour ne plus jamais revenir, il s'est donné la mort. La nuit, elle ne peut s'endormir que de rares moments agités de cauchemars. Elle se lève plus fatiguée que lorsqu'elle s'est couchée. Maintenant, elle ne peut plus cacher sa disparition, il faut qu'elle prévienne la famille, les amis, les voisins. Les gendarmes ? Elle ne le fait pas. Elle attend.

A midi, il entre dans la cuisine sans voir personne. Il est hirsute, hagard. Il s'attable et se met à manger sans un mot. Il est affamé. Il boit deux grands verres de vin, comme d'habitude, ni plus, ni moins. Et il disparaît dans la chambre. Jeanne le trouve affalé sur le lit, accablé de sommeil, les chaussures au pied.

Il réapparaît à l'écurie en fin de journée et se met à traire les vaches. Euphémie vient vers lui pour réclamer comme d'habitude du lait bourru. Il la regarde comme s'il ne la connaissait pas, il frémit. Puis passe sa grosse main sur les cheveux si doux et lui tend un bol de lait.

Le silence parfois est plus violent que les cris. Jeanne ne perçoit plus en Clément qu'un bloc de haine qui la pétrifie et la glace. Ah ! L'insupportable de vivre dans la haine de l'autre ! Elle n'ose même pas ses petites attentions qui sont la base de leur affection de couple, faire la soupe qu'il préfère, lui rapporter les prunes du jardin, remplir sa blague à tabac. Elle sent bien que ce serait violent et pourrait faire éclater l'orage qui couve et couve. Alors elle se tait. Comme lui. Elle se surprend parfois à chuchoter quand elle s'adresse aux enfants et se corrige aussitôt. Elle est bouleversée par la détresse de cet homme au point d'en oublier la sienne, au point d'oublier qu'elle en est la cause. La maison est écrasée de silence.

- Ils se battent !

La voix stridente de la Toinette précède et couvre un tumulte au loin. Toinette vient la prévenir, toute excitée sous ses airs compassés. Jeanne ne comprend pas, ne veut pas comprendre. Il n'est pas même imaginable que Clément en vienne aux mains avec quelqu'un. Quant à Ambroise, ce pacifiste engagé, il ne ferait pas de mal à une mouche. Elle défait son tablier et s'apprête à sortir quand Huguette entre précipitamment. C'est une femme sensée, calme, qui n'aime pas les histoires et ne se mêle jamais des affaires des autres. Elle se plante devant Jeanne.

- Toi, tu restes là.

Toinette la regarde d'un air mauvais.

- Son mari se fait agresser et elle va rester chez elle ?

Huguette l'ignore, prend Jeanne par les épaules

- Tu sais très bien que ça ne ferait qu'envenimer les choses. Les voisins vont les séparer, toi, tu ne peux rien faire.
- Il faut que j'y aille !
- Il faut que tu n'y ailles pas. C'est entre eux pour l'instant, alors toi tu ne bouges pas.

Jeanne s'effondre en pleurs. Les deux femmes restent droites, immobiles. Personne ne la console. Tout à coup, un cri qui les cloue sur place.

- Foutez-le camp !

Clément est dans l'encadrement de la porte, du sang coule de son arcade sourcilière sans qu'il fasse un geste pour l'arrêter.

- Allez, dehors, tous !

Derrière Clément arrive Ambroise, la pommette gauche éclatée, se tenant le bras droit. Clément attrape Jeanne par le bras.

- Toi, aussi, dehors !

Jeanne interloquée regarde son mari puis son amant, essaye d'évaluer la gravité des blessures pour chacun d'eux, voudrait se précipiter pour les soigner, pour les protéger l'un et l'autre, l'un de l'autre.

- Dehors !

Elle n'a jamais vu son mari dans un état pareil, elle s'apprête à résister mais elle a peur. Ambroise ne la regarde pas mais étonnamment, il a l'air tranquille. Jeanne sort. Les voisins se sont agglutinés dans la cour de la maison, elle les entend chuchoter, entend des bribes de phrases qui s'effilochent à son approche. Clément est sorti derrière elle, il attrape une fourche et en menace le groupe de curieux.

- Je ne veux plus voir personne chez moi !

On s'éloigne par petit groupe, Jeanne s'assoit sur le muret en face de l'écurie. Des morceaux de phrases entendues tentent de faire leur chemin dans sa tête tandis qu'Euphémie vient se coller à elle en gémissant.

- Maman, maman, qu'est-ce qu'il y a ?

Elle la serre contre elle, murmure quelques mots rassurants. Lui reviennent les injures à peine voilées, tout le monde sait, elle est déshonorée, lui reviennent des allusions au combat et à la violence des adversaires, lui revient… Quoi ? Une chose honteuse. Une traîtrise. Faite par Clément ? Mais quoi ? L'un d'eux disait *Ça ne se fait pas, on ne doit pas toucher au travail.* Quel travail ? Le travail d'Ambroise ? Et d'autres disaient *jalousie, dévergondée, honneur*, pire encore. Mais pourquoi certains étaient-ils contre Clément ? Quels reproches peuvent-ils lui faire ? *On doit pas y mêler les patrons, on doit régler ça entre hommes.* Quoi ?

Jeanne guette les commérages qui continuent sur la route, guette les pleurs de ses filles car les grandes les ont rejoint, guette surtout, surtout le silence qui vient de la salle où se sont enfermés les deux hommes, volets fermés.
Et tout à coup quelques coups brefs contre les volets. Jeanne envoie Rose. La jeune fille s'approche de la fenêtre, se penche à l'intérieur, revient vers la porte, fait un petit signe à sa mère avant d'entrer dans la cuisine. Les rejoint quelques instants après en courant.
- Il voulait du vin et deux verres. Ils parlent.

Jeanne sent son ventre se dénouer, se libérer de l'angoisse tandis qu'une immense tristesse se glisse en elle et l'inonde. Elle se met debout, fatiguée comme si elle avait porté la gerbe de raisins de Yenne à Chambéry. Elle se dirige vers l'écurie comme une automate.
- Je vais faire la litière. Rose, reste voir si ton père a besoin de quelque chose. Euphémie, regarde donc s'il reste des prunes à ramasser.

Ce soir-là, Clément se montre maussade, refuse que Jeanne l'approche pour le soigner. Mais la haine semble avoir lâché prise. Enfin, peut-être, se dit Jeanne.

Elle vit les jours qui suivent dans un brouillard de cauchemar. Elle n'a jamais connu de tels vomissements pour ces quatre grossesses précédentes. Tout l'intérieur d'elle-même lui remonte au bord des lèvres. Elle se croit concernée par tout ce qui se murmure, elle est traquée par les regards des autres. Et complètement seule : car s'il y a eu réconciliation, c'est bien contre elle. Son mari l'ignore et Ambroise a disparu.

Il réapparaîtra au repas des vendanges. C'est Clément qui le lui annonce, Ambroise sera là avec sa femme. Elle ne dit rien, se réjouit de le voir reprendre sa place d'ami précieux de la famille mais s'étonne, Ambroise est chef cantonnier et s'il vient fréquemment leur donner la main à la ferme, on n'y voit jamais son épouse qui ne fréquente personne hormis une amie dont elle est inséparable. Elles n'ont jamais vraiment eu l'occasion de se parler. Jeanne s'affole, est-elle au courant, comment doit-elle se comporter avec elle, les commères vont les espionner tant et tant, pourquoi Ambroise a-t-il décidé de l'amener, est-ce en accord avec Clément ? Forcément. Ce soir-là elle a du mal à s'endormir. Le lendemain, alors qu'elle lave des fûts au Flon, Ambroise la rejoint, la prend par la main, la fait asseoir sur un rocher.

- Vendredi je serai là avec ma femme, nous en avons convenu ensemble, Clément et moi, pour faire taire les ragots. Mais ça ne change rien pour nous, l'important c'est ce que nous ressentons l'un pour l'autre et ça ne regarde que nous. Seulement nous devons sauver les apparences et être très prudents, ne serait-ce que pour protéger ton mari. Lucile sait tout, elle est une compagne que je respecte, elle est la mère de mon enfant.
- Mais tu l'aimes ?
- Oui, je l'aime, oui. Crois-tu que je n'ai pas le cœur assez grand pour deux ? Mais ce n'est pas pareil, ce n'est pas la même sorte d'amour, tu sais, elle aussi a un secret.

- Un amant ?
- Un amant, oh non ! Ne cherche pas à savoir, ça ne regarde qu'elle. Tu dois savoir que nous nous respectons l'un l'autre, que nous nous sommes simplement donné l'un à l'autre une famille, une normalité et que tu ne lui fais pas tort. Je voulais te le dire pour que tu sois à l'aise au repas.

A l'aise ? Elle ne l'est pas quand elle dresse la table, quand les vendangeurs arrivent, quand elle les voit s'asseoir, elle ne l'est pas quand Lucile vient la saluer, quand elle s'installe, elle ne l'est pas quand elle voit que lui a été réservée la place à côté d'elle. Mais quand Lucile prend le plat de salade, avec ces mouvements un peu brusques qu'elle avait déjà remarqués, et la remercie de sa voix légèrement rauque et tourne vers elle son beau visage, Jeanne redescend dans sa peau et redevient elle-même. Non, elle n'est pas belle, la femme d'Ambroise, mais elle a de la beauté en elle, un quelque chose d'agréable à regarder. Elle n'est pas aussi jeune qu'elle le croyait, ses traits et ses habits sont assez communs, elle n'est pas très gracieuse, rude même, les cheveux tirés, et pourtant elle ruisselle de complicité. On la voudrait pour sœur !

Les conversations s'animent tandis que les pichets de vin se vident. Les plus jeunes se plaignent de la dureté du travail, ils ont entendu parler de tracteurs qui remplaceraient les bœufs. Ils n'en auront jamais, c'est sûr, c'est bon pour les grandes propriétés, au prix où ça coûte, ce n'est pas pour eux, ils sont bien trop pauvres avec leurs quelques hectares chacun. Ambroise parle des ouvriers qui n'ont même pas comme les paysans une saison morte en hiver pour souffler un peu. Il faudrait des congés payés. Un

énorme brouhaha suit ses paroles. Des congés quoi ? Qu'est-ce qu'il dit ? Il rêve ou quoi ? C'est quoi cette histoire ?
- Des congés payés : on arrête de travailler une ou deux semaines par an et on est payé.
- Qu'est-ce que tu racontes, on serait payé à ne rien faire ? Mais enfin c'est impossible.
- Les patrons n'accepteront jamais.
- Et les usines, comment elles tourneraient sans ouvriers ?
- Si l'usine s'arrête, toute la chaîne est arrêtée et c'est le pays qui est bloqué.
- Nous, les paysans on ne pourrait pas, même les jours de fête et les jours fériés on doit nourrir les bêtes et couper le blé s'il est mûr et que l'orage menace.
- Quand les puissants t'envoient à la guerre, la vie continue, il me semble, alors si tu te reposes deux semaines, ça ne devrait pas être la fin du monde.

Lucile se penche vers Jeanne et murmure :
- Nous les femmes, même les jours où les hommes arrêtent, on continue.
- C'est vrai ce que dit Lucile, dit Jeanne à haute voix, nous les femmes même les jours où les hommes arrêtent, on continue. Et même quand ils sont à la guerre.

Elles se sourient, elles sont complices. Bizarre, non ?

- J'ai un petit frère !

Elle court, elle court, Euphémie, toute à sa joie d'annoncer la nouvelle. Vite, vite, l'annoncer à la maîtresse, aux copines de classe, vite, vite, l'annoncer à tous.

- J'ai un petit frère !

Le facteur est tout content, il pose sa lourde besace, arrête la fillette.

- Ça y est ? ça y est ? C'est un garçon ? Passe à la maison pour le dire à ma femme, elle sera bien contente, tiens ! Dis-lui que tu m'as vu.

La fillette est déjà loin, elle court gaiement, martelant le chemin de ses grosses galoches aux semelles de caoutchouc.

Un garçon ! Toute la famille est aux anges, voilà une naissance bénie de dieu puisqu'elle donne à Jeanne, à Clément un fils pour remplacer le fils perdu. Clément est tout à son bonheur, sans oser l'afficher. Quand Jeanne propose de l'appeler Basile, du prénom de l'enfant qu'elle a élevé et qui vit à la ville, il se sent soulagé. Il ne se sentait pas le droit de lui donner le nom de quelqu'un de sa famille, comme si cet enfant-là était un clandestin et qu'il devait l'adopter en cachette. Mais avoir à adopter son enfant, n'est-ce pas le lot de tout père ? Ne lui a-t-il pas fallu adopter Rose, cette enfant timide et discrète, et Tyvan, si extraverti et la cadette autant qu'Euphémie ? Oui, il a un fils, un fils qui reprendra la ferme car en l'adoptant il lui donne son nom et son héritage.

Jeanne, Clément, Ambroise, c'est cette alchimie qui fera héritage pour leurs enfants et les enfants de leurs enfants et les enfants des enfants de leurs enfants, un héritage de chaînes et d'ailes, qui ferme bien des possibles mais peut en ouvrir tant et plus.

## C- Castelreng

Et ce n'est pas la première fois. Des maîtresses, il en a eu, il est connu dans le village pour ses succès, le curé en sait quelque chose. Pourtant ce qu'il vient de vivre a le goût d'une première fois. Non pas dans l'intensité de son orgasme mais dans ce sentiment de plénitude juste après. Il ne veut rien d'autre qu'être là, dans le giron de cette femme et c'est une pensée si nouvelle.

Oui, c'est la première fois. Il aime.

Quand sa dame de l'à-l'eau a murmuré *Attends-moi, dis-donc*, il a éclaté de rire, s'est retiré d'elle et a roulé sur le matelas, *Attends-moi, dis-donc*, répétait-t-il après elle, *Attends-moi, dis-donc*, il ne pouvait plus s'arrêter, un véritable fou-rire, il en avait mal aux côtes. Il s'est aperçu qu'il ne bandait plus. Il s'est redressé, l'a regardée, s'est régalé de son visage un peu inquiet tout gonflé de plaisir, il est devenu grave, *Attends-moi, dis-donc*, a-t-il murmuré tendrement, le désir montait en lui, dressait son sexe, il était excité comme jamais, quoi, son plaisir à elle pouvait décupler son plaisir à lui ? Il l'a pénétrée lentement, guettant chacune de ses réactions, tentant de deviner ses sensations, il a titillé de ses dents la base de sa nuque, elle a gémi, il a accéléré son mouvement, a senti son corps tendu. Il a ralenti, il lui a saisi le sein à pleine main. *Viens !* lui a-t-elle intimé. Il est venu. Et avant même que sa semence n'explose, elle s'est tendue dans ses bras comme un arc puis affalée mollement contre lui en gémissant d'aise. Il l'a enlacée. *Attends-moi, dis-donc,* a-t-il susurré à son oreille. Ils se sont endormis.

Mathurin sirote son café en regardant sa femme se couvrir les cheveux, elle se prépare pour l'office, comme tous les matins. Et s'il lui donnait du plaisir ? Il pourrait essayer. Bon ce n'est pas le moment, elle va à la messe. Eh oui, c'est une sainte femme. Mais ça ne fait pas une bonne épouse, au contraire. Il l'aurait voulu un peu moins sainte et un peu plus femme. Oui, il aurait pu l'aimer. Ces petits airs de vierge effarouchée l'amusaient et l'excitaient. Comment aurait-il pu imaginer qu'elle resterait toute sa vie, toute leur vie, effarouchée ? Et vierge malgré leurs deux enfants car il n'a jamais pu la toucher vraiment, la pénétrer vraiment. Il se demandait parfois si elle ne priait pas quand il la baisait pour éviter de sentir la trivialité de la chose. C'est peut-être ça, une sainte. Une femme qui, même sous les caresses d'un homme transcende et reste pure et éthérée. Mais est-ce qu'une sainte a le visage fermée et revêche de sa femme ? Allez savoir ! Au début il aimait son air réservé et timide, son calme. Il se rappelle ce premier jour, quand il avait réussi à lui soutirer un sourire. Il a oublié quelle plaisanterie il avait trouvé pour la dérider sans l'effaroucher. C'est ce sourire qui l'a attaché à elle : il avait le pouvoir d'illuminer ce doux visage ! Jusqu'au mariage, il a eu cette illusion, jusqu'à la nuit de noces plus exactement. Quand il l'a prise dans ses bras, elle s'est raidie toute entière. Il n'y a pas accordé beaucoup d'importance, il était trop excité et il pensait qu'avec le temps elle y prendrait goût. Mais peut-être n'a-t-il pas su ? Boff ! Marthe est viscéralement triste et ce n'est pas forcément à cause de ses incartades, même si c'est ce qu'elle lui dit et lui rabâche. A la naissance de leur premier enfant il a pensé qu'elle allait retrouver, ou trouver, car en a-t-elle jamais eu, un peu de gaieté. Elle s'est consacrée au bébé avec ardeur et passion mais sans joie, concentré sur son devoir. Très vite, le petit Eugène s'est montré agité, on aurait dit qu'il remuait dans tous les sens pour la faire sortir de son apathie mais plus il pleurait et gesticulait, plus elle se fermait. Elle était toute à lui et son mari n'existait plus, on aurait dit qu'elle se vengeait, qu'elle voulait lui montrer qu'il était devenu secondaire. Il devint autoritaire, lui qui était d'un caractère si gai et joueur, il se mit à exiger ses services. *Passe-moi le pain, lave ma chemise.* Elle s'y pliait, s'y soumettait. Et se fermait plus encore.

En grandissant, Gène, comme il appelait son fils, s'est montré de plus en plus pénible, alignant les bêtises. Ça le mettait en rage et il lui envoyait des torgnoles plus souvent qu'il n'aurait voulu. L'enfant était à la fois très collé à sa mère et toujours dans la fuite. A quatre ans il ne parlait pas mais il était capable de s'habiller seul quand quelque chose l'attirait dehors, vendeur ambulant ou jeunes gens en goguette. En grandissant il se montra casse-cou, ses genoux étaient toujours abîmés et il s'ouvrit la tête plusieurs fois. Il se passionnait de tout, voulait tout voir et ne se laissait arrêter par rien. Sa curiosité lui fut bien utile à l'école, il fonça dans le savoir comme il fonçait dans les vignes. Aujourd'hui c'est un élève brillant. Mathurin en éprouve une fierté mêlée d'irritation. Il lui est plus difficile d'être père de son fils que de celui de sa dame de *là-l'eau.*

Dès qu'il franchit le pont et se retrouve de l'autre côté de l'eau, il s'apaise, retrouve sa bonne humeur. Il passe par la ruelle derrière la maison, frappe à la fenêtre. Angèle apparaît, lui fait signe. Il enjambe la fenêtre, tout frémissant de ce goût d'interdit lui rappelant ses sorties nocturnes quand il était soldat. Un jour le petit Naïs lui a demandé pourquoi il n'entrait jamais par la porte. "Je suis un fantôme", lui a-t-il répondu. L'idée était bonne, son passage dans cette maison devait rester secrète, ils en ont fait un jeu. "Ne dis surtout pas que tu m'as vu, on croirait que tu inventes et on te traiterait de menteur, tu es le seul avec ta maman à me voir". Alors Angèle sourit et l'enfant frémit délicieusement, tout fier de partager ce secret. Il adore jouer avec Mathurin qui invente des histoires extraordinaires, lui fait des blagues et des chatouilles. Il n'a pas connu son père mort à la guerre du Rif, c'est un absent, un uniforme, un symbole. Mathurin est d'une présence fantastique avec son corps lourd, sa moustache qui gratte le cou quand il l'embrasse, ses mains calleuses qui lui font faire des pirouettes.

- Regarde ce que je t'ai apporté.

Mathurin sort de sa veste un morceau de bois mort, observe la déception de l'enfant qui reste attentif pourtant, la surprise est peut-être encore à venir.

- Ah, ce n'est pas ça, je me suis trompé.

Il fouille ses poches, fait durer le plaisir, Naïs trépigne, Mathurin attrape au bas de son pantalon un pipeau taillé dans une branche de sureau.

- Ah le voilà, il avait glissé. Allez, viens, on va l'essayer.

L'enfant grimpe sur ses genoux, se frotte contre sa veste rugueuse, souffle fort dans le morceau de bois taillé.

- Met tes doigts sur les trous, un à un, non, pas comme ça.

Angèle se tient debout derrière eux, les mains sur l'épaule de son amant.

- Comme tu sais bien lui faire plaisir.
- A lui seulement ?

demande-t-il malicieusement.

Elle presse tendrement son épaule, une chaleur l'inonde, elle imagine son désir qui pointe en même temps, ils se préparent déjà pour leurs ébats, dans une complicité duelle.

- Tu as l'âme d'un père, lui murmure-t-elle à l'oreille.

Mathurin pose par terre l'enfant qui part en courant et soufflant allègrement dans son pipeau. Il se tourne vers elle et l'enlace.

- Je me disais justement en venant, c'est bizarre, c'est plus facile pour moi avec le fils d'un autre qu'avec mon propre fils.
- Il est toujours aussi pénible, ton Eugène ?
- Il ne sait pas quoi inventer pour me faire enrager.
- Tu devrais l'emmener avec toi de temps en temps, il serait content.
- Tu as peut-être raison. Mais pour l'instant, si je t'emmenais, toi, dans la chambre, juste pour voir si j'ai l'âme d'un amant…

Mathurin se prépare, il espère bien attraper quelques lapins ce matin. Il entend son fils se lever, Marthe se penche vers les braises où chauffe la cafetière, attrape un bol et y verse du lait puis le café. Eugène s'attable.

- Tu veux venir avec moi relever les pièges ?
- Oh oui !

Marthe se redresse :
- Pas question ! Si les gendarmes t'attrapent à braconner, tu feras quoi du *pitchoune* ?

Mathurin hausse les épaules, c'est un peu vrai, elle a raison, tant pis, il ira seul. L'âme d'un père, disait Angèle ? C'est comment, un père ? Au diable les bonnes raisons, faut un peu de fantaisie dans la vie.
- Allez, prépare-toi, je t'emmène.
- Non, il n'ira pas, c'est dangereux.
- Bon dieu de bon dieu, tu vas nous foutre la paix, une fois, oui. Et toi, avale ton café, on y va.

Sur le pas de la porte, Mathurin met ses chaussures tandis qu'Eugène tourne autour de lui. Tout à coup il s'élance vers le chemin et rejoint Louis, le fils du patron. Ils sont toujours fourrés ensemble, ces deux-là.
- Papa, tu m'attends, je passe juste chez Louis et je reviens.

Mathurin hausse les épaules, décidément, impossible de le tenir, ce garçon. Il se met en route, seul. Il passe devant la belle maison du patron, aperçoit les enfants ensemble dans la cour, appelle une fois, continue sa route. Il est toujours étonné de voir Louis en admiration devant Eugène. C'est vrai qu'il a deux ans de moins mais Gène peut lui faire faire tout ce qu'il veut, même les pires bêtises, il le suit en tout, comme s'il était fasciné par l'intrépidité du plus grand qui bien-sûr en rajoute pour l'épater. Mathurin ressent un peu d'amertume, sa relation avec son patron est bien différente. Ils sont comme des amis pourtant, tout le monde le dit, après le travail ils se retrouvent encore pour jouer aux osselets ou lire le journal qu'ils commentent ensemble. Mais Mathurin sait bien qu'il doit rester à sa place, qu'il doit s'effacer quand ils passent une porte, qu'il ne peut pas refuser un service, même quand il est mort de fatigue. C'est vrai, il a de la chance, quand il veut monter de *là-l'eau*, qu'il s'attarde un peu avec Angèle, le patron ne dit rien, le couvre, quand il est dans le besoin, il peut compter sur lui. Mais il envie secrètement la relation de son fils avec Louis qui lui obéit sans sourciller, pour le simple plaisir de participer à ses découvertes et ses aventures. C'est qu'il est malin, ce fils, dans un appétit de vivre incroyable, aussi gai qu'il l'est lui-même. Il lui a au moins légué ça… En fait, son amour pour lui est un amour de loin, un amour de spectateur. Mais l'amour paternel, c'est quoi, en fait ?

C'est une journée d'hiver magnifique, avec un soleil insolent que le froid vif n'arrive pas à faire reculer. Mathurin sifflote gaiement en descendant de la vigne qu'il vient de tailler. Il a repéré quelques traces de lapins de garenne et se promet de belles parties de chasse. Il faut qu'il prépare son fusil … et ses collets au cas où le fusil ne suffise pas. Il rit. Ce n'est pas le garde-champêtre qui l'empêchera de braconner ! Le braconnage c'est une tradition, même plus, un devoir ! Le devoir d'un manant contre les puissants… Il passe à la grange où il range ses outils et prend son arme et de quoi la graisser puis se dirige vers la maison. Il pousse la porte en chantonnant, dépose son fusil contre le mur. Dans un coin, sur un tabouret bas, Mathurine joue avec une boule de tissu qu'elle appelle poupée. Marthe épluche des pommes de terre, assise à la grande table de la salle. Elle le regarde, maussade, lèvres pincées, soupire sans rien dire en voyant les traces

de terre qu'il traîne avec ses gros souliers. Il lance négligemment sa veste sur une chaise, elle glisse par terre. Elle va encore enrager. Plus il la voit faire la tête, plus il a envie d'en rajouter. La taquiner, c'est sa méthode à lui pour garder sa joie de vivre. Pas très efficace comme méthode. Il s'assoit au bord de l'âtre, tend ses doigts engourdis vers les flammes. La porte s'ouvre brusquement et Eugène s'engouffre dans la salle. Il est tout crotté, les pieds trempés. Marthe l'attrape par le bras, bougonnant :
- Où es-tu encore allé courir ? Je t'avais dit de ne pas sortir, ça fait trois jours que tu tousses comme un malheureux et on ne peut pas te garder à la maison, *peuchère*, tu vas attraper la mort.

Mathurin observe du coin de l'œil son fils s'agiter dans tous les sens tandis que sa mère lui sèche vigoureusement les cheveux. Il s'échappe des mains encombrantes de sollicitude, file vers l'entrée et s'accroche les pieds dans le fusil qui tombe dans un grand bruit. Mathurin se précipite, affolé, heureusement qu'il n'était pas chargé, il le ramasse, l'inspecte, ouf, rien de cassé. Il se retourne vers Gène qui le regarde par en-dessous, terrorisé.
- Je l'ai pas fait exprès, je l'avais pas vu.
- Tu vois jamais rien, tu fais jamais exprès mais t'es une vraie catastrophe, tu sais ce qui aurait pu arriver ? Tu aurais pu te tuer ou tuer ta mère, tu aurais pu le casser, ce fusil, tu sais combien ça coûte un fusil, bon sang ?

Il l'a empoigné par le bras et le frappe violemment au visage. L'enfant se retourne vers sa mère, celle-ci a un mouvement vers lui, se retient, maugrée :
- Mais aussi qu'est-ce qu'il faisait là, ce fusil, en plein sur le passage.

- Ça va être ma faute encore ! Reste là, toi. Tu n'obéis pas à ta mère, tu ne fais attention à rien, une vraie gène, ce Gène, je vais t'apprendre à respecter les adultes, je vais t'*escagasser*, moi, tu comprendras ce que c'est qu'un père, fils de ta mère !

Il le frappe à nouveau, la colère le submerge, il le secoue brutalement, frappe les cuisses, le dos, partout. S'arrête, étourdi. Contemple le tableau : un fils tout meurtri, une femme hostile, une fille pleurant dans son coin. La sainte famille de Mathurin… Il se fait horreur, il attrape sa veste et s'enfuit. Le chemin jusque de *là-l'eau* ne réussit pas à le calmer. Il hésite même à frapper à la fenêtre, s'apprête à s'éloigner. Mais Angèle l'aperçoit. Et ce fait même qu'elle le voie, qu'elle le devine sans qu'il se montre, est un baume bienfaisant : si cette femme si douce, cet ange du ciel, aime un homme comme lui, c'est qu'il n'est pas complètement mauvais. Il enjambe la fenêtre et tombe dans ses bras.

Quand il rentre chez lui, il fait déjà grand nuit. Il aperçoit une lumière derrière les volets. Que se passe-t-il ? Pourquoi ne sont-ils pas couchés ? Il pousse la porte. Marthe est en pleurs et serre son fils dans ses bras. Mathurin s'affole, non, ce n'est pas possible, il n'a pas pu le blesser, il n'a pas tapé si fort. Sa femme se tourne vers lui.

- Viens vite, viens vite, il a la fièvre, il est brûlant, il tousse, il tousse, je ne sais plus quoi faire. Je lui ai donné de l'aspirine, de la tisane, je l'ai enveloppé dans les couvertures, il faut aller chercher quelqu'un.

Mathurin se penche, touche le front en feu, évite de voir la lèvre éclatée, caresse la joue de son enfant.

- Je vais chercher le Jeannot. Va te mettre sous les couvertures avec lui, tu es gelée. Mathurine dort ? Bon j'y vais.

Il les regarde, la mère et le fils.

- Ne t'inquiète pas, on va le sauver.

Mais le guérisseur est au chevet d'un autre malade et Mathurin revient seul. Il s'installe dans un fauteuil au pied du lit. Eugène dort d'un sommeil agité dans les bras de sa mère qui n'ose bouger. C'est Mathurin qui fait chauffer la bouillotte pour réchauffer les draps, qui amène des linges pour éponger la sueur de la fièvre. Pourquoi le guérisseur n'arrive-t-il pas ? Mathurin songe à son grand-père, lui aussi était guérisseur, il se souvient que c'est toujours lui qu'on appelait, il faisait des miracles. Il devait avoir dix-sept ans quand son grand-père lui a proposé de lui transmettre le don. A lui, Mathurin. Et il a refusé. A l'époque les habitudes des anciens lui paraissaient stupides, ses copains et lui se moquaient de ces vieilles croyances et considéraient les guérisseurs comme des sorciers ridicules et inefficaces. Ils se sentaient bien supérieurs, ils étaient jeunes, le monde changeait, soigner avec des herbes était rétrograde puisqu'il y avait ce merveilleux médicament, l'aspirine. Sans compter cette invention incroyable : on pouvait transvaser du sang d'un homme à un autre homme. Il a refusé. Et dans cette nuit où son enfant, son fils à lui, a besoin de soin, il ne peut l'aider. Pour la première fois, il se maudit. Si son grand-père lui a fait cette proposition, c'est qu'il avait senti en lui des prédispositions. Mais il était bien trop égoïste pour penser à soigner les autres... Il ne pensait qu'aux filles, à leurs seins, à leurs lèvres. La seule chose qu'il voulait apprendre, c'était comment les séduire. Oui, c'est le don de séduction qu'il convoitait. A quoi cela lui sert-il aujourd'hui devant le lit de son enfant malade ? Mon dieu, qu'il ne meure pas, qu'il ne meure pas. Les poumons, c'est tellement traître. S'il meurt, ce sera ma faute. Je sais séduire les femmes mais je ne sais rien faire pour sauver mon enfant. Pourquoi ai-je refusé de reprendre le don ? Il entend tout à coup des petits pas au pied du lit. Mathurine s'est levée, toute inquiète de cette ambiance de maladie. Il l'attire dans ses bras, l'enroule gauchement dans sa grosse veste de laine, lui murmure des mots apaisants. Il fait presque jour quand le guérisseur arrive.

Il ne faudra pas huit jours pour que Gène galope à nouveau dehors. Il revient avec une bosse au front, il a foncé dans le portail de l'église parce qu'il était en retard au catéchisme et qu'il voulait arriver avant le Louis qui, comme toujours, était à sa suite. Tout rentre dans l'ordre, dans l'ordre désordonné de cette famille où l'affection se balade sans jamais atteindre son but.

Marthe est épuisée. Cet enfant qui ne l'écoute pas, qu'on ne peut jamais immobiliser une minute, la tue. Et la fait vivre. Elle se demande parfois si ce ne serait pas plus facile de se laisser entraîner par lui, de courir derrière lui, dans son ombre. Il est un feu-follet débordant d'énergie, il est la vie, sa vie. Est-ce parce qu'il porte le prénom d'un oncle mort à la guerre qu'il fait et fera de sa vie un défi permanent à la mort ? Il tombe d'un cerisier, manque se noyer en faisant semblant de se noyer, se fait embrocher, ouf, le chandail seulement, par un taureau en jouant les matadors... En tous cas, elle sait bien pourquoi il n'est pas mort de cette horrible pneumonie : ce sont ses prières à elle qui l'ont sauvé. Cette nuit-là, elle a tout donné, tout promis, elle s'est livrée à dieu pour le salut de son enfant. Même son mari a dû être impressionné, il s'est montré humain, comme un homme avec sa femme. Mais ça n'a pas duré. Dès qu'elle lui a demandé de venir faire une prière à l'église pour remercier dieu, il a recommencé à persifler et se moquer d'elle. Mécréant ! Elle se penche sur la cheminée et donne un tour de broche au canard qui dore au-dessus des flammes. Elle aime cette bonne odeur de viande grillée. Elle a toujours aimé cuisiner, enfant déjà elle savait préparer un grand nombre de plats. A cette époque c'était un vrai plaisir, la cuisine explosait des rires et des taquineries entre ses sœurs et elle. La deuxième n'était pas avare de critiques mais l'aînée prenait son parti et trouvait toujours un mot pour la réconforter, de ces mots qui vous font sentir que vous êtes quelqu'un. C'est cette grande sœur qui lui a appris à faire le foie gras et le confit de canard, tout le monde s'accorde à dire qu'elle excelle dans la confection du *farçi* et du confit. Mais comme c'est déplaisant de gaver les oies, beurk, elle déteste ça. Peut-être Mathurine l'aidera dans quelques années. Elle regarde sa fille assise sur son tabouret préféré, elle mange un morceau de sucre. Quelle gourmande ! Comme son père... Comment peut-on à ce point aimer manger ? Si Marthe cuisine avec plaisir, elle n'a pas une bonne fourchette, comme on dit, un repas par jour lui suffirait. La seule chose dont elle se régale vraiment, c'est le *limos* des rois, avec ses fruits confits colorés. Zut, plus d'eau. Il faut aller au puits. Elle hésite à demander à sa fille, elle sait qu'elle va traîner les pattes. C'est vrai aussi qu'elle est petite et que les seaux sont lourds. Bon, elle doit y aller, elle n'a plus une goutte pour rincer les bols.

- Mathurine, viens avec moi au puits.

Mathurine se lève sans se presser. Elle a de ces gestes tranquilles, mesurés, qui ralentissent le temps. Elle ne rouspète jamais, ne dit jamais non. Et en fait à sa tête. Les seules bêtises qu'elle connaisse, ce sont celles de son frère dont elle semble se régaler. Dans ces moments-là elle a un air ravi, émerveillé. Le reste du temps elle suit son petit bonhomme de chemin, sereine, contente. Quand on lui demande de faire quelque chose qu'elle déteste, passer le balai par exemple, elle est tellement lente qu'on l'oublie parfois et qu'on s'aperçoit bien plus tard que ce n'est pas fait. Peut-être a-t-elle elle-même oublié ? Marthe est déjà au puits quand Mathurine la rejoint, elle la regarde arriver avec une irritation mêlée de tendresse. Et d'envie…Pourquoi n'arrive-t-elle pas, comme sa fille, à profiter de la vie sans se soucier du reste ? Pourquoi faut-il toujours qu'elle se désespère des incartades de son mari, des sottises de son fils, de l'avis des voisines ? Mais est-elle si heureuse, cette fillette étourdie ? Elle l'entend souvent s'agiter la nuit et a dû parfois aller la calmer quand elle criait trop fort dans ses cauchemars.

- Demain le charcutier passe au village, on pourrait prendre du foie de porc séché pour préparer des artichauts, papa en a ramené de très jolis ce matin, des violets, bien frais, petits, ils doivent être tendres.

Elle voit les yeux de Mathurine briller, c'est un plat dont elle raffole. Ah, que c'est bon de pouvoir faire plaisir à son enfant ! Elle soupire et se met en route, chargée des lourds seaux débordant d'eau.

Chaque fois ses pas le dirigent vers de *là-l'eau* et chaque fois il se rappelle douloureusement que Angèle est partie. Sept mois déjà, sept mois sans nouvelles. Car ils ne peuvent ni s'écrire ni se transmettre de message. C'est ça, une relation illégitime : on a droit à rien... Même s'il lui arrivait quelque chose, il ne serait pas prévenu. Mais quelle idée a-t-elle eu d'aller s'occuper de sa cousine malade. Une fille de peu qui s'est enfuie avec un étranger, tout le village en a glosé, on croyait qu'on n'en entendrait plus jamais parler. Et voilà qu'Angèle s'entiche d'elle et part à Toulouse pour la soigner. Bon, si c'était une semaine ou deux... Mais a-t-on idée de rester malade six mois ! Et si elle lui avait menti ? Et si elle ne revenait jamais ? Non, impossible. Il a réussi au bout d'un mois à savoir qu'elle était bien à Toulouse, chez l'Espagnol. Mais pourquoi ne revient-elle pas ? Sept mois sans elle, sans son sourire, sans leurs galipettes, ah que c'est bon, que c'est bon de faire l'amour avec elle. Il descend sous le pont et longe le Cougain. Il observe de l'autre côté la cabane en bois fermée depuis sept mois. Fermée ? Elle est ouverte ! Angèle est revenue ! Pendant son absence elle a loué sa maison à l'ouvrier qui loge dans ce cabanon, si le cabanon est habité, c'est que l'ouvrier y est revenu et qu'Angèle est chez elle. *Boudi*, pourvu que ce soit bien ça, pourvu qu'elle soit là. Il grimpe à toute vitesse, traverse le pont, fonce dans la ruelle. Ralentit. Il ne pourra pas frapper sans savoir si elle est là, comment faire ? Il avance avec précaution. A la fenêtre est pendu un jupon blanc à dentelles. Elle a mis un signal, elle est là, elle l'attend !

Dans ses bras il oublie tout, il la caresse, l'embrasse, la regarde, la caresse encore. Elle se livre à lui. Sauf pourtant quand il touche ses seins, elle repousse alors sa main. Bizarre, elle aime tant, ils aiment tant, tous les deux, ces caresses-là, ces nids-à-plaisir, comme il s'amuse à lui dire. Il n'y pense plus, il embrasse son cou, respire sa bonne odeur de femme.

- Et mon Naïs ? Où il est mon *pitchoune* ? Il m'a manqué, vrai.

Il se retourne. Il entend un petit cri. Mais ce n'est pas une voix d'enfant, ça ressemble plutôt à un miaulement de chat ou un *gaugaio* de bébé. Il regarde Angèle, le cri s'amplifie, Angèle se précipite vers la cuisine, se penche sur un berceau, en sort un bébé emmailloté.

- Ma cousine Julienne est morte en couche, je me suis chargée du bébé.
- Tu te moques de moi, là ! il n'est pas en train de chercher à téter, le bébé de ta cousine ? Il ne sait pas qui est sa mère, peut-être ?

Il est furieux, il a bien senti que la poitrine de sa maîtresse n'était pas comme d'habitude, il ne comprend pas, c'était donc ça, ces seins durs et gonflés, il ne veut pas comprendre. Elle s'approche de lui, lui prend le bras.

- S'il te plaît, assieds-toi là, je dois te causer.

Mathurin est éberlué, il tente de parler. Elle le pousse doucement sur une chaise, met la main sur sa bouche.

- Chut, tu dois m'écouter, seulement m'écouter, s'il te plaît, s'il te plaît, ne dis rien, c'est difficile, il faut que je t'explique.

Et elle explique. La première fois qu'elle est tombée enceinte de lui…

Il sursaute, il se redresse, il a l'impression de devenir fou. Elle l'enlace, s'assoit contre lui, se colle à lui et continue à parler sans le lâcher, le menton sur son épaule, la tête tournée vers l'arrière, elle ne regarde que le mur. La première fois, elle a avorté. Il sursaute à nouveau, elle le maintient désespérément, le secoue. Mais que croyez-vous, vous les hommes ? Combien de vos femmes avortent pendant que vous jouez aux dominos ! Elle s'accroche à ses cheveux, le bâillonnant de sa main. Elle ne veut pas l'entendre, elle ne veut pas le voir. Elle se calme, elle se laisse aller à nouveau contre son cou. Oui, elle a avorté, elle n'avait pas d'autre solution. Il a sa famille, ses enfants, quel scandale ç'aurait été. Elle n'a pas voulu lui en parler car il aurait été trop partagé entre culpabilité et inquiétude pour elle. Et comment alors aurait-elle pu prendre sa décision, comment aurait-elle eu du courage si elle l'avait vu souffrir et se morfondre. Elle a bien cru qu'elle allait mourir tant elle a perdu de sang et c'est alors vis-à-vis de Naïs qu'elle s'est sentie coupable. Il est si petit, il a tellement besoin de sa mère. Et quand ce bébé qu'elle ne voulait surtout, surtout pas est parti, elle l'a regretté et elle l'a pleuré comme une mère pleure son petit. Car c'était l'enfant de son amour, l'enfant de lui, Mathurin. Avec ce bébé, il n'aurait plus été seulement un fantôme qui passe sans laisser de traces. Mais c'était un enfant impossible. Oh ! Après ça, elle a fait très attention de ne pas tomber enceinte, elle a lavé son vagin au citron, elle a surveillé les dates. Comme il était fâché quand elle se refusait à lui ... Elle lui caresse tendrement la joue, elle pleure dans son cou. Et puis je me suis trouvée enceinte à nouveau et malgré le désespoir, j'ai aimé cet enfant totalement, dès le premier instant et même avant, quand je n'étais pas encore sûre. Je voulais le garder, vivre une vraie

grossesse où me consacrer à mon ventre, pas comme la première, ravagée par le deuil, quand j'attendais Naïs. Mais encore une fois je ne pouvais pas t'en parler, Eugène avait cette pneumonie qui t'a fait si peur, tu venais d'acheter des vignes et tu y avais mis toutes tes économies. Et qu'allait dire le village ? Comment allaient-ils nous traiter ? Comment, comment surtout, allaient-ils traiter notre enfant ? Elle serait la bâtarde, toute sa vie ?
- C'est une fille ?
- Oui.

Quelques mois avant j'avais appris que ma cousine était morte en couches à Toulouse, et son bébé aussi. Tu te rappelles comme elle a été maltraitée par sa famille et les voisins parce qu'elle était amoureuse d'un étranger, un Espagnol ? Pablo et Julienne ont décidé de s'en aller loin et ils ont bien fait, ils ont été heureux. Moi, j'ai gardé contact avec eux. Nous avions toujours été proches, c'est chez moi qu'elle avait caché sa valise avant son départ. Quand j'ai écrit à Pablo pour lui demander si je pouvais me réfugier chez lui le temps de ma grossesse, il a tout de suite répondu oui. Il a été si gentil. Et c'est lui qui a eu l'idée de donner son nom à l'enfant. Il était fier de savoir que son nom reviendrait au village la tête haute. Et je crois que ça le consolait un peu de la perte de son bébé, ça lui donnait un peu l'illusion d'être papa. Elle a été baptisée et je pourrais l'élever comme si elle était la fille de Pablo. Nous serons seuls à savoir de qui elle est.

Angèle se lève, prend sa fille et la présente à Mathurin, elle la présente à son père.
- Elle s'appelle Violette.

Qui aurait cru que le secret resterait si bien préservé au cours des années, que la fable attribuant la paternité de l'enfant à l'Espagnol serait acceptée par tous. Ça arrange bien tous les bien-pensant de croire morts les amoureux sacrilèges, doublement sacrilèges, couple mixte et couple hors mariage. Même Marthe ne se doute de rien. Il faut dire qu'elle s'est persuadée que son mari court à droite et à gauche sans s'attacher à personne. Mathurin se délecte de cette idée que sa réputation de séducteur puisse protéger la seule femme par qui il s'est laissé séduire. Par contre, mentir à l'enfant lui fait mal. Il le faut pourtant, ils se sont bien mis d'accord sur ce point. Il s'est attaché à elle, l'appelle *moun quiquili* et la chatouille jusqu'à la voir se tordre de rire et suffoquer. Il n'en revient pas de la voir grandir si vite. Elle est si débrouillarde, à deux ans déjà elle faisait des belles phrases bien entières et aujourd'hui elle tient une conversation comme une petite femme. A son âge, Eugène ne parlait pratiquement pas, bon, il s'est bien rattrapé depuis, c'est un garçon brillant. Mais comme c'est agréable d'entendre cette fillette *finaudeleja* si finement. Hier elle lui a dit "quand je serai grande je serai docteur et je soignerai maman. Et toi aussi, si tu tousses". Incroyable ! Naïs se montre très protecteur avec elle. Comment se fait-il qu'il n'ait jamais posé de questions sur la naissance de sa sœur ? Il était là, pourtant, il a tout vu. Il est trop jeune pour comprendre, c'est sûr.

Alors le jour où Angèle lui glisse "Naïs a entendu des choses à l'école, il faut que je t'en parle" il comprend. Il attend que les deux enfants soient endormis et s'installe. Mais ce n'est pas du tout ce qu'il croyait ! En fait, le fils du boulanger a traité Naïs de fils de traître. Mathurin hausse les épaules, une injure basée sur rien n'a aucune portée, tout le monde sait que le mari d'Angèle est mort à la guerre au Maroc.

Alors Angèle raconte.

Ils avaient décidés de se marier à la fin du service militaire. Mais elle s'est retrouvée orpheline alors qu'il était encore à l'armée, ses parents étant morts ensemble dans un accident. Comme ils étaient métayers dans une ferme, elle se retrouvait à la rue. Se marier lui permettait de s'installer dans la maison de son mari et de sortir de l'immense marasme où elle se trouvait. Elle est tombée enceinte tout de suite, à la première permission, comme si la vie voulait vite, vite, réparer la mort. Mais avec l'engagement de la France dans la guerre coloniale du Rif, il s'est retrouvé au Maroc avec le régiment des zouaves. Elle a reçu une seule lettre de lui.

Angèle sort de sa poche une lettre chiffonnée. Une seule phrase est tracée en diagonale sur la totalité de la feuille : *les français (= nous) lancent du <u>gaz moutarde</u> sur les douars = femmes hommes enfants <u>bébés</u>*. L'encre a coulé par endroits, mouillée de larmes : celles du soldat ou celles d'Angèle ? Celle-ci s'est appuyée sur Mathurin et continue, la voix tout aussi fripée et mouillée que la feuille : il était communiste depuis ses seize ans. Le 12 octobre 1925, l'Humanité à appeler à la grève générale pour s'opposer à l'impérialisme français au Maroc et soutenir la résistance d'Abdelkrim.

- Ce jour-là mon mari est mort.
- Il a été tué ?
- Je ne l'ai jamais su vraiment. La version officielle est qu'il est mort au combat mais certains ont dit qu'il avait voulu faire grève et

qu'il était mort au mitard. Dans quelles conditions ? D'autres ont dit…

Elle pleure.

- …qu'il s'est suicidé. Et c'est ce que je soupçonne quand je relis cette lettre de désespoir. Il m'avait dit qu'il ne supportait pas cette guerre menée par ces généraux fascistes, Pétain et Franco, qui n'ont que mépris pour le peuple, pour tous les peuples, une guerre qui comme toutes les guerres envoient les pauvres s'entretuer pour le plus grand bien des riches. Cet horrible doute m'a taraudé tant et plus pendant toute ma grossesse, pendant toutes ces années. Oui, j'attendais Naïs et je n'étais qu'une fontaine de larmes, sans mari, sans parents. Seule. Plus seule que seule puisque j'avais un bébé à prendre en charge. Moins que seule, moins que zéro, c'est quoi ? Et puis un jour ma cousine Julienne a frappé à la porte, elle m'a aidé à remonter la pente. Et la vie a repris. Mais aujourd'hui comment veux-tu que je réponde à Naïs ? Depuis sa naissance j'ai menti mais la vérité ne va-t-elle pas nous rattraper ?
- La vérité, il n'y en qu'une : son père était un héros. Si certains pensent qu'être héros c'est se battre contre les marocains, libre à eux. Si certains pensent que c'est prendre position contre les armes chimiques, faire grève à l'armée où c'est interdit, être communiste, libre à eux. Y a un truc que disent les socialistes, je sais plus exactement la phrase, sur le droit de se révolter quand on veut nous imposer des horreurs, tu sais, ceux qui

étaient contre la guerre de 14 le disaient, droit à l'insurrection, quelque chose comme ça. Peu importe. Voilà ce qu'il faut dire à ton fils : son père était un héros. *Basto poun*.
Il la prend dans ses bras, l'attire vers le lit. C'est la seule manière qu'il connaisse pour la consoler et puis il faut qu'il lui montre que s'il n'est pas un héros, il est un amant et puis quand on parle de la mort il faut revenir vers la vie. Et elle est là, la vie. Il embrasse ses yeux encore humides, il prend ses seins à pleine bouche pour qu'elle n'oublie pas la femme qu'elle est, il lèche son nombril pour lui rappeler l'enfant qu'elle a été, il embrasse son cou et glisse sa main vers sa *bonheta* onctueuse de désir pour atteindre le miel de la vie, il la pénètre doucement, lui murmure des mots doux, il la pénètre rudement, concentré sur ses efforts, la fait rouler sur le lit, il la pénètre drôlement, riant d'aise et de bonheur, il la pénètre farouchement. Il l'abandonne, tout entier dans son plaisir. Il s'abandonne, il n'est plus là, le ciel pour lui s'entrouvre. Se dessine alors en jet de feu l'instantané d'un impossible où les frontières entre le toi et le moi se diluent, la tornade s'affaisse, engloutissant toutes les angoisses du monde. Alors il reprend souffle. Il la pénètre patiemment, il persiste, lui murmure des mots piquants, il s'excite, lui prodigue des gestes affriolant, il cherche la clef, il trouve, ô surprise, la clef pour que le ciel s'entrouvre.

Avant d'entrer dans la salle de classe, Mathurin époussette son pantalon et rentre sa chemise. Rencontrer l'instituteur l'impressionne un peu bien qu'il s'en défende et ce n'est pas dans une école qu'il va se sentir à l'aise. L'instituteur est courtois, un peu condescendant. Il ne l'a pas convoqué pour évoquer le comportement de son fils mais ses bons résultats scolaires. D'après lui, Eugène a les capacités pour continuer ses études. Mathurin se redresse, tout fier, comme si l'intelligence de son fils lui ouvrait des portes. Mais des portes qu'il ne connaît pas et laissent entrevoir des univers inconnus. Des études, oui, mais où ? Comment ? L'instituteur lui explique, lui parle des dépenses que ça engagera et des aides qu'il pourrait avoir. Ah oui, c'est vrai, ça coûte de l'argent d'ouvrir certaines portes. Lui, il pensait plutôt aux vignes, à ce plaisir qu'il aurait eu d'enseigner son fils, de lui apprendre le travail de la taille et toutes les choses de la vie. Il serre la main du maître, promet d'y réfléchir, il va en parler à son patron, à sa femme aussi, oui, ils se reverront bientôt. Dehors il respire à plein poumons, longe le ruisseau qui sépare le village en deux. Comme c'est bon la vie de village. Il s'imagine partant de bon matin avec Eugène pour aller dans les vignes, comme il en a si souvent rêvé, lui apprenant à tirer un lapin ou une grive ou même à poser des pièges. Est-ce que ça braconne, les gosses qui font des études ? Est-ce que ça a le goût des choses ? C'est toujours mieux que de courir après un sou, être dépendant d'un patron. Quelqu'un qui a étudié peut avoir un bon métier où on ne se salit pas les mains, un métier qui permet d'acheter une maison. Faut dire que la vie n'a pas toujours été facile pour lui. Avant de travailler pour Jouvand, il en a fait des petits boulots, à se louer à droite et à gauche. Quand il s'est marié, ils sont venus habiter cette maison qui appartient à la tante. Une maison ? Une pièce seulement et des granges. C'est lui qui a aménagé à côté pour faire une chambre et son fils et sa fille sont obligés de dormir ensemble. Il faudra d'ailleurs trouver une solution, ça ne peut plus durer, ils grandissent. Et si la tante leur a promis de leur laisser son bien en héritage à condition qu'ils s'occupent d'elle, il n'est toujours pas chez lui. Oui, ce serait peut-être une chance pour Eugène, il faut y penser. A nouveau il se voit courant les champs avec son fils ou lui montrant comment fabriquer des outils. Faut pas rêver, Gène n'aime rien faire de ses dix doigts et encore moins suivre son père, ce gosse n'aime que carburer de la tête et commander les autres, c'est comme ça.

Il n'en parle pas à la maison ni à personne, il lui faut du temps pour digérer cette possibilité nouvelle d'un avenir si différent de ce à quoi il avait pensé. Il se donne du temps, il a conscience de ne pas toujours se montrer aussi raisonnable qu'il le faudrait, il doit peser le pour et le contre. Mais sa femme ne lui en laisse pas le temps. Un matin, au retour de l'office, elle lui dit que le prêtre veut le voir. Il l'envoie balader, il n'a rien à voir avec les curés. Marthe insiste, elle veut absolument le convaincre, elle en a les larmes aux yeux. Il la regarde du coin de l'œil, il déteste la voir pleurer.

- Mais enfin il me veut quoi, ton curé ? bougonne-t-il.
- Je ne sais pas, moi, je ne sais pas, enfin, je crois que c'est pour l'avenir du petit.
- Qu'est-ce que la religion a à voir avec l'avenir du petit ?
- Je ne sais pas, c'est ce qu'il m'a dit.

Mathurin sent l'agacement le saisir, il déteste qu'elle tourne autour du pot et fasse l'ignorante.

- Tu vas me dire à la fin !

Quand elle lui explique enfin que le prêtre propose de l'inscrire au petit séminaire, qu'il pourrait étudier le latin et la religion, le calcul aussi et le français, il n'en revient pas. Son fils prêtre ? Ce sacripant de Gégène qui ne pense qu'à s'amuser et à courir partout ? Il le dit tout net, c'est non. Il se lève. Mais Marthe s'accroche à lui.
- Tu ne peux pas dire non, c'est une chance pour le *pitchoune*. Et tout serait gratuit, même la pension.
- Je vais le vendre contre un lit et un casse-croûte ?
- Ne déforme pas tout.
- Ose me dire que ton fils a le goût de la religion, ose me le dire.
- Oui, oui, moi, je suis sa mère, je le connais, et je me rappelle quand je lui ai donné une image de la vierge de Lourdes, comme il la regardait, il était tout ému.
- Il est comme moi, il aime les jolis petits culs.
- Oh, comment oses-tu blasphémer !

Il pensait s'être débarrassé d'elle, en général quand il devient grossier avec dieu, elle lui tourne le dos comme s'il était le diable. Il s'étonne de la voir s'acharner.
- Et quand il y est allé avec le curé, à Lourdes, il n'était pas ravi, peut-être, tu l'as toi-même remarqué.
- Parce qu'il a dormi avec les copains et mangé un croissant au petit-déjeuner, on en a assez entendu parler de ce croissant, *peuchère*, c'était le premier de sa vie.
- Tu déformes tout, tu es méchant, méchant.

Il la regarde, met une main sur son épaule.

- Arrête, Marthe, je ne vois pas comment ça pourrait être bien pour lui, c'est tout. Et il faudrait qu'il nous quitte. Et puis, l'instituteur aussi propose qu'il fasse des études. On va prendre le temps.

Non, elle ne cédera pas, il pourra dire ce qu'il veut, leur fils ira au séminaire, dieu est avec elle. Il peut crier, lui rire au nez et la traiter de bigote, elle ne cédera pas, c'est l'avenir de son fils qui est en jeu. Il peut découcher et rejoindre ses femmes de rien, peu lui importe ! Il croit pouvoir la commander comme il veut mais il ne sait pas ce que c'est qu'une mère et une mère forte de la volonté divine. Elle sauvera son fils. Elle lui a donné un père qui vit dans le péché et n'hésite pas à blasphémer, elle doit maintenant le mettre dans les mains d'un autre père, dieu. Même s'il faut se séparer de lui. Mon dieu, que sera sa vie sans ce bel enfant intelligent et rieur ? Gène, c'est son petit génie à elle, c'est ainsi qu'elle le surnomme. Mais en secret pour ne pas attirer le mauvais œil... et les sarcasmes du père. Elle gardera Mathurine à ses côtés bien-sûr mais ce n'est pas pareil. C'est une petite tellement calme, passive, c'est une fille, quoi ! Et elle sait ce que c'est, elle a eu des sœurs. Etre la troisième fille de quatre, ce n'était pas facile à vivre, un garçon manquait. C'est peut-être pour ça qu'elle était si timide. Quand elle a rencontré Mathurin, ce fut un vrai bonheur. Il était tellement gai. Elle se rappelle qu'il voulait toujours la faire rire, il avait décidé qu'elle lui devait un baiser chaque fois qu'il lui tirait un sourire et ma foi elle n'a jamais autant souri de sa vie. Les baisers, elle aimait ça. Mais quand il a fallu faire son devoir conjugal, ça a été l'enfer.

C'était désagréable au point d'avoir presque mal, pas vraiment mal, comment dire, insupportable, oui, c'est insupportable, comme une nausée, une envie de se gratter, d'expulser ce qui gène. Elle s'est même demandé si elle n'était pas mal formée. Mais non. Elle n'aime pas ça, c'est tout. Elle a du mal à croire d'ailleurs qu'il existe des femmes qui aiment, elles font peut-être semblant, juste pour s'attacher leur homme. Peu à peu, les plaisanteries de Mathurin sont devenues grivoises, et plus elle y réagit, plus il en rajoute. Alors elle lui tourne le dos. Elle se sent si malheureuse, si mal aimée. Et ses beaux-parents qui la détestent… Ils n'ont jamais accepté ce mariage, ils ne supportent pas sa famille, empêchant les enfants d'aller chez leurs grands-parents maternels. Pourquoi ? Y a-t-il quelque chose qu'elle ignore ? Sa famille vaut bien la leur. Ses parents ont toujours eu des idées un peu à part, c'est vrai, mais ils sont travailleurs et honnêtes. Quant à elle, elle est bonne chrétienne, personne ne peut dire le contraire. Elle en est fière, elle n'est pas seulement une pauvre femme incapable, gauche, soumise, mal fagotée et ennuyeuse. Agenouillée devant dieu, elle est debout ! Mais comme c'est dur de se sentir rejetée toujours… Heureusement qu'elle n'habite pas avec sa belle-famille mais depuis qu'ils sont tous venus habiter Castelreng, ils se voient plus souvent et c'est un calvaire chaque fois. Aujourd'hui ses seules joies sont celles que dieu lui procure. Quand elle est à l'église, dans la pénombre du petit matin et les odeurs d'encens, elle sent tout son corps s'élever vers le ciel, tout devient beau et pur, tout est amour, elle est habitée au plus profond d'elle-même de chaleur et de lumière.

C'est un beau mariage, les parents n'ont pas lésiné. Ils sont depuis plus d'une heure à table quand arrivent les poulets. Aussitôt les hommes se lèvent, attrapent les grands couteaux. Qui saura le mieux et le plus vite découper les poulets ? Tout l'art est de réussir à reconstituer le poulet dans le plat, sans jamais y mettre les mains bien-sûr, la bête est plantée sur la fourchette et le couteau valse et coupe. Mathurin espère bien être le meilleur, il se concentre sur son point faible, la jointure entre l'aile et l'omoplate. Ouf, c'est bon, le reste est un jeu d'enfant. Il a fini ! Il se redresse. Premier ex aequo avec le Marcel. Mais il convient que Marcel a une reconstitution parfaite alors que la cuisse de son poulet à lui flageole. Tant pis, il s'en est bien tiré et les trois autres sont loin derrière. L'ambiance est de plus en plus chaude, chacun déguste le vin de pays.

- Eh ! les jeunes mariés, faut vous mettre au travail, il parait qu'il n'y a pas assez de petits français, la crise, c'est à cause de ça.
- C'est sûr que ça va mal. C'est de plus en plus dur de trouver du travail.
- C'est pas avec la grève générale qu'ils vont faire avancer les choses.
- Tu préfères laisser les ligues d'extrême-droite faire la loi.
- Dans un sens je ne leur donne pas tort, notre culture chrétienne est menacée. Ils ne sont pas comme nous, leur religion les empêche de s'assimiler, ils ne seront jamais français et resteront étrangers. Ce qu'ils veulent, c'est dominer le monde et pour ça ils n'hésitent pas à tuer, les attentats n'en finissent pas, nous ne sommes jamais à l'abri.
- Qui ?

- Les juifs bien-sûr, ils se prennent pour le peuple élu, c'est écrit dans leur bible, comment pourraient-ils devenir français ? Le péril rouge, c'est une réalité, les judéo-bolcheviques, c'est un vrai danger, il ne faut pas fermer les yeux.
- Dis donc, tu serais pas un peu raciste, toi ?
- Oh ça va, pourquoi tu m'agresses, je t'ai rien fait moi ! C'est incroyable comme tu cherches toujours la zizanie. Y a bien que toi à raisonner comme ça, à l'envers. M'étonnerais pas que tu sois un rouge, vrai !

C'est cinq heures quand arrive le dessert, une magnifique pièce-montée et que commencent à péter les bouchons de la Blanquette de Limoux. C'est alors que l'instituteur interpelle Mathurin.
- Alors Mathurin, c'est décidé pour ton fils, je l'inscris pour avoir une bourse ?
- Non, monsieur l'instituteur, je vous remercie mais mon fils va au séminaire.

Difficile de savoir qui est le plus interloqué : l'instituteur ? Il n'a pas l'habitude qu'on lui résiste et surtout pas Mathurin dont les parents travaillent sur ses terres comme mi-fruitiers. Il est furieux et déçu, il est attaché à cet enfant, c'est rare de trouver un fils d'ouvriers agricoles intelligent et c'est sa réussite à lui de l'avoir amené à ce niveau d'instruction, il s'en est déjà vanté devant l'inspecteur. Le curé ? Il ne comprend pas, Marthe se plaint tous les jours de l'obstination de son mari qui ne veut pas entendre parler de séminaire, du coup il est tout content de ce revirement et lance à l'instituteur un regard de triomphe. Lui aussi est attaché à cet énergumène d'Eugène qui a une mémoire phénoménale et qui pose des questions étonnantes, théologiques presque. Un jour il lui a demandé ce que c'est que le péché originel, il voulait savoir pourquoi dieu ne nous empêche pas de faire des bêtises puisqu'il est tout puissant, quand le prêtre lui a répondu que dieu nous laisse libre, il a eu l'air ébahi et tout content de la réponse. Faut dire qu'il en fait des bêtises, à confesse il en a pour un bon moment chaque fois. Et Marthe ? Elle n'en revient pas, est-ce que son mari a trop bu, est-ce qu'il pense ce qu'il dit, est-ce qu'il ne va pas revenir sur ses paroles, non il aurait honte de se dédire après avoir parlé devant tout le monde et l'instituteur et le curé. Mais qu'est-ce qui a pu le faire changer d'avis ? Il veut lui faire plaisir à elle ? Impossible ! Pourtant quand il a dit cette phrase inattendue, il l'a regardée, elle, avec un air goguenard et tendre à la fois, oui, tendre, et elle a souri, ravie, et alors il lui a fait cette grimace, non ce n'est pas une grimace, elle a bien vu, il a dessiné de ses deux doigts sur son visage un sourire exagéré et il a tendu son index avec un air malicieux et tapoté sa joue et c'était comme autrefois, c'est le geste qu'il lui faisait quand il lui réclamait un baiser parce qu'il avait réussi à la faire sourire, elle se rappelle. Mais le plus interloqué de tous, c'est Mathurin, ça lui est venu comme ça sans réfléchir. A-t-il voulu contredire l'instituteur qui joue le patron parce qu'il emploie ses parents ? Pourvu qu'il ne leur ait pas fait tort, ils sont mi-fruitiers chez lui, tout le travail pour eux, cinquante pour cent de la récolte pour lui, ils seraient mieux à La Francine avec son frère, le domaine est bien plus grand. S'est-il laissé convaincre par la gratuité ? Par l'internat où son fils aurait gîte et couvert mieux que chez lui ? L'assurance qu'il pourrait poursuivre ses études jusqu'à dix-huit ans ? Non, il sait bien ce qui l'a

convaincu et il avait bien pris sa décision avant de parler et il ne le regrette pas. Il peut accepter que son fils aille au séminaire, comme le souhaite sa mère, parce qu'il a eu l'assurance par le pharmacien qu'il ne serait pas obligé d'être prêtre, que jusqu'au dernier moment il pourrait choisir sa vie, se marier et avoir des enfants. Alors là, oui : on lui donne le plus d'instruction possible parce qu'il est intelligent et une fois adulte, il décidera.
Il en est là de ses réflexions quand il sent une ombre se pencher, déposer une cruche sur la table, des lèvres lui effleurent la tempe. Marthe s'éloigne furtivement, il éclate de rire. Bien : elle a payé son gage, un baiser contre un sourire !

Tout le monde est là, sur la place de Limoux, les femmes et les enfants debout sous les arcades, les hommes dans les bars. Mathurin guette Angèle, il ne sait pas si elle a pu trouver quelqu'un pour l'amener. Le gosse lui a fait la vie pour venir au carnaval. Tout le monde aime *Los fécos*, petits et grands, c'est une ambiance, un évènement, une lumière dans la grisaille du quotidien. Mais c'est la première fois qu'il y vient ! Qu'est-ce qui l'a retenu ? Le travail, les sept kilomètres à parcourir, l'idée que se distraire n'est pas pour eux ? Ici tout le monde s'amuse. Il a vite trouvé des connaissances, l'aiguiseur qui passe tous les ans au village, le maraîcher qui a une voiture pour livrer ses légumes, l'instituteur endimanché, le fils du voisin qui ne rate aucune festivité et beuverie au grand dam du père.
Cette semaine ce sont *los coudenos* qui mènent. Ils arrivent à onze heures pétantes et avancent d'un pas lent et cadencé, magnifiquement vêtus de fuchsia et noir, dans un mouvement balancé

ondulant avec la musique. Quel thème ont-ils choisi cette année ? Tout le monde se presse, curieux. Car au carnaval on apprend tout, tout est révélé, tout ce qui concerne la politique, celle qui se fait là-haut, à la capitale, tout sur les évènements limouxins et même, même, tout sur les secrets des familles. Les *Masques* avancent, agitant en cadence leur *carabène*, roseau surmonté d'un pompon et enrubanné de tulle fuchsia et noir aux couleurs de leurs costumes. Les *Goudils* suivent derrière, en costumes extravagants faits avec les moyens du bord et une ingéniosité stupéfiante. Difficile de rivaliser avec les *Masques,* leurs costumes coûtent une fortune à quoi il leur faut ajouter le prix des musiciens, ils se préparent toute l'année pour la sortie de *Los Fecos*. Non, ce n'est pas donné à tout le monde. Mais la fête, elle, est pour tout le monde et ce serait dommage de s'en priver.

Les *Masques* s'arrêtent devant le Grand Café et font cercle autour d'un ballot informe fait de morceaux de tissus, de caoutchouc, de ficelles et de ressorts. Toujours en cadence ils en tirent des morceaux, les étirent et les enroulent à nouveau les uns sur les autres, en laissent rebondir puis les rattrapent, suivent de tout leur corps, gracieusement, le mouvement d'étirement et de rétractation des ressorts, posent leurs mains sur la pelote et les retirent comme s'ils avaient du mal à les décoller. Un des *Coudenos* se ceint d'un gilet sur lequel est brodée un écusson cerné de deux roseaux avec en son centre une ruche survolée d'abeilles. Les spectateurs s'esclaffent.

- Ça colle, c'est de la confiture.
- Du miel, voyez la ruche sur l'écusson.

- C'est du *touron*, le nougat artisanal au miel !

On rit, on s'informe, oui, Edouard Bor vient de créer à Limoux la pâtisserie Bor, on le connait ou on en a entendu parler, on a goûté ou on se promet de le faire. Tiens, se dit Mathurin, je pourrais en acheter pour les *pitchouns*, ils seraient bien contents mais combien ça coûte ? Mais voilà que le *Masque* à l'écusson sort de sous son ample vêtement puis de sous les vêtements de chaque masque des pelotes identiques qu'il entasse au centre du cercle avec de grands gestes comme pour les accaparer.

- Té ! le voilà qui s'agrandit le Bor, c'est qu'il a de l'ambition.

Ils recommencent à tirer sur les pelotes/nougat, les mouvements de ressort sont de plus en plus nombreux, de plus en plus amples au rythme ralenti de la musique. Un long bandeau rouge est extirpé d'un des ballots biscornus. Qu'est-ce que c'est, qu'est-ce que ça veut dire ? Ceux qui sont le plus proche peuvent y voir un calendrier de l'année, 1936, avec des dessins de personnages qui semblent en plein travail. S'agit-il des ouvriers de la pâtisserie ? Non, commentent-ils à haute voix, on reconnait des vendangeurs. Et des maçons. Arrive alors au milieu du cercle un marin masqué qui renverse l'homme à l'écusson et avec un grand ciseau tente de couper le calendrier où apparaissent non les mois mais les jours de la semaine. Un *Goudil* à haut de forme et bombant le torse tente de l'en empêcher.

- Le marin, ce doit être un gréviste de Saint Nazaire !
- Ça fait des semaines qu'ils sont en grève, ça barde là-haut.

- Voyez le patron comme il n'a pas l'air content… Faut dire que les ouvriers, ils n'en ont jamais assez ! Et voilà le navire qui coule !

En effet un des *Coudenos* a fabriqué avec un journal L'Humanité un bateau de papier qu'il jette et piétine. Une Marianne s'est mise entre le patron et le marin et s'arrache les cheveux tandis que le marin découpe des bouts du calendrier.

- Ils raccourcissent le temps, on dirait.
- La semaine de 40 heures, c'est la semaine de 40 heures demandée par le Front populaire !!

Quelques-uns des masques saluent de leur *carabène* l'homme qui vient de parler, confirmant son hypothèse tandis que les discussions s'enflamment.

- Bon alors c'est du nougat ou du temps de travail ?
- Tu y crois, toi, à la semaine de 40 heures ? Ils s'imaginent que le temps est élastique, les communistes, c'est des rigolos.
- N'empêche qu'ils ont été élus.

Deux masques se saisissent de ce qui reste du calendrier et, un ressort dans la main, font d'énormes et vains efforts pour l'allonger, tandis que le patron à haut de forme attrape les morceaux coupés, les mélange tout chiffonnés dans chaque pelote avant de les envoyer voler par-dessus son épaule où elles sont escamotées sous les amples vêtements tandis que des bateaux de papier tombent au sol et sont piétinés.

- Les 40 heures c'est pas possible, tu as vu, si on travaille pas, on produit pas. Pas d'heures de travail, pas de nougat.

- C'est quoi ce discours de patron, vous pouvez toujours parler, la grève arrive chez nous, hier ils étaient des milliers à défiler devant la Rotonde à Carcassonne.

Les Masques sont entrés dans le bistrot, la musique s'est tue. Tout autour d'eux, on boit et se bouscule, dehors on attend qu'ils ressortent.
- Ce qu'il y a de sûr, c'est que la vie des travailleurs, c'est pas du nougat !

Mathurin voudrait bien partager ces bons moments avec Angèle mais il n'ose pas, il craint pour sa réputation. Elle lui répète souvent qu'elle est libre puisqu'elle est veuve et lui-même n'en est pas à sa première aventure mais bizarrement, alors qu'il n'a jamais été aussi sérieux avec une femme, il n'a pas envie que ça se sache, il tient à son intimité. Et à leur secret. Il s'amuse à la surprendre à travers la foule, à faire en direction des *Goudils* des signes qui lui sont en fait destinés à elle. Il a même réussi à lui voler un baiser en faisant semblant de tituber et s'empêtrer dans l'ample robe de la Marianne qui, d'après ses grand pieds, devait être un homme déguisé. Il a ostensiblement applaudi à l'évocation des communistes car il la taquine souvent sur ses affinités politiques. Il rit. Il est bien. Soudain il se trouve nez à nez avec l'instituteur. Il le salue. Mais voilà que la Marianne fonce sur lui, le caresse de sa *carabène*.
- *Te coneissi, Te coneissi.* Je te connais, toi.

Mathurin rit. Qui cela peut-il être ? S'il n'arrive pas à le reconnaître, il faudra qu'il paie à boire. Il se prend au jeu, regarde les pieds, écoute la voix. L'instituteur voudrait l'aider.

- Vous n'êtes pas de Castelreng, j'ai eu dans ma classe tous les enfants du village, je sais ce que je dis.
- D'abord tu ne sais rien, ensuite tu ne dis rien, ce sera mieux. Tu ne sais pas par exemple que ce monsieur là il embrasse les femmes dans les coins.
- Ça va, ça va, tu dis ça à tous les hommes.

Mathurin rit de bon cœur.

- Oui mais tous les hommes n'ont pas droit à des privilèges de la belle veuve.

Mathurin rougit, essaie de garder contenance. L'instituteur fait semblant de s'éloigner mais il rit sous cape.

- Quelle veuve ? Je ne connais pas de veuve.
- Et voilà ! Le mari se fait faucher à la guerre et boit la tasse et le Mathurin fait la vendange et se délecte du nectar. Comment elle est, l'Angèle ?
- Arrête, là, tu fais du tort à une honnête femme.
- Je croyais que tu ne la connaissais pas ! Et moi, alors, tu sais qui je suis ? Sinon, faut payer à boire.

Mathurin hésite. Il l'enverrait bien balader mais ce serait pire, il s'en ferait un ennemi et tout le pays reprendrait en chœur le commérage. Autant détourner l'attention.

- Bien-sûr que je t'ai reconnu, Marcel, tu as les plus grands pieds du pays.
- Marcel, c'est qui ce Marcel ? Tu n'y es pas du tout.
- Tu es Antoine ? Il a des penchants féminins, lui aussi. Tu es diantrement beau en Marianne.

- Dis donc, reste poli, tu ne m'as pas vu *bécotter* un homme que je sache. Tandis que moi je t'ai vu…
- Bon, bon, c'est dit, je te paye à boire, dis-moi qui tu es.

L'autre soulève à moitié son masque. Zut, c'est le beau-frère de la voisine d'Angèle. Ils sont dans de beaux draps. Et zut encore, il habite Petch Salamou, le village des parents de Marthe. C'est bon, tout le pays va savoir. Au moins, ils n'ont jamais rien su pour la petite, c'est le principal. Ma foi, tant pis, il n'y a pas de honte à aimer. Car il l'aime, *boudu* qu'il l'aime, cette femme-là !

Quand il rentre, il voit que Marthe fait la tête, tout le monde sait déjà qu'il a été *chiné*. Il voudrait bien la consoler mais c'est mission impossible, elle va se draper dans sa dignité et lui mettre la pression. Oh ! Et puis zut, il sera mieux avec Angèle. C'est incroyable comme avec elle, il se sent un autre homme. Finalement il s'aime mieux en homme qui aime qu'en homme marié, dans l'adultère que dans la légitimité, il s'y sent plus digne, plus vrai. Et plus respectueux. Il s'échappe. En frappant au volet de bois il se sent fondre de tendresse, elle est si belle, Angèle, et forte et tendre et si sensée, mère chaleureuse et maîtresse passionnée autant qu'attentionnée. C'est une reine. Toute sa gaieté naturelle lui revient. Les enfants sont chez la voisine ? Alors il peut lui raconter comment il s'est fait *chiner* à propos de leur relation. Elle s'inquiète, plus pour lui que pour elle, un peu pour son *minot* qui risque de se faire railler à l'école et pour Violette bien que tout le monde ait accepté sa version. Mathurin rit, la prend dans ses bras.

- Un bisou, un bisou… J'en ai rêvé toute la journée ! Qu'est-ce que c'est excitant de te voir sans pouvoir te toucher.
- E tu ne t'es pas gêné pour me faire des signes, je ne savais plus où me mettre.
- Et c'était bon ?

Elle l'embrasse à pleine bouche.

- Ça, c'est pour le clin d'œil derrière le pilier des arcades, ça, c'est pour le sifflement admiratif au passage du plus grand des *Coudenos*, ça, c'est pour avoir fait mine de défaillir, une main sur ton cœur à notre chanson, ça, c'est pour les bisous-confettis et ça et ça et ça, c'est pour moi.

Ils roulent sur le lit.

- Eh, attend, on nous regarde !

Elle se redresse, inquiète, regarde vers la fenêtre, s'aperçoit qu'il rit de bon cœur.

- Ils sont tous jaloux de moi, ils savent que je possède une reine, tout le pays veut voir ça.
- Arrête, grand bêta. Tu disais que ça t'excitait de faire du mystère autour de moi et voilà que tu imagines le contraire.
- Tiens, c'est vrai.

C'est vrai, il a eu un plaisir d'adolescent à cacher son amour, à le garder pour lui seul, pas question de s'en vanter comme il l'a eu fait pour ses autres aventures, son amour pour Angèle est trop sacré. Elle n'est pas une conquête, plutôt un don du ciel ou de la vie. Puis il s'est caché pour protéger la petite, pour que personne ne sache mais elle a grandi maintenant et personne ne viendra plus poser de questions. Alors, tout embêté qu'il est de voir révélée sa liaison, il en est en même temps émerveillé. Ce miracle qui lui est arrivé est plus

éclatant encore s'il a des témoins. Et il continue le jeu, s'excite et excite son aimée à imaginer derrière la vitre un regard envieux porté sur ses seins magnifiques, derrière un rideau la tête hirsute qui ne pourra jamais reposer sur ce ventre, heurtant la porte la nervosité de celui qui ne peut goûter le doux creux de son cou. Et une lumière miraculeuse, telle celle de Jésus transfiguré sous la parole de son père, naît de son sexe tendu, inonde la chambre puis le monde, l'entrainant dans un raz de marée vertigineux. Il s'effondre, laissant retomber la vague, une main sur le ventre aimé.
- Tu n'as pas dit *attends-moi dis donc* ! Mais ce n'est pas fini, cette fois, je t'emmène au ciel, allez, *viens avec moi, dis-donc...*

Doucement il caresse la douceur intime tendrement embué, se redresse et se consacre à l'amener à son plaisir.

Le curé est venu jusque chez eux ce soir-là pour lui demander de passer le voir à la cure. Il ne pouvait pas refuser, d'autant qu'il était inquiet. Y a-t-il un problème au séminaire ? Le prêtre lui ouvre la porte.
- Que se passe-t-il ? C'est Eugène ?
- Entre donc et installe toi, j'ai à te parler et ce n'est pas d'Eugène.

Il se redresse de la chaise sur laquelle il s'apprêtait à s'asseoir, méfiant.
- De quoi il s'agit donc ?
- De toi.

Mathurin est médusé. Il reste debout, raide et revêche tandis que le prêtre lui explique qu'il a appris sa liaison avec une veuve de *l'à-l'eau*, non par la confession, il ne pourrait pas lever le secret du confessionnal mais par les commentaires qui

circulent dans tout le village. Il dit adultère, morale, respect de la famille, désespoir de Marthe, enfer, malheur. Il salit, il piétine, il avilit, les doigts de Mathurin sur le dossier de la chaise blanchissent. Il dit femme impie, volage, fourbe, briseuse de famille honnête et la voix de Mathurin est aussi blanche que les jointures de ses doigts et rauque et contenue et Mathurin dit :
- Cette femme est un ange, elle m'a appris ce qu'est l'amour et s'il y avait un seul être dans votre paradis, ce ne serait pas vous, ce serait elle !

Mathurin est sorti. Il ne remettra plus les pieds dans une église, il se le jure. Il écume de rage, recommence la scène avec toutes les injures qui l'envahissent maintenant et bourdonnent dans sa tête, il soufflette le cureton hypocrite, l'ivrogne, tout le monde le sait, il le lui crache au village, ivrogne, occupez-vous de votre ivrognerie et laisser les braves gens en paix, que connaissez-vous de l'amour, qu'est-ce que tu en sais, toi, pauvre type, de l'amour, et qu'est-ce que tu sais du mariage et toutes ces conneries, c'est un type comme toi qui m'as marié pour le pire et encore pour le pire et s'il y a du meilleur dans ce mariage, dans cette famille c'est parce que je peux me ressourcer vers ma dame de *l'à-l'eau*, oui, elle est la rabibocheuse de famille honnête, avec elle je deviens un homme et c'est parce que je suis un homme que je peux être un mari et un père, elle est mon ange gardien. Il s'apaise, il marche. Puis la colère le submerge à nouveau, il faut qu'il en parle à Angèle, elle trouvera les mots, non, non, surtout pas à Angèle, ça lui ferait trop de mal, à qui, à qui, il n'a d'amis que pour les plaisanteries et les beuveries, pas pour les

confidences. Il étouffe. Tous les mêmes, ces curés et leurs chefs pire encore, ne viennent-ils pas, là, de l'autre côté de la frontière, en Espagne, de bénir la soi-disant croisade et les massacres perpétrés par Franco contre la République ? Et ils veulent nous donner des leçons ? Ai-je tué ? Ai-je volé ? Non, j'ai aimé ! C'est triste de voir en Espagne des religieuses et des petits curés tués, c'est vrai, mais ça fait des siècles qu'on supporte leur arrogance, leur argent et leur arbitraire, ils sont toujours du côté du pouvoir et des riches. N'ont-ils pas compris que nous, les petits, les pauvres, les soumis pouvons avoir des colères terribles ? Et toi, petit curé de la petite église du petit village de Castelreng, n'as-tu pas compris qu'injurier Angèle allait me mettre hors de moi ? Pourquoi ne t'ai-je pas injurié à ton tour, frappé, *escagassé* ? J'y retourne… Non, qu'il aille au diable ! Au diable ? Ah oui, au diable ! S'il n'a pas fait la différence entre dieu et diable, entre amour et méchanceté, moi, je la fais. Je ne suis pas instruit, je ne suis pas allé au séminaire mais je sais aimer. Et j'en suis fier !
Mais le lendemain, c'est le patron qui s'y met. Et là, il ne s'y attendait pas, Jouvand a toujours couvert avec bonhommie ses frasques et ses aventures, ça l'amusait même, il en redemandait, le taquinait, remettait toujours ça sur le tapis, il fallait qu'il raconte encore et encore. Alors le lendemain, tandis qu'ils jouent aux dominos, il ne se méfie pas. Quand il lui demande des nouvelles d'Angèle, il a presque envie de se confier à lui. Mais voilà qu'il entend le patron parler de scandale, tout le pays est au courant, les critiques fusent. Il croit encore qu'ils vont en rire ensemble, sortir quelques grivoiseries mais ce n'est pas l'humeur du jour… Une liaison

avec une veuve dont le mari est mort à la guerre serait soi-disant honteuse, inconvenante, sa réputation serait entachée. Mathurin pose brusquement un domino.

- Ça me concerne, je crois.

Mais il parait que non, la réputation d'un ouvrier rejaillit sur le patron, avoir des aventures, c'est une chose, mais avoir une double vie, ça relève de…

- De quoi ?

Avoir une double vie serait illégal, il faut le savoir et un honnête travailleur doit rester dans la légalité et en tant que patron et ami, car ils sont amis, il est de son devoir de lui dire qu'il doit peut-être songer à rompre.

- Pas question !

Mathurin voudrait renverser la table, partir. Il se retient. Il ne faut pas laisser les choses s'envenimer, il se reprend, parle des dominos, il a senti un ton de menace derrière les conseils amicaux, il calcule, très vite, combien il a mis de côté, pas assez pour s'acheter des terres qui lui permettent de vivre, et les quelques vignes qu'il possède n'y suffiront pas, s'il perd cet emploi, que deviendra-t-il, son frère a pris une métairie et parle d'y embaucher les parents mais il n'y aurait pas assez de travail en plus pour lui, zut, il n'a pas les moyens d'envoyer balader Jouvand si celui-ci s'entête. Mais irait-il vraiment jusque-là ? Non, il ne se laissera pas congédier, s'il le faut, c'est lui qui s'en ira. Mais les études d'Eugène, Mathurine encore si jeune, Angèle qu'il doit aider pour élever la petite, comment fera-t-il ? Tempérer, voir venir. Il s'étire, dit qu'il a sommeil. Jouvand tente de reprendre le sujet.

- Oui, on en reparle.

Il se lève, il salue, il s'en va.

Le lendemain le jour n'est pas levé qu'il est déjà devant la porte du Tailleur. Cet homme n'est pas tailleur en fait et personne ne sait plus pourquoi on l'appelle comme ça. Mais il a des vignes qu'il confie à des saisonniers espagnols et il s'en plaint souvent. Toute la nuit Mathurin a cherché des solutions, il en a trouvé une, alors il a cherché des arguments pour convaincre. L'heure n'est pas bien indiquée pour discuter mais il ne peut pas attendre. Le Tailleur le reçoit bien, il est jovial comme d'habitude et lui propose un verre de vin. Mathurin n'ose pas refuser, même s'il déteste boire avant le casse-croûte de 10 heures. Il commente le vin, son fruité et sa robe, il parle des vignes, du soin régulier qui leur est nécessaire tout au long de l'année, il plaisante sur la virtuosité de la taille du cep, une vigne c'est comme une femme, pour qu'elle prospère faut savoir y faire et lui être fidèle.

- Tes vignes elles ont besoin d'un chef. Si tu veux, moi, je pourrais m'en occuper.
- *Eh con*, je te connais, je sais bien que tu es le meilleur *crayonneur*, tes lignes tracées pour les plantations sont les plus droites, tu laisses juste l'espace qu'il faut pour passer le cheval. Et pour la taille, tu es le plus rapide. Ma vigne, je te l'aurais proposée depuis longtemps si tu étais libre ! Mais avec ton boulot chez Jouvand…
- Si on s'accorde, je quitterai Jouvand.
- Oh oh ! Y a un problème ?
- Eh ! je ne suis pas marié avec lui, faut évoluer dans la vie, mon jeune frère vient de prendre une métairie, il est temps pour moi d'être mon propre patron. Si tu me prends

comme mi-fruitier, ta vigne, je te la fais fructifier, que tu n'en reviendras pas, *té*.
Il l'annonce d'abord à sa femme. Comme prévu, elle pousse les hauts cris, lui dit qu'il est fou et ne pourra pas les nourrir, le traite d'écervelé et d'égoïste, elle trime toute la journée pendant que monsieur ne pense qu'à son plaisir et à sa gourgandine, elle se sacrifie à sa famille pendant qu'il s'amuse, il se prend pour qui, a-t-on déjà vu un ouvrier envoyer balader son patron ? Elle leur prédit, à lui, à elle, aux enfants, un avenir sombre. Mathurin ne dit rien, il voudrait la rassurer mais il se sent atteint par ses paroles, se demande s'il sera à la hauteur, s'il y arrivera, il se sent coupable et lui revient la question qui toujours le taraude : que vaut-il comme mari et comme père ? Mais à peine a-t-il franchi la porte qu'il se redresse, il est déjà là-bas, de *là-l'eau*, il se sent envahi de fierté, il est libre, libre, il a dit merde à son patron. Oh ! C'était un bon patron, un ami parait-il, mais qui ordonnait, qui décidait, qui se servait en premier à table, qui tirait le premier à la chasse ? Qui, qui ose décréter, du haut de son autorité, dans quel lit il doit prendre son plaisir ? Il jubile, Mathurin, il se sent tout gonflé de joie, ça le fait grandir, il rit. Il a osé, oui, il a osé. La première liberté n'est-elle pas dans le choix amoureux ? Et il se presse et il sautille sur le chemin qui mène à Angèle et il invente mille blagues et détours pour lui annoncer et elle applaudira, c'est sûr, et elle l'embrassera et elle dira tu as bien fait. Oui. Il ose. Il ose aimer.

- Ah, tu es là, toi ?
- Ben oui, je suis en vacances depuis trois jours, dimanche c'est Pâques.

- Et c'est maintenant que tu viens voir tes parents ?
- Mais non, j'ai vu maman mais tu n'étais pas là.
- Je te l'ai déjà dit, chez toi, c'est ici, pas chez les Jouvand.
- Comme je dors chez eux, ils me disent de rester manger, c'est tout.
- C'était prévu que tu dormes à la cure.
- Oui mais Louis avait besoin que je l'aide en version grecque.
- Tu as toujours réponse à tout. Et les études, ça va ?
- Très bien ! L'an prochain, c'est le premier bac. Bon, j'y vais, les copains m'attendent pour l'omelette aux asperges.

Décidément son fils ne s'est pas rapproché de lui avec les années. Mathurin se sent amer, est-ce que leur relation serait différente si son fils n'était pas obligé d'aller dormir chez le patron ou le curé pour laisser la seule chambre à sa sœur ? S'il n'était pas parti au séminaire, restant de long mois sans revenir à la maison ? En fait il appartient à sa mère. Et à la Vierge Marie, il n'est sérieux qu'à son propos, toujours écervelé par ailleurs. Il est le fils de la vierge, oui, c'est bien ça, sa vierge de mère et sa vierge de Marie. En tous cas il est devenu un jeune homme, tout efflanqué qu'il est, et c'est lui maintenant qui ramasse les asperges sauvages.

Mathurin se souvient quand c'était son temps à lui. Une année, ils étaient quinze à courir la garrigue, les asperges étaient magnifiques et ils avaient repéré quelques grives, se promettant de venir poser des collets. Tout avait le goût du printemps, les oiseaux pépiaient, les orchidées sauvages pointaient leur nez. Autour du feu de bois allumé au bord des vignes, ils avaient chauffés les deux énormes poêles traînées jusque-là et avaient commencé à casser les œufs. Et bien-sûr ils s'étaient mis à parler de filles, à se vanter et se narguer. A l'époque il était très amoureux de Suzette, une belle fille dont le frère était dans le groupe et il espérait se ménager quelques ouvertures. Il comprit vite qu'elle était déjà prise, son amoureuse, et qu'il ne pouvait rivaliser avec un copain plus âgé et sûr de lui. Il apprit par la suite qu'elle était désespérément amoureuse de deux garçons, celui-ci et le frère de sa meilleure amie, elle réussit même à vivre ensemble ses deux amours plusieurs années, on raconte même que les garçons étaient au courant, chacun patientant dans l'espoir d'éliminer son rival. L'amour n'est donc pas unique et exclusif, on peut aimer sincèrement deux hommes ? Pourrait-il, lui, aimer deux femmes et autant l'une que l'autre et dans le respect de chacune ? On dit que non. Pour en revenir à Suzette, elle a été sa première déception. Qu'est-ce qu'il était maladroit avec les filles, à l'époque ! Et Eugène, commence-t-il à flirter ? Sait-il bien s'y prendre ? Il ne connait rien de ce garçon, rien de ses ambitions. Est-il décidé à être prêtre ? Il aperçoit sa besace jetée sous une chaise. Quel étourdi ! Si ses copains comptaient sur lui pour apporter les allumettes, au revoir l'omelette ! Il ramasse la lourde sacoche de cuir, l'ouvre. Des livres, des livres et des livres. Ce gros livre-là, ce doit être une bible. Il y jette un œil, le tire complètement. Non ! Napoléon. Son fils séminariste se balade avec un livre sur Napoléon pendant que les jeunes de son âge ne pensent qu'à partir se battre contre les Allemands. Un papier dépasse, qu'est-ce que c'est ? Un poème.

Tiens, on fait des vers au séminaire ? Un peu de poésie entre le sabre et le goupillon, ça ne peut pas faire de mal.
*O toi qui fis si bien la grandeur de la France*
*Tu donnes à ceux qui doutent un regain d'espérance*
*Car tout humble et petit, tu devins empereur*
*Pour suivre ton exemple, je défierai la peur.*
Comme poème d'amour, on peut faire mieux ! Un fils bonapartiste, il ne me manquait plus que ça. Avec un père républicain et anti curé et une mère vierge pour l'éternité, ça fait une belle famille. Heureusement que Mathurine est juste un joli brin de fille sans problème.
La voilà justement qui pousse la porte, elle a une charmante robe claire qui fait ressortir ses rondeurs. Elle embrasse son père.
- Est-ce qu'il y a encore du persil au jardin ? Maman en a besoin, elle va faire un saupiquet.
- C'est pas pour mettre dans ton nez ? Tu serais jolie avec du persil dans le nez, jolie à croquer.
- Arrête papa, c'est pas drôle.
- Bon je vais aller voir. Range la besace de ton frère, qu'il l'a laissée trainer par terre.

Mathurin a toujours du plaisir dans son jardin. Il a pris un sécateur et en profite pour tailler un rosier, enlever quelques pierres autour de ses radis. Tiens, un papillon. Il est tout jaune comme une fleur de genêt, c'est une fleur qui vole. Marthe le rejoint, elle s'arrête devant un bouquet de basilic, le hume, arrache quelques mauvaises herbes. Les herbes aromatiques, c'est un plaisir qu'ils partagent. Il lui tend le persil.
- La petite me dit que tu fais un saupiquet ?

- Oui, j'ai tué un lapin ce matin, je vais le rôtir. La cheminée est allumée ?

Ils sont tous trois autour de la table, Mathurine fait ses devoirs, Mathurin rêve, Marthe hache soigneusement le foie avec le persil et l'ail pour préparer la sauce qui accompagnera le lapin. Ensemble ils se laissent bercer par les coups réguliers du hachoir. Marthe à son tour songe à cette famille qu'ils forment tous les quatre. Tous les quatre ? Ils sont bien plus souvent trois que quatre et ma foi, ils y ont trouvés un certain équilibre, fait d'ennui et de sérénité mêlés. Mais Eugène ne quitte pas sa pensée. Il est si beau, si fort, si intelligent. Et ce qui la touche par-dessus tout, c'est cette tendresse qu'il lui témoigne, une tendresse pleine de respect. Oui, il est le seul être au monde qui la connaisse vraiment, qui éprouve pour elle déférence et considération. Le seul qui admire sa profonde piété. Et il sera prêtre ! Mathurin remue les braises. Il se baisse et ramasse quelque chose qu'il frotte au creux de sa main, il a un air surpris et content, il en siffle d'aise. Mathurine, méfiante, ne peut s'empêcher de guetter la main entrouverte. Marthe hausse les épaules. Encore une blague, c'est fini le temps où les enfants se laissaient prendre… Mathurin enfouit l'objet dans sa poche, étend les jambes et s'étire avec un air radieux. Même quand on sait que c'est du bluff, on ne peut s'empêcher d'envier son plaisir. Car si l'objet qui le ravit n'existe pas, son ravissement, lui, est bien réel.

Tout change après les années de guerre. Mathurin se sent un autre homme. Comme si cette période de malheurs et de désespoir avait été une parenthèse, comme si la fin de cette guerre avait été pour lui un début. Un début dans sa tendresse enfin arrivée à bon port dans le berceau de sa petite-fille, la fille de Mathurine, un début dans sa fierté de père devant Eugène en uniforme. Comment, comment l'affreux Gégène aux genoux déchirés a pu devenir ce fier militaire au bras d'une jolie mariée ? La photo de mariage de son fils avec Euphémie fait le tour du village et au lieu de rouspéter contre sa femme exhibant le cliché, il l'encourage, en rajoute, explique. Ils sont ensemble pour la première fois devant ce fils, partageant le même orgueil, eux qui n'ont jamais pu partager leurs inquiétudes. Non, jamais il n'a pu soutenir Marthe quand le petit Gène faisait bêtises sur bêtises, ni quand il partait de longues semaines au séminaire ni quand il s'engagea aux chantiers de jeunesse ni quand il fut convoqué pour le STO, service de travail obligatoire en Allemagne, ni quand il prit le maquis dans cette lointaine Savoie de montagnes et de froid où il rencontra cette fille splendide, Euphémie. Jamais. Sauf peut-être, peut-être, en cette nuit où la pneumonie menaçait de l'emporter…Mais le plus extraordinaire entre Marthe et lui, c'est leur joie commune devant le bébé de Mathurine. Mathurine, pendant que son frère courait le monde, est restée à leurs côtés, fidèle et tranquille. Elle s'est mariée avec un brave gars du village, c'est ainsi qu'il est tenté de le définir, et ils se sont installés dans la maison. Oh, la maison n'est plus la maison qui n'avait pas même une chambre pour le fils, non. Ils l'ont agrandie et ont aménagé trois chambres à l'étage, à la place des granges et grenier. Marthe était ravie, il le sait bien, même si elle rouspétait que c'était trop cher, que l'escalier était trop raide, que les travaux duraient trop longtemps. Quand l'enfant est né, toute petite et rose, Marthe s'est assise, l'a prise dans ses bras et l'a tendue à Mathurin pour qu'il l'embrasse. Il a regardé sa femme. Elle qui ne l'avait jamais laissée approcher de leurs enfants, elle s'amusait de voir le bébé gigoter sous les caresses et taquineries de son grand-père, elle avait l'air apaisée. Il a relevé la tête et posé un léger baiser sur le front de la grand-mère. Grand-mère, grand-père, fallait-il qu'ils changent de génération pour se retrouver, pour enfin déposer la hache de guerre ? Il eut un pincement de cœur, aurait-il fallu qu'il tue le jeune homme qu'il était pour accéder à elle ? Fallait-il qu'il enterre sa jeunesse pour faire une vraie famille ? Quelle amertume ! L'*enfante* gémit, il oublie tout, il se penche, fredonne des mots doux. *Pitchoune, pitchounette*, ma mignonne *enfante*. Qu'elle est belle, qu'elle est douce, il fond de tendresse. Il pose sa main sur celle de Marthe.

Quand il rejoint sa dame de *là-l'eau*, il lui raconte la scène, ce couple nouveau, grand-parental, leur affection commune, il lui dit son émotion. Elle s'assombrit, se lève brusquement.
- Eh ! Oh ! Tu vas pas faire la jalouse, tu ressembles à Marthe, la même bouche pincée ! Fais voir ta bouche, attends, faut que je vois tes lèvres avec mes lèvres.

Il l'embrasse avec fougue, sa jeunesse se réveille, se dresse dans son pantalon. Il y dirige la main d'Angèle, il rit.

- Avec toi je suis tout le temps jeune, impossible d'être un pépé !

Il ouvre son corsage, y glisse sa main, se reprend.
- Violette n'est pas rentrée ?
- Non, elle révise son brevet avec sa copine.
- Sûr qu'elle va l'avoir. Elle est intelligente, cette petite, elle y arrivera, à être infirmière. Allez, viens, moi, je vais t'apprendre à jouer au docteur.

Il l'entraine, se laisse tomber sur le lit.
- Je serais ton mari et je rentrerais du travail crevé.
- Alors moi je t'enlèverai tes souliers ? je t'apporterais à boire ? Je te chouchouterais ?

Elle fait mine de le faire, chatouillant sa plante de pied à travers le trou d'une chaussette, caressant au passage son sexe qui se dresse. Il l'attrape, la renverse sur le lit, se met debout.
- Tu serais ma femme et tu serais une reine et je t'offrirai des bijoux.
- Donne-moi d'abord tes bijoux de famille que je suis toute excitée !

Elle saisit ses bourses et l'attire vers elle. Il résiste. Penché sur elle, il décore son cou d'un collier de bisous, de sa bouche dessine une bague à son doigt, mordille son poignet par petites perles déferlantes, se redresse.
- Ne suis-je pas un bon mari ?

Elle s'émeut de sa voix tendue, sa question a l'intensité d'une angoisse, elle passe sa main sur ses bijoux imaginaires, prend un air hautain.
- Monsieur je vous veux pour mari pour le meilleur et pour le pire. Mais surtout le meilleur.

Sa voix se fait douce et vibrante

- et pour la vie, pour la vie, s'il te plaît.

Il s'allonge sur elle, la pénètre doucement, tu es ma femme ma maîtresse ma compagne la mère de mon enfant, son rythme s'accélère, tu es l'unique tu es, il gémit, elle crie, encore encore, il est avec elle et loin d'elle, il est lui et tous les luis, mari, enfant, grand-père, amant, il est tout et il n'est rien. Il jouit. Il s'effondre de bien-être. Se soulève, conscient qu'elle n'a pas eu son plaisir mais elle dit non, reste là, reste contre moi, ne me quitte pas, jamais.

Il se blottit contre elle. Il cherche ses mots.

- Tu ne dois pas t'inquiéter, mon ange, pour toi et moi, ce qui se passe avec Marthe, avec ma petite-fille, tout ça, ça ne change rien. Je ne sais pas comment te dire mais sans toi, sans toi… Sans toi, il y a un Mathurin qui serait mort, un jeune homme aimant la vie et les gens. Mais toi tu le gardes vivant, je ne sais pas comment tu fais, même quand je serai très vieux, il sera là. Parce que… Parce que… parce que je t'aime, quoi.

Elle va parler mais il met sa main sur sa bouche.

- Attends…
- *Attends-moi, dis donc* ?
- Non attends, il y a des choses dures à dire. Oui, c'est ça, le don de guérisseur, je ne l'ai pas accepté mais toi tu m'as donné le don… le don d'aimer.

Oui, c'est bien ce don là qu'il transmettra à ses enfants, aux enfants de ses enfants et aux enfants des enfants de ses enfants : le don d'aimer.

## AC – L'héritière

Cette fois, oui, c'est la première fois.

La veille, quand elle a dit oui, elle n'en savait rien. Car comment savoir si on a joui quand on n'a jamais connu la jouissance ? Elle a répondu oui, oui, j'ai joui, puisqu'elle avait eu du plaisir. C'est seulement maintenant qu'elle comprend la différence entre le plaisir et cette chose là : l'orgasme. Mais cette question précieuse qu'il lui a murmuré dans le relâchement de l'extase "as-tu joui ?" va l'attacher à lui pour toujours, ce sera sa certitude essentielle : il veut son bonheur. Et il le prononce drôlement "j'oui" sans détacher les deux voyelles, avec ce léger accent qui la ravit, et ça ressemble à un oui.

Oui, elle dit oui à l'amour. N'est-ce pas là son héritage ?

Ce jour-là, elles sont assises à la cuisine, sa grand-mère épluche des pommes tombées, toutes tachées. Elle lui en tend un quartier en lui posant tranquillement la question.
- Il est comment ?

Elle la regarde, étonnée. Qu'elle soit au courant, c'est déjà une surprise. Elle ne pensait pas que ses parents en auraient parlé dans la famille. C'est vrai qu'il leur est difficile de cacher leurs soucis à sa grand-mère qui vit avec eux. Mais ce qui l'étonne le plus c'est le naturel avec lequel elle en parle. Ses parents sont outrés qu'elle vive avec un homme "en dehors du mariage", comme ils disent, elle a

toujours pensé que c'est parce qu'ils sont d'une génération où cela ne se faisait pas, qu'ils sont trop vieux pour comprendre. Alors Mamie, comment pourrait-elle comprendre ?
- J'aimerais le connaître, continue-t-elle.
Elle ne doit pas savoir qu'elle habite avec lui, c'est sûr, et encore moins qu'il est étranger. Elle la regarde avec un bon sourire tranquille et, à ce moment là, elle ne sait pas pourquoi, elle se dit qu'elle est contente de la savoir amoureuse, tout simplement. Oui, Mamie Jeanne, c'est quelqu'un qui sait ce que c'est qu'aimer.

Ce fut le premier clin d'œil de la vie amoureuse de sa grand-mère et de ses lourds secrets. Il y en eut bien d'autres. Et elle s'engagea dans des années de recherches, de questions, de révélations soudaines, d'impasses et de fausses routes, de portes qui s'ouvrent ou se ferment. Et beaucoup de zones d'ombre persistent encore.

L'amour, elle le découvre avec la révolution. Car il n'y a d'amour que libre, ravageur, faisant table rase d'un passé restreint et conforme, l'amour n'est que portes ouvertes avec fracas, au risque de s'y coincer les doigts, l'amour comme la révolution ouvre tous les possibles, brûle tout sur son passage et nous fait renaître de nos cendres. Nous n'étions rien soyons tout. Mireille naît femme sous les caresses de son aimé, affolée de vivre son corps, elle qui ne se voulait qu'intellect, elle ne se reconnaît plus, elle se connaît pour la première fois, se découvre tandis qu'il la découvre de ses mains, de sa bouche, de son sexe. Oui, il la découvre jusqu'à l'intérieur d'elle-même en ce lieu qui lui était inconnu, qu'elle n'avait

jamais touché, jamais pensé. Femme, il la crée femme de son souffle de feu, elle le crée homme de son désir brûlant. Jusque-là ils n'existaient pas.
Elle s'était crue attachée à un destin de femme seule. Et sa voix d'adolescente tremblait quand elle chantait l'histoire de Céline aux beaux yeux qui, pour se consacrer à sa famille, laisse partir le gentil fiancé. Et elle paniquait quand il fallait jouer, horreur des horreurs, au jeu dit de la vieille fille : les filles se rangeaient devant les garçons et chacune devait deviner lequel avait pu la choisir, l'une après l'autre avançait vers un homme, le saluait, quêtant celui qui l'avait élue ou la rejetterait. Mais dans ce jeu, il fallait absolument une fille de plus, celle qui, dans le défilé des couples, resterait seule derrière, la vieille fille. Oh le gouffre de honte et de solitude, oh l'insupportable. Elle s'éloigna, vite, vite, de ce milieu où de tels jeux étaient possibles. Elle entra dans une autre vie, celle de mai 68, celle de l'amour.

Car sa vie est faite de cette révolution, l'audace d'aimer.

Et il lui en faut, du courage pour affirmer son amour pour cet homme-là. Il lui faut affronter ceux qui voient en lui l'étranger. Ses parents les premiers.
Quand elle annonce à Euphie qu'elle part en Tunisie pour l'été en voiture avec trois copains, (- Vous logerez où ? - Dans la famille des copains. - Ils sont tunisiens ? - Oui, *le groupe* prévu au départ, ces gentils étudiants et étudiantes français, ne sera pas du voyage.) elle voit sa mère, la douce et tendre Euphie, se figer de colère.
- Tu es folle, ils vont tous te passer dessus.

- T'inquiète pas, maman, je suis amoureuse de l'un d'eux.

Oui, elle croit vraiment la rassurer, elle croit vraiment qu'elle comprendra que ce bel amour la protège de tous les hommes de la terre, de tous les dangers mâles, que d'avoir rassemblé en ce jeune homme lumineux tous ses désirs la met à l'abri de tous les autres désirs. Son amour est une bulle où advient et aboutit sa féminité toute entière fondue dans ce couple où elle s'épanouit. Elle oublie qu'Euphie a connu le Maroc et l'Algérie où elle accompagnait son mari militaire, qu'elle a connu ces récits atroces de femmes violées par les fellaghas, de soldats français tués à qui on avait coupé les testicules pour les mettre dans leur bouche, récits répétés à l'envie pour ranimer la hargne de l'armée d'occupation. Elle oublie qu'Euphie, un jour de 1958 où elle s'apprêtait à rejoindre son Géni au Maroc avec ses quatre enfants, apprit qu'une famille de colons avait été décimée, l'enfant retourné chercher ses cahiers à l'école tué, qu'elle annula aussitôt son départ, que son doux dingue de mari insista pour qu'elle vienne quand même, *il n'y a pas de danger, je suis impatient de vous voir,* qu'elle prit l'avion avec ses petits, l'aîné avait huit ans, le petit Aymeric à peine quatre, qu'elle débarqua à l'aéroport de Casablanca et ne trouva personne pour l'attendre, continua jusqu'à Rabat, personne, revint sur Casa, Eugène était là, après être sorti manger un sandwich, qu'elle s'effondra dans la chambre d'hôtel, ses règles ce jour-là l'inondaient, rouges, abondantes, qu'elle refusa rageusement de ressortir pour honorer une invitation d'un ami officier joyeusement acceptée par son mari. Elle oublie, la jeune Mireille, que le lendemain avec ses parents et ses frères, ils se sont retrouvés roulant vers Meknès où des émeutes étaient annoncées, qu'on les avait prévenu qu'il fallait absolument éviter la ville arabe, qu'ils se sont retrouvés en pleine ville arabe, au milieu d'une foule haineuse, c'est Euphie qui raconte, que le béret d'officier de l'école royale militaire marocaine déposé sur la plage arrière les avait sauvés, c'est Eugène qui raconte, tout fier, oui, il était officier instructeur de l'école royale. Elle oublie qu'Euphie, jeune maman agrippant contre elle ses quatre petits n'a jamais eu aussi peur que ce jour-là. Et qu'elle en est tombée malade. Mais pour Mireille c'est de l'histoire ancienne, aujourd'hui elle est amoureuse et son amour a des odeurs de méditerranée et l'ouvre à un monde merveilleux où l'hospitalité est un art de vivre, où le temps est un ruban souple et malléable que l'on peut manier à son gré. Elle est sidérée de la réaction de sa mère, de ce racisme qu'elle ne soupçonnait pas. Chaque fois qu'elle aperçoit derrière le visage aimant ce masque glacial et dur, elle en est pétrifiée, renversée dans des terreurs de petite fille. Mais elle n'est plus une petite fille, aujourd'hui elle s'apprête à voyager avec l'homme qu'elle aime, oui, ils seront certainement seuls à voyager, elle croyait rassurer en parlant de groupe, oui, elle ose aimer.

Il faudra cinq ans pour que la phrase abominable s'estompe, cinq ans pour qu'elle présente à ses parents cet homme dont depuis le début elle partage la vie. Aurait-elle dû laisser la phrase retomber dans le silence, aurait-elle dû épargner son aimé en la lui cachant ? Elle se reprochera longtemps de lui avoir raconté les réactions parentales au lieu de prendre soin de le protéger. Elle apprendra peu à peu à dire les choses qui fâchent sans les asséner dans leur cruelle réalité. Cinq ans ! Et ses parents ne comprendront pas, n'ont-ils pas dès l'automne fait savoir qu'ils acceptaient de le recevoir, qu'ils étaient assez grand seigneur pour accepter le petit arabe ? N'ont-ils pas soigneusement caché leur opinion vis-à-vis de ces algériens qui auraient bien dû accepter qu'on reste chez eux pour les civiliser ? N'ont-ils pas toujours été très polis avec leur boy au Maroc, n'ont-ils pas soutenus ceux qui se battaient à leur côté, les *harkis,* ça veut dire traître en arabe. Alors où est le problème ? Pourquoi leur fille se montre si méfiante comme s'ils étaient racistes ?

Mais son amoureux n'est pas seulement étranger, elle l'apprendra peu à peu, il est aussi étranger à leur monde, ne porte pas la cravate, ne se plie pas à la galanterie, ne parle pas de foot et n'est pas carriériste. Il est une porte entrouverte sur le monde qu'elle s'est choisi, un monde de *peace and love* et de fraternité, cette fraternité qui jette aux orties tout paternalisme, tout pouvoir d'un adulte sur un autre adulte. Mais ce qu'elle mettra longtemps à comprendre, c'est que son entourage familial est persuadé qu'elle est de leur côté de la porte, que seul son aimé représente cet irreprésentable, ce monde d'aliénés utopiques. Anarchiste ? Non, ils ne peuvent croire qu'elle est anarchiste, elle, amoureuse, c'est tout. Une femme. Une femme qui a mal choisi, voilà.

Mais dans le monde qu'elle s'est choisi, trouvera-t-il sa place, sans cravate, sans foot, sans carrière ? Eh bien non. Car il est aussi sans modèle, sans discours marxiste, sans queue de cheval. Il a une voiture, une vieille 403 acheté 100 francs qu'il ne conduit que sur le campus car il n'a pas le permis.

Une voiture, quelle aliénation, quelle compromission avec la société de consommation… Il importe dans son pays de vieilles moissonneuses-batteuses au rebut pour les remettre en état. Capitaliste ! Il se refuse à l'embrasser en public, choqué de tous ces amours qui s'affichent. Un coincé, quelle aliénation, la sexualité doit être libre de toute entrave ! Ils vivent une relation à deux. Un couple, c'est réactionnaire, il faut vivre le plus de relations possibles ! Et quand l'association de style *peace and love* où il travaille devra licencier, il sera le premier à être remercié puisque, sans permis de travail, il n'est pas déclaré.
Où qu'elle se tourne, Mireille voit sa passion condamnée.

Elle vit son amour sur une île déserte.

Et pourtant. Pourtant, sur son île elle émerge des flots. Il est là, son bel amour aux boucles noires, il est venu et l'a sortie des griffes de la place assignée. Il a un mépris des biens matériels teinté d'un attachement romantique aux objets inutiles, il éprouve une solidarité viscérale, naturelle, en-deçà de tout discours, pour les damnés de la terre, il jette aux orties toute hypocrisie, visant le vrai et le pur jusqu'à la flagornerie parfois. Ce mouton noir lui ouvre une autre vie où la peur de n'être pas conforme cède au plaisir fou d'être soi. Elle ne sera pas la vieille fille, elle ne sera pas la bonne fille, celle qui est la bonne de tous, elle ne sera pas fille de joie, fille de rien, fille de peu, fille perdue, fille-mère, fille de l'air, fille des rues, restée fille. Elle sera femme. Elle est femme dans ses bras, quand elle chavire dans l'autre bord du monde, celui où l'on n'est pas encore et déjà plus, ce hors temps impensé, si fugitif et si total, disparu à peine qu'approché et emplissant sa vie de sa naissance à sa mort. Ça ne veut rien dire ? pense-t-elle toute étonnée. Et alors qu'elle est encore blottie contre lui dans le délice d'après l'amour, elle attrape cette pensée saugrenue et la tourne et la retourne tout doucement pour lui donner sens. Oui, elle n'a vécu que pour cet instant, oui, elle en sera comblée encore et encore et quand elle sera vieille et sage, assagie, cet instant donnera encore du piment à son quotidien. Et elle répète et répète son prénom, Chemseddine, Chemseddine, Chemseddine, le fait rouler dans sa bouche et sous sa langue et s'en délecte et le savoure, est-ce là son quotidien, cet évènement extraordinaire qu'est l'orgasme pourrait lui être donné encore, ordinairement ? Elle pose sa main sur le sexe de son amant, il est chaud et endormi, il frémit à son contact, elle retire sa main, elle veut juste prolonger cet instant. Ah ! le bonheur, c'est d'avoir juste là, à portée de main, l'oiseau du septième ciel.

A l'université déjà elle avait commencé à entrevoir un monde qui lui allait, elle s'était inventée une terre ferme, une patrie et une famille : le groupe. C'est ainsi qu'ils se désignaient eux-mêmes, le groupe, en un baptême éphémère, transitoire puisqu'il portait en lui LE projet : vivre en communauté. Vivre en communauté était leur identité, leur rêve, la solution intégrale, leur amour, leurs affections les plus pures, leur révolution. Vivre en communauté était leur mère, leur père, leurs frères et sœurs, c'était surtout leurs enfants : leur avenir. Ils allaient enfin se libérer des folies familiales, des douleurs d'abandon ou de sollicitude étouffante, des rôles assignés aux filles, des décisions patriarcales. Ils décideraient tout tous ensemble, ils partageraient tout, les salaires seraient mis en commun. Les enfants seraient libres et tous les adultes seraient leurs parents, responsables, aidant. Légers ! Mireille croyait rêver, pour la première fois elle partageait avec d'autres tout ce qui était enfoui en elle. Elle avait été une enfant qui s'est trompée de famille, qui débarque comme une poule dans un jeu de quilles, bousculant ses frères pour devenir quille à son tour mais qui demeure quille, une décoration à nœud rose et blanc dans l'équilibre familial. En trop ou accessoire. Oui elle était un simple accessoire à qui l'on tentait de donner sens c'est-à-dire utilité, un objet. Mais dans sa tête elle était sujet, jouissant de sa pensée comme d'un territoire. Avec les autres elle avait toujours été déphasée, ne pouvant dire quel chanteur la faisait vibrer, quel garçon lui plaisait, quel parfum elle aimait. Parfois elle essayait de rentrer dans la danse mais s'y sentait gauche et niaise, avec son corps grandi trop vite. Elle rentrait alors dans ses pensées où elle pouvait planer dans une légèreté aérienne et radieuse... et une solitude désolée. Alors quand elle atterrit dans le groupe, ce fut une révélation. Ses pensées se firent chair dans de longues discussions enflammées où l'on refaisait le monde. Et ça changeait tout : ce n'était pas elle qui était inadaptée au monde mais le monde qui était inadapté à l'humain. Le groupe était une famille où elle était légitime.

Car la fille d'Euphie et Géni, contre toute logique, et c'est bien là l'énigme qu'elle tente de résoudre, n'est pas légitime dans sa famille légitime.

Et c'est avec son amoureux qu'elle entre en communauté, prête à réinventer le monde, à écarter les limites du vivre ensemble, elle rêve de grandes tablées où partager le plat commun, de veillées où rire et chanter et jouer de la musique. Comme autrefois, au temps de mamie Jeanne, au temps de grand-père Mathurin ? Et comme dans ces pays où l'on a gardé le sens du collectif, l'Afrique, l'Amérique latine, comme dans le pays de son aimé ? Et l'on fait des couscous, des Chili con carne pour quinze ou vingt et assis par terre, on mange dans le "bol", cet immense saladier sénégalais (en France impossible de trouver autre chose pour faire bol qu'une bassine, on en trouve heureusement en palmier). On interroge chaque habitude, chaque moment de sa vie pour lui faire peau neuve. On abandonne allègrement les repas à heure fixe, les beaux meubles et les bibelots époussetés, la messe du dimanche et les économies à la banque, la cuisine de maman et le journal de papa. On invente l'amour ! Oh ! Personne n'a aimé avant nous, nous serons libres, nous seuls, pour la première fois sur cette terre, aimerons, jouirons sans entrave. Avant nous, la jouissance n'existait pas : non, pas de jouissance au sein du mariage pour les petites filles mariées contre leur volonté, pour les possédants gérant par leurs alliances leur patrimoine, pour les bons chrétiens ne s'accouplant que pour procréer et les mariés unis à jamais pour le meilleur et pour le pire et le pire et le pire. Nous nous marierons chaque jour, c'est-à-dire jamais, chaque jour nous choisirons avec délice le partenaire de notre choix. Et pourquoi un seulement ? Nous inventons l'amour multiple, avant nous on ne savait pas qu'on peut aimer Bruno et François à la fois, Christine et Elizabeth ensemble. On ne savait pas que deux femmes qui se donnent du plaisir, ça s'appelle l'amour. Alors oui, nous jetterons aux orties tous les préjugés et autres vaudevilles car nous aurons aboli l'adultère, la jalousie. Nous mettrons pour toujours un gouffre entre la souffrance et l'amour. Et c'est là que nous élèverons nos enfants - oh ! comme nous en rêvons- tous nos enfants, ensemble, sans entrave et sans convention. Nous réinventons notre enfance, en en gommant les souffrances, les frustrations, les humiliations, la soumission enfantine et l'infantilisme. Nous nous inventons parents, l'affection remplacera l'autoritarisme, la parole le règlement. Oui, nous leur parlerons ! Car nous n'accepterons plus l'autorité, ni pour nous ni pour nos enfants, cette autorité qui empêche de penser par soi-même…

Ce sera pour Mireille les premiers pas qui la mèneront à l'Anarchie.

En attendant il lui faudra bien atterrir.
Elle s'est férocement éloignée de sa famille et jamais Lyon n'a été si loin de sa Savoie natale. C'est là que ses parents se sont installés, dans leur belle villa construite sur un terrain de Mamie Jeanne. Euphie et Géni ne comprennent pas ce qui arrive à leur gentille fille, elle qui adolescente ne quittait pas la maison, toute à ses livres et ses études. Elle passe ses week-ends en ville, ils ne peuvent pas la joindre : elle n'a pas le téléphone. Pas besoin de téléphone tant qu'aucun ami n'en a, dit-elle, il faut être deux pour communiquer. Et où est-elle ? Avec qui ? Un homme qui n'est pas fait pour elle et une

bande de hippies illuminés ! Euphie est morte d'inquiétude, Géni est outré. Alors ils envoient le fils raisonnable pour s'enquérir d'elle. Roland écoute, il hausse les épaules. Ils insistent, il est le seul à pouvoir les rassurer, il a toujours été celui sur qui on peut compter. Dans la légende familiale, faite de ces récits attachés à chacun et qui font mythe fondateur, Roland est cet homme viril et fort, ce "grand Roland dans Vienne qui attend que son neveu vienne" comme le dit Euphie. Elle est tendrement attachée à ce prénom choisi pour ce deuxième fils mis au monde un 28 mai, comme pour effacer inconsciemment cette blessure du 28 mai où la grande guerre a privé son père d'une paternité possible. Roland ne prend pas trop au sérieux leurs inquiétudes mais après tout, une petite visite à sa sœur, il n'est pas contre. Il descend à Lyon.
Il trouve facilement l'adresse, s'étonne de trouver dans cette banlieue lyonnaise de petites maisons populaires avec jardin. Il sonne. La fille qui vient lui ouvrir a une masse de cheveux aux reflets roux et une longue jupe ample. Elle le fait entrer sans poser de questions, ça lui rappelle vaguement une chanson, "*ils ont perdu la clef*" non, comment c'est déjà, il n'a pas de mémoire, surtout pour les chansons, c'est une histoire de maison bleue avec des hippies. Sa sœur hippie ? Quand même pas ! Bon de toutes façons, c'est pas grave non plus. Juste, c'est pas très joli, ce style-là, c'est tout. Il pense à sa jolie fiancée avec ses cheveux bien peignés et son joli chemisier blanc bordé de fleurs bleues. Ça c'est beau, ça c'est stylé. Mais voilà Mireille qui sort d'une chambre, elle lui saute au cou. Croyez-vous qu'il va regarder si elle porte des boucles d'oreille en or et des collants ? Il la prend

dans ses bras, sans même prendre conscience que c'est l'éclat de ses yeux qui fait taire ses questionnements. Elle est là, sa petite sœur, affectueuse et naturelle. Brillante. Heureuse, peut-être. Elle lui montre leur chambre, le nom de Chemseddine chante dans sa voix, il travaille, il va arriver, précise-t-elle, elle lui présente ses amis de la communauté, elle fait du thé. Ici tout est bizarre et pourtant tout est normal. Ils parlent ensemble.

Au retour Roland tente de rassurer ses parents puis retourne aux préparatifs de son mariage proche. Cette année-là en effet Euphie marie ses deux aînés, Yves et Roland. Mais elle n'est pas rassurée, Euphie, elle ne comprend plus rien, sa vie lui semble opaque tout à coup, tout dérape. Elle a tellement de mal à voir partir ses grands et voilà que sa fille lui échappe et que le petit dernier refuse de s'inscrire à la fac à Lyon. La belle Euphie, la fière Euphie, la femme du capitaine se retrouve dans ce village qu'elle a fui, près de sa mère qu'elle aime d'un amour démesuré et paralysé, flambant et gelé. Ou paralysant ? Qu'est-ce qui dans cet amour l'empêche d'être elle-même ? Craint-elle de redevenir la campagnarde et de retrouver l'odeur du fumier ? A-t-elle oublié ses racines paysannes en dansant la valse dans les garnisons et en prenant ses repas au Mess des officiers ? Et que va devenir sa fille emportée par ces idées nouvelles et biscornues qui sévissent dans les facultés ? Elle était si fière de voir tous ses enfants faire des études mais les études sont parfois dangereuses pour les jeunes esprits. Elle s'est inquiétée quand Mireille était enfant de la voir plus heureuse dans la compagnie de sa copine bâtarde et fille de paysan que dans la fréquentation de la fille du notaire et de celle du château. Elle l'avait pourtant inscrite au tennis pour qu'elle ait de belles fréquentations mais elle préférait garder les vaches. Elle a parfois l'impression que Mireille est la part d'elle qu'elle rejette avec ardeur, elle retrouve dans sa fille la fille qu'elle ne veut pas être. On croit fuir son destin et il nous rattrape...

Il va rattraper Mireille aussi.

Le groupe tente de prendre pied dans un quotidien. L'harmonie amoureuse s'installe dans son lit. Ainsi donc à l'aube de sa vie adulte, elle se livre à ses deux amours, l'amour d'un garçon et l'amour de la communauté. Et elle va les marier, sans hésitation, à fond, elle va se donner totalement à eux, s'y trouver pleinement. Et s'y perdre.
Car elle porte en elle un lourd héritage, il lui faudra découvrir qu'elle n'est pas, en vrai, née dans les bras de son aimé, que sa vie ne commence pas avec le groupe et que pèse sur elle un avant. Un avant fait d'un couple, ses parents, Eugène le bien né et Euphémie la bien dite, avec leur modèle de réussite sociale en chape de plomb et de fiel. Mais aussi ses grands-parents et ses arrières grands-parents, cette humanité dont elle est faite et qui lui souffle des missions insensées, de la plus sinistre, asphyxiante à la plus belle. Elle est toute tiraillée de son avant et de son après et de tous ces écueils humains qui lui reviennent en boomerang, rivalité, jalousie, pouvoir, convenances.

Elle ne saura pas vraiment ce qui a fait échec à la communauté. Elle le vivra comme un deuil, un divorce, et restera au seuil de toute compréhension.

S'il fallait en trouver trace ce serait peut-être dans cet autre deuil qu'elle eut à subir, celui de dieu. Elle s'était modelé un dieu superbe, bien plus beau, plus grand, que celui de ses parents. Celui d'Euphie était un dieu de convention, de certitude, un dieu sage maintenant l'ordre du monde en distribuant quelque réussite sociale bienvenue, elle avait la foi du charbonnier. Géni avait adopté un dieu orgueilleux, intransigeant, condamnant l'adultère et l'avortement, un dieu vierge et fils de vierge, et s'était consacré à une déesse immaculée et pucelle. Le dieu de Mireille était amour. Et cet amour-là était entier, sans ambivalence, totalement étranger à la haine, il n'acceptait pas les compromis, la guerre et la colonisation, les inégalités entre les hommes, la messe sans la charité. Elle grandit, se construisit dans cette certitude qu'il suffit d'aimer. Mais en chemin son dieu s'était suicidé, pris au piège de ses paradoxes car lui apparut, au moment où elle laissait se faufiler dans sa vie son clair étranger, que l'amour de dieu n'est qu'amour de soi-même. Et voilà que ses deux amours se révèlent féroces et injustes et lui montrent leur autre face : la confrontation à l'autre.

Vivre en communauté avec son amoureux s'avère une gageure impossible.

Pour Chemseddine, vivre en groupe est ordinaire, il s'y installe tranquillement. Septième enfant d'une fratrie de dix, il a connu le lit où l'on se glisse à plusieurs autour de la mère, les fruits qu'il faut se partager, le mouvement incessant dans les trois pièces de la maison. Dans cette fourmilière il a appris à se faire un territoire bien à lui, à préserver

juste ce qu'il faut d'égoïsme pour préserver son égo : dans un petit coin du placard de la cuisine, lui, le lycéen, il avait entassé ses livres de classe et personne n'avait le droit d'y toucher. Mais vivre en groupe n'est pas un but pour lui et il regarde avec étonnement et un peu d'ironie ces jeunes étudiants gâtés qui font du partage un idéal. Il reste au bord, séduit par le plaisir qu'ils s'en promettent sans être vraiment convaincu que c'est là qu'ils le trouveront.
Mireille, elle, a bien du mal à faire la part des choses entre son souci de l'autre et son soin d'elle-même. Si depuis son enfance sa mère lui serine que bon et bête commencent par la même lettre, elle l'accule dans le même temps à être bonne. Quand sa mère raconte la vie en communauté de la jeune cousine Monique, *elle prépare à manger pour tous et quand elle arrive à table, il n'y plus rien pour elle*, elle met en garde sa fille qui, elle, ne devrait pas se sacrifier. Mais se sacrifier à qui ? Est-ce le sacrifice contre lequel sa mère veut la prévenir ou le sacrifice à quelqu'un d'autre qu'elle, sa mère ? La communauté : non / la famille : oui ? Mireille n'est-elle pas destinée à se consacrer à ses parents ? Elle a résisté et tenté de se construire à l'extérieur tout en restant fidèle à elle-même, remplaçant la morale chrétienne et patriarcale de la bonne fille dévouée par une image de femme libre et solidaire.

N'est-ce pas le travail de tout être humain que de s'inventer, dans cet interstice entre fidélité à l'attente de l'autre et rébellion ? Mission difficile avec des échecs cuisants et douloureux.

Et peu à peu une morosité rance s'imprègne dans ses draps et sur sa peau, là où elle ne pensait trouver que les couleurs de l'amour. Ils se sont installés en couple dans un petit appartement vétuste du Vieux Lyon. C'est un quartier partagé en deux temps distincts, deux mondes qui ne se rencontrent pas. Dès cinq heures du matin les travailleurs sortent de leurs logements délabrés et seront remplacés en fin d'après-midi par les touristes et autre fêtards qui prennent possession des rues, des restaurants, des pubs jusque tard dans la nuit. Saint-Jean est en train de devenir patrimoine grâce à sa rénovation de luxe qui repousse peu à peu en banlieue les classes populaires. Mireille a repeint en violet et parme les boiseries de la grande salle et Chemseddine est en train d'installer un WC avec broyeur dans un coin de la cuisine. Il ne fonctionne pas encore. Mireille remplit un seau d'eau pour aller aux toilettes communes sur le palier, descend les deux marches de l'escalier en colimaçon, elle se pince le nez, fait le plus vite possible, rejoint son chez elle, referme la porte. Il est tard et elle est seule, elle s'attarde dans la pièce côté rue, se met à la fenêtre. Elle aperçoit en contrebas le bœuf de pierre qui a donné son nom à leur rue. C'est plutôt un taureau d'ailleurs, on s'en rend compte si on le regarde d'en bas, ce qui les amuse bien. Les rues sont animées et bruyantes… et tant pis pour ceux qui dorment. Tout à coup elle perçoit des gémissements, elle voit une tête frisée penchée sur la fontaine, un groupe de jeunes lui maintient la tête sous l'eau, l'homme se débat. Mon dieu, c'est Chemseddine ! Elle se penche. Ouf, ce n'est pas lui. Mais que lui font-ils ? Ils le torturent ? Ils veulent le tuer ? Ou est-ce un jeu ? L'homme est arabe, c'est sûr. Les ratonnades à Grasse… mais là, en bas de chez elle, elle ne voit pas bien ce qui se passe réellement, ...la bombe qui a tué quatre algériens à Marseille... mais l'homme se relève, s'agit-il vraiment de violence, ...le bilan abominable des crimes racistes, 50 pour l'année 1973... voilà que ça recommence, il a l'air vraiment mal. Bon sang, elle ne peut assister à ça sans rien faire, il faut qu'elle appelle les flics. Non ! si elle s'est trompée, que dira-t-elle ? Elle se trompe, c'est sûr puisque personne autour ne réagit ! Zut, il faut qu'elle en ait le cœur net. Elle ne peut rester passive... Elle y va, comme ça elle verra de près. Trois heures du matin, ce n'est pas bien raisonnable et puis, que pourra-t-elle faire ? Rien. Zut. Mireille enfile un manteau, descend les trois étages, traverse la rue. Les jeunes sont assis ensemble, le jeune homme frisé et trempé, bien éméché, s'appuie amicalement sur l'un d'eux, elle passe à côté en se maudissant de son erreur, de sa naïveté, de son incapacité à juger, elle fait un détour et rentre chez elle. Elle s'effondre. Quelle conne, s'imaginer des choses inexistantes, et pourquoi Chemseddine ne rentre-t-il pas, et qu'est-ce que c'est que cette vie rétrécie de ménage à deux, où sont ses rêves de Communauté et qu'est-ce que c'est que ce monde de guerre et de racisme. Est-ce qu'on peut déprimer à cause d'une bombe raciste ? Mireille a mal au monde.

Sa rencontre avec les Comités français Emigrés sera pour elle une bouffée d'air. Elle apprend à tirer les tracts sur ronéo, propose de trouver quelqu'un pour les traduire en arabe, cette langue si belle, si vivante, crie dans les rassemblements son refus de la circulaire Fontanet. Et son cri a la couleur d'une planète arc-en-ciel. Mireille affirme sa colère au monde. Et quand à quatre heures du matin elle quitte son si pittoresque appartement ancien au cœur de Lyon pour aller *coller,* elle s'émerveille de sentir monter en elle la soif de vivre.

Et elle peut enfin accepter de s'installer dans la vie réelle, l'amour dans la violence des sentiments, les rêves dans la boue des compromissions, la liberté et les chaînes, les transgressions et les aliénations, l'être femme se heurtant dans une délicieuse fureur à l'homme. Mireille est embarquée dans une sinusoïde infernale et merveilleuse. Car juste à la sortie du creux de la vague, la jouissance la prend dans ses bras et l'emmène au plus haut. Et au septième ciel lui font signe son aimé, et la révolution.

Et elle se montre bien exigeante, la révolution, elle met la barre bien haut, elle abhorre les yeux fermés et éclaire le moindre évènement des couleurs du juste et de l'injuste, vomissant sur les divisions du monde entre noir et blanc. Et elle se joue aussi entre homme et femme, dans les évènements les plus quotidiens, les plus intimes, dans le lit des ébats amoureux. Et ce n'est pas facile d'en être conscient sans devenir son propre tyran. *Pas de lutte des classes sans lutte des femmes, pas de lutte des femmes sans lutte des classes* clame Angela Davis sous sa toison bouclée.
Une toison si semblable à celle de Chemseddine. Mireille, après l'amour, y enfouit ses doigts, attire vers elle le visage basané et lumineux, se laisse aller contre la poitrine douce, toute embuée encore de leurs désirs, elle hume voluptueusement cette suave odeur qui marie semence et onde vaginale, l'intérieur et l'extérieur. Ses yeux se posent sur une reproduction de tableau de Van Gogh qu'elle a placé

sur le mur à côté de leur lit. Un homme et une femme sont allongés sur des gerbes de blé à l'abri d'une haute dame de blé aux épis ébouriffés. Deux faucilles et des sabots sont posés à leur côté. L'homme est étendu sur le dos, les bras sous la nuque, les épaules ouvertes, les jambes écartées, tout livré, abandonné. Il a basculé son chapeau sur ses yeux, comme pour se concentrer sur le poids doux et ferme de la tête de la femme contre son flanc. Lovée sur sa poitrine, elle semble s'étirer, soupirer d'aise comme une chatte devant le feu. Ce tableau l'accompagne car elle en est sûre, Mireille : l'homme et la femme goûtent et savourent ensemble ce doux moment d'après l'amour. Mais avant, que s'est-il passé ? Se sont-ils disputés ou déchirés ? Se sont-ils, comme Chemseddine et elle, dit des horreurs ? Elle ne se rappelle même plus comment ça a commencé. Ah oui, il lui a parlé de la Norvégienne, tout fier de leur entente commune sur la liberté dans le couple. Mais il a confondu libre et sauvage, se conduisant comme un goujat et elle s'est mise à hurler, cherchant les mots pour dire à quel point il salissait et détournait sa si belle idée d'un couple ouvert, non possessif.

- Tu utilises nos idées pour m'écarter, pour toi je suis juste un obstacle !
- Mais non c'était juste une aventure, qu'est-ce que ça change ?
- Ah pardon, je suis un pot de fleurs ! Mais tu ne vois pas que tu es incapable de nous respecter l'une et l'autre, t'es avec une, l'autre n'existe plus ! Tu sais pas compter jusqu'à deux ou quoi ?
- Ça y est, tu vas nous resservir la morale, la fidélité et tout le bazar. On dirait ton père.

- Mais pas du tout. Mon père s'est inventé des adultères imaginaires et des enfants adultérins pour effacer ceux de son enfance, il était bien loin d'y voir les histoires d'amour qu'il y a derrière.
- Tu es jalouse donc ?
- Zut et zut ! La jalousie c'est normal, c'est réclamer sa part et je la réclame. Je refuse qu'on m'impose un modèle de fonctionnement de couple, c'est tout.
- Eh bien alors ? où est le problème ?
- Mais je n'ai jamais dit que ça ne fait pas souffrir ! Et la muflerie phallocratique, je peux te dire, ça fonctionne quel que soit le nombre de partenaires sexuelles ! Et d'ailleurs, comment réagirais-tu à ma place, toi ? Il n'y a de liberté que si elle est pareille pour tous, tu devrais le savoir.

Il faisait semblant de ne rien comprendre, ou peut-être ne comprenait-il pas et leurs colères montaient et les larmes et les cris. Pourquoi ? Pourquoi le plus beau de leur amour, le plus utopique devenait si trivial et mesquin ? Ordinaire !

Et pourquoi a-t-elle fini par céder, malgré sa colère, quand il lui a demandé d'aller seule à l'agence pour ce nouvel appartement, comme elle est allée seule négocier avec l'expert et seule à l'EDF qui avait fait une erreur. - *Tu sais bien qu'ils sont tous racistes, je n'ai aucune chance.* - *Evidemment tout ce qui concerne la maison, c'est pour les femmes, c'est bien pratique !*

Oui, il est arabe dans un monde où les occidentaux comme elle dominent, oui, elle est femme dans un monde où les hommes comme lui dominent. Tour à tour à la place du dominant et du dominé, leurs appartenances les mettent dos à dos en un roulé-boulé douloureux et désarçonnant. Car elle ne peut occulter la blessure fondamentale : après avoir réussi ses études, Chemseddine s'est vu refusé tout stage professionnalisant, comme tous ses copains au nom étranger. Il ne sera pas expert-comptable.

Oui, oui, mais la semaine dernière déjà, cette scène qu'elle lui a fait, envoyant valser le plat de lasagnes, pourquoi ? Parce qu'il prend comme un dû ce qui n'est que prévenance d'amoureuse ! Elle ne cuisine pas parce qu'elle est femme mais parce qu'ils ont choisi de partager leur quotidien. Pas question pour elle de le servir, elle n'est pas venue sur terre pour lui faire la cuisine ! Il eut suffi pourtant qu'il le prenne comme un cadeau à charge de revanche. Il eut suffi d'un mot pour qu'elle se sente en accord avec elle-même. Et le mot venait, beaucoup plus tard, au moment le plus inattendu. Un mot plein de fantaisie et teinté d'humour qui la faisait fondre. Alors il l'entraînait sur le chemin, la guidait dans le labyrinthe d'un champ de maïs, se faufilant entre les tiges jusqu'à une zone stérile, il l'étendait sur le sol et l'enlaçait. Et tandis que la paille la picotait comme une barbe mal rasée, son désir se décuplait de l'inconfort et de la force de la terre, leurs baisers se parfumaient des senteurs des feuilles, leurs caresses épousaient la douceur des soies des épis et son plaisir se multipliait jusqu'aux limites du monde. Pourquoi, pourquoi la nature est-elle si complice de son plaisir ? A cause de leurs racines paysannes, de leur amour commun de l'agriculture ? Mais nous sommes tous issus de la Terre et la jouissance, tout simplement, nous remet en phase avec elle. Et cet instant d'osmose efface toute velléité de domination, que ce soit de l'humain sur la terre, sur d'autres humains ou de l'homme sur la femme. Le temps fugace d'un éclair, le puzzle du monde est enfin reconstitué dans sa pleine horizontalité.

Pleine de rires, elle chantonne et chantonne, *J'ai l'honneur de ne pas te demander ta main*. Avec Brassens, la non-demande en mariage devient une demande sans cesse renouvelée, un engagement de tous les instants, le désir en liberté. A l'amour toujours ils opposent l'amour tous les jours, tout le jour.
Mais une nouvelle loi tombe, tout étudiant étranger qui a fini ses études doit partir. Chemseddine ne peut rester en France. Une solution ? Être marié à une Française.
Mais ils ne gâteront pas leur bel amour, leur amour libre, par une allégeance administrative ! L'amour ne peut être régi que par le désir. On sait bien que ce sont les pervers qui ont besoin de faire l'amour par contrat pour pouvoir jouir.
Colette, l'amie, la camarade, accepte un mariage blanc.
Ils apprennent alors qu'il faut une autorisation pour se marier à un étranger, qu'il y a enquête de police. Quoi ? C'est ça leur conception du mariage? "Les amoureux au ban public", comme le dira une association de défense ?
Mireille garde de cette convocation à la gendarmerie un sentiment d'humiliation. Dès qu'elle essaie de négocier l'heure de convocation puisqu'elle travaille à cette heure-là, elle se retrouve face à un petit flic imbu de son petit pouvoir de petit fonctionnaire mâle blanc.

Passage à la mairie avec le copain et la copine, vite fait, en habit ordinaire, pour elle robe baba-cool noire, contravention parce qu'elle s'est mal garée. Mais pas question d'être la femme de, pas question de voir le regard de gens vous assigner à ce papier insignifiant. Ce mariage imposé, Mireille va réussir à le rendre transparent devant les amis, les administrations, la famille : elle fait comme s'il n'existait pas. Elle n'en parle pas, c'est tout.
Sauf à ses parents et elle le présente dans sa totale insignifiance affective : mon amoureux avait besoin d'un papier de mariage pour pouvoir rester en France.
Euphie et Géni sont totalement hystériques : leur fille est folle ! Cela relève de l'hôpital psychiatrique, il faut la protéger, il n'y a pas d'autres solution...
Ils se dirigent vers le téléphone.
La terre s'ouvre sous les pieds de Mireille. Elle s'enfuit.

Mais Mireille n'est pas seule. Le Mouvement Femmes la prend dans ses bras et elle s'y livre tendrement et une lumière brille derrière elle, mai 68, et elle s'appuie sur les couleurs de Fridha Kahlo, éclatantes de vie, sur les fières lettres d'Héloïse à Abélard, sur les chansons de Gaston Couté : toutes ces femmes et ces hommes qui ont mis au cœur de la révolution l'amour libre. Car ensemble ils prônent que être soi totalement et totalement en phase avec l'autre est la base d'un vivre ensemble juste, égalitaire, équilibré. Elle a comme héritage l'audace d'aimer.

Quinze minutes qu'elle a laissées s'envoler, qu'elle n'aura plus jamais, quinze minutes qu'elle n'a pas vécu, qu'elle aurait pu vivre : les quinze dernières minutes de Mamie Jeanne. Toute sa vie ces quinze minutes échappées l'accompagneront, comme une révélation pleine de nostalgie et de regret, et l'amèneront à goûter le temps, à faire la part de l'essentiel, à se consacrer à ces instants précieux qui construisent les relations.

Ce jour-là, elle décide de passer à l'hôpital voir sa grand-mère avant de continuer sur Yenne où elle va retrouver ses parents. Mireille trouve rapidement la chambre. Mamie Jeanne est étendue, sans connaissance. Elle ne semble pas souffrir. Mireille savait qu'elle était au plus mal, elle se sent emportée par une sorte de résignation à la mort. Est-ce que les gens ne meurent que lorsque leur entourage s'est résigné ? Elle se penche, elle voudrait lui parler mais on ne parle pas à quelqu'un qui est dans le coma. C'est en tous cas ce qu'on pensait alors. Sa grand-mère a partagé leur vie familiale pendant toute son enfance, elle était la septième à table, épluchant les pommes qu'elle glissait dans l'assiette de chacun, préparant de délicieuses croquettes de pomme de terre. Mais quelle femme est-elle ? Qu'a-t-elle vécu ? Ce gros chagrin d'avoir perdu un fils, sa passion pour le fils né sur le tard, la douleur de n'avoir pas vu sa cadette, fâchée, pendant des années. Et pourquoi fâchée ? Quelque secret de famille sans doute. Mireille quand elle était enfant, en ces temps où elle croyait que la prière peut tout, a prié à genoux pour que la renégate revienne, elle priait pour la trouver dans la cour à son retour de l'internat le samedi. Mais le bon dieu ne l'a pas ramenée. Ah ! C'est facile pour lui, il n'a jamais tort ! Quand nos prières sont exaucées c'est grâce à lui et quand elles ne le sont pas, c'est à cause de nous, parce que nos prières ne sont pas assez ferventes. Alors quand elle est devenue une jeune fille, presque adulte, elle a cessé de prier et elle est allée la chercher. Mais elle n'est jamais revenue. Pourtant elle l'aimait, sa Tatie fâchée, si douce et souriante, avec sa belle voix de basse et ses yeux tendres. Quand elle repartait sur Lyon, -Mireille était toute enfant- Mamie Jeanne remplissait la *deux-chevaux* camionnette du mari boucher de légumes de toutes sortes, de gros paquets de blettes du jardin et de fruits de saison et l'enfant la regardait partir comme l'enfant prodigue. Elle n'était pourtant ni douce ni souriante, la Tatie fâchée, en ce jour de vogue du 15 août où, telle une furie, elle injuriait sa mère dans les rues en fête et Jeanne affolée de ce qu'elle entendait courait vers le Rhône pour s'y jeter. Mais qu'a-t-elle dit ce jour-là, juste avant de se fâcher ? Qu'a-t-elle dit ? Mireille s'arrache à ses souvenirs, se penche vers le lit, range ses clefs dans son sac, elle pense avec un peu d'inquiétude à sa vieille 404 rouge qui a toussoté au démarrage, elle se demande si elle ne va pas la laisser en rade. Chaque fois qu'ils cherchent une voiture, elle s'imagine avec une petite deux-chevaux ou une 4L et elle se retrouve avec de grosses bagnoles diesel. Et ça lui plait que Chemseddine oriente ainsi leur choix, la sortant ainsi du cliché jeune-fille/petite voiture, elle se préfère au volant de ses "tracteurs" ! Oui, ce qui l'énerve chez lui lui plait plus qu'elle ne veut se l'avouer. Il faut dire que cette 404 a une drôle d'histoire : Chemseddine l'avait aperçue dans le quartier et lui avait dit qu'il l'achèterait bien. Elle avait haussé les épaules, drôle d'idée de viser une voiture qui n'était pas à vendre. Une semaine après

la voiture affichait un panneau "à vendre", elle était pour eux, elle leur tombait dans les bras, comment refuser ? Ils l'ont achetée. La porte de la chambre s'ouvre puis se referme, la malade n'a pas réagi, l'infirmière s'éloigne déjà. Chemseddine ? Il a cette manière de personnaliser les choses les plus banales et sans valeur, elles paraissent alors toutes chargées de son affection. Mais le moteur de la voiture est à la hauteur du prix, modeste. Elle se secoue, s'extirpe de ses pensées, se penche à nouveau vers sa grand-mère, regarde attentivement le visage pâle mais serein, se désole qu'elle ne la reconnaisse pas, ne la voie pas. Elle ne peut pas croire que ce soit la fin, elle ne réalise pas, sa douleur est anesthésiée. Il y a quelques années à peine la famille fêtait les quatre-vingts ans de l'aïeule. Elle se souvient, Mamie voulait porter des couleurs pastels, oublier les couleurs du deuil porté depuis plus d'un demi-siècle. C'est vieux, quatre-vingts ans, c'est une vie entière, il est ordinaire de la voir s'achever. Mais la vie, c'est ce qu'on a devant soi, quel que soit son âge. Elle caresse les cheveux familiers. Est-ce vrai qu'elle a eu des amants ? Après son veuvage, peut-être, lui a dit Euphie. Mais Mireille au fil des ans a glané d'autres échos, cherché des pistes dans le discours de sa mère. Ah ! N'a-t-elle pas bougé, tourné les yeux ? Non, elle est inconsciente. Mireille se demande à nouveau si la voiture va démarrer, elle s'impatiente. Elle devrait rester encore. Mais pour quoi faire ? Elle part.
Un quart d'heure après Mamie Jeanne meurt.
Ah ! Toutes les questions à lui poser encore, tous les récits à entendre d'elle, tous les baisers à échanger ! Ce n'est pas seulement une grand-mère,

c'est une femme qui s'est éteinte sans que Mireille ait pu la rencontrer vraiment. Son chagrin déborde de regrets. Tant de jamais plus à compter et recompter… Et comment a-t-elle pu l'abandonner ? Elle le sait maintenant, elle aurait pu lui parler, il aurait suffi qu'elle se penche sur elle et laisse venir les mots, ces derniers mots qu'elle lui a volés, pressée de rentrer dans sa vie. Mamie était Jeanne, Jeanne avant tout. Mireille pleure ce face à face raté, de femme à femme. Et ses larmes pour Jeanne l'ouvriront dans les années à venir à la découverte de cette merveille : l'entre-deux-femmes.

En franchissant la passerelle Mireille se sent toute excitée. Non-mixte, oui, la fête est non-mixte ! On a quand même bien le droit de s'amuser entre femmes si on en a envie ! Le droit ? Il faudrait encore revendiquer l'entre-nous en terme de droit ? Ah non ! En termes de plaisir seulement ! Elle monte dans la péniche sur le Rhône louée par la Maison des Femmes. Très vite elle se perd dans la foule, elle se sent bien. Elle qui appréhende toujours les groupes, inquiète de ne pas être au diapason, de ne pas être conforme à ce qui se fait, ce qui se porte, ce qui se dit, se sent comme chez elle. C'est là son chez elle, le premier, elle est femme totalement, sa robe indienne est un prolongement d'elle, dessinant un espace de mouvement qui lui est propre, elle habite le monde. Chacune se sourit, se parle, se touche. Des sœurs. *Quand les femmes s'aiment les hommes ne récoltent pas.* Et c'est reposant, pense-t-elle. Qu'est-ce qui est reposant ? De ne pas récolter ? De ne pas avoir de compte à rendre sur la récolte ? Elle se moque d'elle-même. Elle reconnait une copine du groupe de quartier mis en place dans

le Vieux-Lyon, elles s'engagent ensemble dans un débat sur le Mouvement des Femmes. Elle n'aime pas le terme de féminisme qui induit un accompli et n'invite pas les hommes à se remettre en cause ni le terme de féministe qui serait un modèle de ce qu'il faut être, elle préfère la notion de femmes en mouvement.
- Sais-tu que c'est le nom d'une revue ? Je te la passerai, si tu veux.

Son amie Martine arrive vers elle, la prend par la main, l'entraine vers les danseuses. Elle hésite, je ne sais pas danser. Savoir ? A quoi bon savoir, il suffit d'écouter la musique et de se laisser porter. Elle écoute la musique, elle se laisse porter. Oh le miracle de la danse sans modèle et sans contrainte, sans meneur (au masculin) et sans menée (au féminin) ! Pour la première fois, au lieu d'exécuter une danse, elle danse…
- Mireille ?
- Oui…

La fille qui l'a interpellée est toute jeune, toute mince dans son pantalon gris, avec des traits fins, une allure décontractée et souple. Mireille la regarde attentivement, tente de se rappeler.
- Et alors, tu ne reconnais pas ta petite cousine Frédérique ? Pourtant, toi et moi, on est les vilains petits canards de la famille.
- Frédérique, la fille de…
- Oui, oui, la fille du cousin germain de ta mère. Doublement cousin puisque les deux frères avaient épousé les deux sœurs, ça m'a toujours fait rigolé, ça. Jeanne et sa sœur mariées à Clément et son frère.
- Oui, ma mère dit toujours qu'ils étaient plus que des cousins.

- Et tante Euphémie, elle va bien ?
- Ça va. Il y a longtemps que tu n'es pas venue nous voir. Même dans ton enfance d'ailleurs tu venais peu.
- Un jour quand j'avais sept/huit ans j'étais venue chez vous, toi, tu étais ado. Et tu m'as dit "viens dans ma chambre, on va causer". ça m'a fait du bien, tu ne peux pas savoir, être considérée comme quelqu'un à qui on cause, c'était vachement chouette.

Mireille ne se souvient pas mais se rappelle avoir été choquée qu'on mette toujours cette petite fille en représentation en lui demandant de chanter ou en riant de ses mimiques.

En fait elles ont très peu de souvenirs communs, ce qu'elles ont en commun, c'est une famille.
- Pourquoi tu dis qu'on est les vilains petits canards de la famille ?
- Tu sais, ils l'ont vraiment mal pris de savoir que j'étais lesbienne.

Et Frédérique raconte. Quand elle a commencé à se sentir attirée par les filles, elle a eu abominablement honte, elle se sentait si différente de toutes les autres. Seule au monde. Elle ne risquait pas d'en parler à quelqu'un, elle n'arrivait pas à se le dire à elle-même. Parler d'autre chose ? Les filles parlaient des garçons, de maquillage et de mode. Tout ce qu'elle détestait. Elle aimait le vélo, ses copines aussi, à condition de ne faire aucune acrobatie et de ne surtout pas s'intéresser aux compétitions. Elle suivait avec passion le Tour de France mais ne pouvait en parler qu'avec son père. Serrée contre lui sur le canapé devant la télé ou perchée sur ses épaules le jour où ils ont pu assister à une étape du Tour, elle était bien, dans une tendre complicité.

Mais sa mère le supportait de moins en moins. A l'école c'était une catastrophe. Elle avait l'impression qu'on la tassait, rétrécissait, pour la faire rentrer dans un carcan de bienséance et de bien-pensance.
- J'étais un monstre, tu comprends ? Alors à seize ans j'ai pris toute une boite de somnifères, ceux de ma mère. Je voulais mourir, c'est-à-dire, en fait, arrêter de penser.

Quand elle s'est réveillée, à l'hôpital, elle a vu son père penché vers elle, tout bouleversé. Elle lui a dit "papa, je suis homosexuelle". C'était fait.

Frédérique rit, se redresse, fait signe à quelqu'un. Une femme s'approche.
- Je te présente ma copine.

Elles promettent de se revoir, échangent leurs adresses. Elles ont tellement de points communs.

Mais elle, Mireille, pourquoi était-elle le vilain petit canard ? De naissance ?

Il y a trois possibilités : un, elle a choisi la place de vilain petit canard en devenant anarchiste.

Car le vilain petit canard devient cygne et déplie les grandes ailes de l'Anarchie. Et l'Anarchie, ce n'est pas que de la politique, l'Anarchie c'est comme un fervent duvet né dans le creux du ventre, là où on tremble et plie, une aile qui frémit gaiement dans le cœur, là où on s'émotionne, un décollage dans la tête, là où on pense, un vol somptueux qui ouvre les portes des pensées qui rejoignent d'autres pensées et illumine l'avenir. Oui, c'est ça, l'Anarchie. Deuxième explication, elle est née en trop, trop tôt. Franchement, comment voulez-vous que sa mère n'ait pas pensé à avorter ? Son mari partait pour deux ans en Indochine, à la guerre, et la laissait seule avec un enfant de treize mois et un autre de trois mois. Il fallait être fou comme le médecin qui a refusé de l'avorter pour dire que ce fœtus n'était pas un vilain petit canard à jeter hors du nid ! Comment ça, vous n'y arriverez pas ? lui a-t-il dit. Prenez une femme de ménage ! Ben voyons… Troisième raison d'être l'intruse, l'œuf du coucou, elle a pris la place d'Euphie, la bâtarde, la paysanne qui, en réalité, est la fille du bourgeois de Yenne, si élégante, si belle, ce cygne éclos chez les caquetant canards de la ferme puant le fumier, qui s'est élevée doucement au-dessus de la fange en épousant un militaire devenu Saint-Cyrien avec son beau Casoar aux magnifiques plumes blanches. Euphie a échappé au rôle du vilain petit canard mais l'a transmis en droite ligne à sa fille dont les robes *babacool* et les bijoux de pacotille lui font tordre le nez.

Sinon quoi ?

Mireille relit le conte du vilain petit canard. Car ce qu'il faut savoir c'est comment il a été accueilli, ce bébé, de quelle tendresse elle a été entourée. S'il a été adopté.

Vous dire la tendresse d'Euphie, c'est impossible. Elle est la tendresse même, câline et caressante. Et ce bébé fille va recevoir toute son affection et va être le dépôt de ses rêves. Et Mireille n'a rien contre ces baisers attrapés dans un couloir, entre deux portes, à chaque occasion, elle s'y prête volontiers. Géni, quand il les voit faire, se moque "c'est bientôt fini, ces fricassées de museau !" mais il reste juste à côté, sur la tangente, pour en profiter par procuration, lui à qui sa fille refuse farouchement toute papouille depuis qu'elle a grandi. Oui, envers et contre tout, il y a entre ces deux femmes une proximité physique délicieuse.

Mais de vilains petits canards, il y en a deux. Un adorable caneton aux allures de chaton est venu se réfugier sous l'aile de sa sœur. Aymeric est tendre comme sa mère, comme l'amour. Et si Euphie et son petit frère Basile étaient les enfants de l'amour, Mireille et Aymeric sont les enfants du destin.

La légende familiale autour d'Aymeric nous dit : voyez comme un enfant non désiré peut être aimé et choyé et "pourri-gâté". Alors là, on s'arrête un peu et on tente de comprendre et pour cela il faut remettre tout le monde à sa place. On joue au jeu de taquin, quoi, on fait glisser les uns et les autres pour remettre de l'ordre dans cette drôle de famille. Mireille est une échappée de l'avortement, rescapée, très indirectement, de la guerre d'Indochine. Non désirée ? Ouillouillouille ! Ça ne se dit pas. Aymeric ? La guerre d'Indochine étant heureusement perdue (heureusement pour les soldats qui rentrent à la maison et heureusement pour les Vietnamiens qui chassent l'armée française), Géni et Euphie se retrouvent enfin ensemble et décident de faire un enfant. Impossible ! Mystère de la nature et de la vie, les trois premiers sont arrivés sans crier gare, le quatrième n'est pas au rendez-vous. C'est alors que Géni est envoyé en Allemagne (rappelez-vous, après-guerre l'Allemagne vaincue est occupée, oui, occupée, par les armées alliées). Plus question de faire un bébé. La famille se retrouve à Wittlich. Mais quelques mois plus tard, Euphie est enceinte. Or elle n'y est pour rien. Et Géni qui lui non plus n'y est pour rien soupçonne le jeune voisin. Stop : énigme ! Il n'y a eu personne entre eux deux, mais ils ont été séparés une semaine, donc n'ont pas pu procréer. Disent-ils. Comment l'expliquer ? Par le fait que deux ans d'abstinence de Géni en Indochine auraient accumulé du sperme qui se répand maintenant ? Comment le dire même ? Comment pourrait-on raconter qu'un enfant légitime, né d'un couple légitime n'est pas le fils de ce couple. Tiens, on va dire qu'il n'était pas désiré. Comme c'est faux, ça ne lui fera pas tort. Et Euphie et Géni cajoleront chacun dans leur cœur ce mystère qu'un enfant né de leurs étreintes n'est peut-être pas né de leurs étreintes. Ben quoi ? Il y a bien une Marie vierge et mère… Et si le légitime est bâtard, les bâtards d'hier pourraient bien être légitimes. On est sauvé.

La question demeure : comment on fait les bébés ?

28. Non ! Elle ne doit pas compter, pas penser. Elle fait chauffer de l'eau pour son thé, regarde l'heure, 7h30, mardi. Non ! Elle ne doit pas compter, elle met la tasse sur la table, une aiguille traverse son bas-ventre. Non ! Elle ne doit pas sentir, pas penser ce qu'elle ressent. Une seconde aiguille la transperce, c'est la constipation sans doute mais elle n'est pas constipée et cet endroit mystérieux de son corps, elle le connait trop bien. Non ! Le thé, où est le thé ? 28. Ne pas compter, c'était lundi, sept jours après c'est mardi. Ou lundi, elle ne sait plus, elle se demande toujours comment on compte les semaines, de lundi à lundi, ça fait 7 jours ou 6 ? Il faut compter le premier et le dernier ou pas ? Ne pas compter, ne pas penser, ne pas sentir. Le thé. Oh elle le connait son corps, il lui a toujours été fidèle, jamais malade. Elle a toujours aimé ces évènements qui le traversaient, évènements

familiers et réguliers qu'elle aimait tendrement, tous les 28 jours. Non ! Non ! Elle coupe un sucre en deux en ayant soin de ne pas le faire en son milieu, il lui faut deux-tiers de morceau pour que son thé soit sucré parfaitement. Pourrait-il la trahir, ce corps fidèle ? Si on y pense trop, ça ne vient pas, tout le monde le lui dit, même le médecin "cessez d'y penser". Alors elle ne pense pas, elle se paralyse. Mais son bas-ventre lui envoie de nouveaux signaux, de plus en plus fort, un poids mort et lourd s'y installe, quatre fois sept ça fait 28, elle attrape un calendrier, pas la peine, elle le jette, elle a déjà compté, elle s'est peut-être trompé, 7h45, elle boit une gorgée de thé, elle se brûle, elle s'apaise, son corps est silencieux, elle augmente le son de la radio, déluge dans le Sud de la France. Ça coule, elle se lève, ça y est, ça coule ! Elle se retient de courir au WC pour voir, pour vérifier, se concentre sur ce qui se passe dans son vagin. Rien. Elle se rappelle cette découverte, avec les copines du Mouvement des Femmes, de cette partie occultée qu'est le vagin, elles plaçaient un miroir entre leurs cuisses pour en prendre connaissance. Elle se redresse, se remémore les grands débats et les manifs colorées et joyeuses, des femmes femmes, architectes de leur maternité. Une bouffée de joie l'envahit, elle se permet encore un peu d'espoir, elle revit. Après 28 il y aura 29 et 3 semaines et 6 mois et…
Et bien non, il n'y aura pas de 29ème jour, elle est au bureau quand le verdict tombe, elle n'aura pas de demain, elle n'aura pas d'avenir. Quand elle sent le liquide chaud s'écouler d'elle, elle se liquéfie tout entière, elle sombre, elle n'existe plus, un gouffre s'ouvre sur le vide de son ventre, elle sort de son

sac ses protections, elle se dirige vers les toilettes, elle se demande comment elle tient encore debout, comment la vie continue. A l'intérieur d'elle tout s'est éteint. Lugubre, elle hurle. Dans le creux de son ventre, les aiguillons de feu la déchirent, elle enfante du vide, elle est dévorée de cette absence qui, quelque part dans ses chairs, se terre et hurle sa douleur, elle est emportée par l'écoulement lent, cinglant, inexorable, ce sang maléfique qui la prive de futur. Elle se cramponne au mur. Elle avance. Elle coule.

Premier jour lent et gris, deuxième jour lourd et triste, cinquième jour, y croire encore et le rythme reprend et le tempo s'accélère et se fait allègre et le plus beau jour s'approche, celui de l'amour et elle se colle à son aimé et l'enlace et elle se crispe déjà, pourvu qu'il veuille et elle rit avec lui et le câline, et c'est ce soir, ce soir, s'il te plait, il ne faut pas laisser passer le 14$^{ème}$ jour et elle sait que ce doit être un acte d'amour et rien d'autre et elle sait qu'elle ne doit pas exiger et tempêter et elle sait combien il s'est senti humilié par le recueil de sperme pour l'insémination artificielle et combien il se sent instrumentalisé en tant qu'homme et elle sait qu'elle va tout oublier pour lui arracher ce sperme envié et que c'est insupportable pour lui mais c'est insupportable pour elle, et elle sait que ce doit être un acte d'amour mais il est 11h du soir et elle oublie qu'elle l'aime passionnément cet homme lumineux, il n'est plus son amant, elle ne vise que sa semence, elle tente de ranimer son amour pour lui, son désir pour lui mais il est 11h30 et demain il sera trop tard ou peut-être pas mais il faut mettre toutes les chances de leur côté et elle est tout entière tendue dans cette volonté farouche et physique, seulement,

tellement organique. Elle se rejette en arrière, désespérée. Elle abandonne. Chemseddine pose la main sur sa cuisse, l'attire à nouveau, la caresse. Elle se laisse aller. Ils font l'amour.
15. C'est si simple la vie quand on est deux et ensemble. 16, 17, 18, oh ! la beauté du monde ! Oh la beauté du bébé qui viendra, et qui ressemblera à son père. Car son enfant fera de cet adolescent brillant et noir un père aussi vrai que son amant. Et de l'autre bord du monde, ils se penchent sur elle, ses enfants rêvés : son bébé amoureux des étoiles, sa fille brune et frisée qui, avec sa salopette peinte d'une gazelle grimpera sur la moissonneuse John Deere de son père, son fils aux longs cils noirs qui fera avec lui des igloos dans la neige. Ils s'installent dans ses rêves, se lovent dans ses nuits, la baisant de leur souffle, espiègles et câlins, tellement réels. Vivants. 19. 20. Elle leur choisit des prénoms, des prénoms de corail et d'édelweiss mariant la Savoie à La Tunisie, elle inventera en les prénommant un monde nouveau abolissant les guerres et les frontières, épousant l'Orient et l'Occident. 22. 23. Avec eux, elle reprend sa place, Mireille, dans la chaîne généalogique, elle n'est plus un aimant libre, un maillon isolé, elle se rattache à toutes ses racines sans exception, d'Ameysin à Castelreng, à toutes les histoires d'amour de ses grands-parents et ancêtres. Et leurs bébés les inventent père et mère et tissent ensemble leurs racines bleues et blanches de neige et de méditerranée. 26. 27. Attendre. 28. Non ! Elle ne doit pas penser, pas compter !

Un enfant si je veux quand je veux. Quelle ironie ! Et pourtant elle ne renie pas les manifs faites pour réclamer le droit à la contraception et à l'avortement. Elle reprendrait le slogan différemment bien-sûr mais reste convaincue qu'un enfant mérite que ses parents préparent son nid dans leur vie avant de préparer son lit dans la chambre. Et elle se sent solidaire de toutes les femmes qui ont souffert. Elle ne s'est jamais lassée de pouvoir faire l'amour sans précaution, sans crainte que la place d'amante ne soit dévorée par la place de mère. Elle s'est régalée de ce doux et lent et mystérieux cheminement du rêve au projet et du projet à la décision enfin prise à deux. Et l'arrêt brutal de ce chemin la laisse sidérée, paralysée, blessée. Pourquoi ? Pourquoi ? N'est-elle pas faite pour ça ? Quel fantôme squatte sa vie et dévore ses œufs pleins de promesse ? Une pie voleuse ? Un coucou ? Chaque printemps Mireille guette le premier chant du coucou. Chaque printemps à la minute où elle l'entend, elle formule son vœu secret pour qu'il se réalise. Mais qui jamais, jamais, ne se réalisera. Pendant toutes ces années et jusque longtemps après la ménopause elle n'aura que ce vœu là et aucun autre. Un jour elle n'aura plus de vœu du tout. Trahie par celui-là même qui devait la sauver, elle n'aura dans son nid que les enfants des autres. C'est de l'orée du bois que vient la litanie du coucou, dans cette rangée d'arbres qui borde le champ en face de leur petite maison. Comme elle l'aime, sa maison de poupée en bordure des marais. Comme ils y seront bien tous les deux quand la vie les aura soudés l'un à l'autre. Ses rêves d'enfantement s'y baladent encore, planent avec les nuages, se camouflent dans chaque recoin. Car on ne peut pas vivre sans enfant, elle le dit et le répète et se le répète, on ne peut pas vivre sans enfant. Mais comment ça ? Elle est heureuse, Mireille. Elle a même cette propension au bonheur étonnant, ce penchant à goûter chaque moment, chaque odeur et couleur de ciel au couchant, à savourer chaque caresse ou parole tendre, à s'exalter d'une pensée nouvelle. Tout l'exulte. N'empêche, on ne peut pas vivre sans enfant, on n'a pas eu de vie si on n'a pas connu son ventre qui s'arrondit et frémit, un bébé à son sein. On n'a pas eu de vie si on n'a pas accompagné une petite destinée depuis la lueur dans les yeux de l'amant en passant par l'utérus hébergeant le minuscule visiteur puis son escapade vers la vie, vers l'homme qu'il métamorphose en père, enfin un premier sourire et des pas qui s'affirment et le premier mot et le premier dessin jusqu'à ce jour où pointe une personnalité avec des idées et des choix qui préparent déjà à l'émergence de l'adulte, insolite, puis un jour du parent advenu chez ce bébé d'hier. Oh non, même le jour où Mireille pourra être grand-mère et tandis que ses yeux se mouilleront encore une fois, elle saura en secret qu'on ne peut pas vivre sans enfant. Mais ne pourra plus le dire.

Et Aymeric, l'homme Aymeric ? Aymeric est le bien nommé car il aime. Et il aime à fond, sans retenue. Il aime à s'y brûler les ailes, le petit ange aux boucles claires. Tant de fois il s'est engagé, se consacrant à l'aimée et tant de fois il s'est planté ! Tant d'amours somptueuses et tant de ruptures ! Pourquoi ? Pourquoi ? Plus les années passent, et les amours avec, et plus la question devient aiguë. Pour Mireille, pour sa famille, c'est incompréhensible. Il est l'amoureux idéal, tendre, prévenant, ardent, chacune de ses amours est un hymne à la vie. Car il aime avec passion la vie et le ciel et les étoiles et les arbres enneigés et le soleil qui perce au-dessus des nuages et le chant des oiseaux. Pour lui, ses échecs amoureux sont un drame incompréhensible, il tente de se remettre en cause, de comprendre où il a dérapé, comment il a pu s'embourber. Est-il trop exigeant ? Il déteste les conflits, les polémiques, rêve de relations harmonieuses et sereines. Au fil des ans pourtant il est devenu de plus en plus tolérant, patient face aux tergiversations infinies de l'une, se laissant entraîner avec un plaisir étonné par les projets à cent à l'heure d'une autre, récupérant x fois, patiemment, le sac à main égaré par l'étourdie.

Mireille cherche à comprendre, se souvient de chacune d'elle. Sa préférée, c'était celle dont elle avait adopté l'enfant au teint caramel, celle qui se montrait si amoureuse, un amour qui a dérapé en folles crises de jalousie. Elle maudit celle qui aujourd'hui fait souffrir son petit frère. N'est-elle pas détraquée à le provoquer ainsi, à le pousser à bout ?

Mais n'est-ce pas ce qu'il aime chez chacune d'entre elles, cette démesure magnifique qui peut se faire tragique, cette flamme qui peut brûler, ce déséquilibre qui donne à la vie ce rythme endiablé, cette superbe qui peut l'effacer ? Oui il aime les femmes brillantes, indépendantes, fières et passionnées. Oui, il ose aimer.

Ce qui nous attache à l'aimée, ce ne sont pas ses qualités, ce sont ses défauts. Car dans chaque faille humaine pointe sa solution, dans chaque cratère bout un volcan de plaisir et c'est ce que nous recherchons dans ce choc de deux inconscients qu'est la rencontre amoureuse. Mais dans la

fantaisie si fascinante pointe le délire et le fragile équilibre parfois se rompt. C'est pourtant ce déséquilibre même qui permet de tenir debout et entier.
L'amour est une folie guérisseuse.

D'un amour à l'autre, Aymeric voit passer les années et s'évaporer ses rêves d'une compagne mère de ses enfants.
D'un orgasme à l'autre, Mireille voit passer les années et s'évaporer ses rêves d'un enfant dont son compagnon serait le père.
Sont-ils donc tous les deux assujettis à un destin ? Ou plus prosaïquement se sont-ils soumis à des injonctions venues de loin leur intimant de clore là la chaîne générationnelle ? C'est ce que Mireille se demande douloureusement. Quand, dans les manifs pour la liberté de la contraception, elle criait dans les rues au milieu des copines exubérantes et joyeuses "je veux pouvoir être amante sans être mère", elle ne voulait pas qu'on la prenne au mot ! Quelle ironie de la vie de l'avoir piégée ainsi. Mais elle revendique haut et fort ces désirs-là, la cohérence de ces désirs-là, jouir sans procréer et enfanter par choix. Elle qui est née entre une génération qui ne pensait qu'à éviter des grossesses et une génération qui se protégeait pour éviter le sida a eu cette chance incroyable de pouvoir faire l'amour sans protection. Eh bien, c'est de cela dont elle va témoigner, c'est cela qu'elle assume : aimer sans crainte ! Elle prend la main de Mamie Jeanne et de ses petites nièces, de toutes les grands-mères et arrière-grands-mères et de toutes les petites filles et arrières petites-filles, elle renoue la chaîne, oui, je suis femme essentiellement, car amante, mère,

vierge ne sont que des attributs, des attributs possibles et non contraints.

Depuis son adolescence, on lui dit en la voyant en conversation ou dans un jeu passionné avec des petits, "toi, tu aimes les enfants, ça se voit". Eh bien non, elle aime seulement les enfants qu'elle aime, ce sont des rencontres, pas une gourmandise, ce sont des aventures toujours uniques.

Trois petites filles sont nées chez Yves. Eh oui, le frère aîné, l'adolescent blasé à la tendresse soudaine, impromptue, ravissante, le rocker qui la faisait rêver et lui ouvrait l'avenir, roulant à toute allure sur sa *brel*, guitare à l'épaule, Yves s'est marié. Il est devenu père. Mireille, décontenancée devant ce monde adulte de convenance avec cadeaux et jouets de prix, a choisi d'offrir à sa nièce pour Noël, un conte écrit pour elle.
L'héroïne a un prénom, Aigue-Marine, qui entre en résonance avec celui de la fillette, de même que les prénoms des deux petites sœurs, Agate et Lapis-Lazulie. Dans l'histoire, chacune a, elle et elle seule, pour cadeau mystérieux et secret la pierre précieuse correspondant à son nom. Elle délivre ainsi son message d'affection, *tu es pierre et précieuse, tu es toi, tu es l'unique dans mon cœur.* Oui, Aigue-Marine est l'unique, celle qui a ouvert dans la famille une génération nouvelle, celle qui aurait dû être sa filleule si elle ne s'était pas détournée à ce moment-là vers celui qui lui ouvrait les portes du ciel. Car Aigue-Marine a l'âge de son amour et c'est comme un tendre clin d'œil de la vie. Et Agathe est son unique, si difficile à atteindre au plus vrai. C'est lors d'un voyage en voiture qu'elle a réussi à la rejoindre,

à la rencontrer vraiment, cette enfant qui a des passions sereines et la beauté d'Euphie, beauté éternelle. Et son unique, sa précieuse, c'est Lapis-Lazulie, son égérie, sa tendre et farouche. De chacune elle dirait que c'est sa préférée si ce mot ne portait en lui-même l'exclusion de tout autre. Geni ne disait-il pas toujours "ma femme préférée" en parlant d'Euphie, dans un humour teinté de fantasme de polygamie ?
Et Mireille a un autre préféré, le fils de Roland, son filleul. Enceinte 9 ans, Line a enfin donné le jour à ce bébé d'espoir. Et elle l'a mis dans les bras de Mireille. Est-ce pour cela qu'à trente ans il se laissera encore cajoler, pliant son grand corps pour se mettre au niveau ? Etre marraine, elle a tout de suite dit oui, mais à condition de ne pas *renoncer à Satan et à ses œuvres*. Une marraine laïque. Comment le prêtre, recteur comme on dit là-bas, dans cette Alsace catholique traditionaliste, a-t-il accepté ? Elle ne le saura jamais. Elle s'installe dans ce rôle, il ne faut pas bouder son plaisir, c'est si bon de permettre à un enfant de se sentir le préféré. Quand elle arrive chez eux, le petit bonhomme de cinq ou six ans l'entraîne dans sa chambre :

- Viens, on va parler.

Il lui expose des questions existentielles,

- Avant d'être dans le ventre de ma maman j'étais où ? Dans les grelots de mon papa ?

théologiques, oui :

- Bien sûr que dieu existe sinon le soleil se lèverait pas ! Et à qui on pourrait demander de faire des miracles ?
- T'es folle, on peut pas couper la tête des rois ! T'oublie que Jésus est le roi du monde !

- Ah non, c'est pas papa le chef, c'est dieu.

Ou mathématiques
- J'ai 10 ans et je suis presque aussi fort que mon papa alors quand j'aurai 20 ans je serai deux fois plus fort que lui.

ou plus prosaïques :
- Je sais que je ne dois pas embêter mon frère, mes parents se fâchent, mais je ne peux pas m'en empêcher, tu peux me dire ce que je dois faire ? Mais dis-moi quelque chose de pas trop difficile quand-même.

Elle ne les voit pas souvent, c'est si loin l'Alsace, mais quand elle arrive, elle sent que Chemseddine et elle sont là, présents. Présents dans la parole de Roland et Line, et présents, du coup, dans la tête et le cœur de leurs trois enfants. Car une petite fille est née, bouche en corolle et tranquille assurance. Quand à dix ans, elle lui demandera d'être sa marraine, Mireille acceptera sans accepter, sans trahir le préféré parmi les préférés :
- Toi tu m'appelleras ma reine et moi je t'appellerai ma princesse ! Comme ça, d'accord !

Quant au troisième, c'est lorsqu'il naît et après l'avoir pris dans ses bras que Chemseddine se décide à entrer dans le projet d'enfanter.

Il est ainsi des enfants qui sans le savoir croisent vos vies et viennent en titiller l'intime en une secrète œillade. Elle ne se lasse pas de voir Chemseddine jouer avec eux. Il descend silencieusement l'escalier, gratte le bois de la rampe, il intrigue, fait délicieusement peur, une souris imaginaire s'échappe entre ses pieds, il crie à l'aide, il court, attrape un baiser au passage... D'objets familiers,

ordinaires, il fait des objets fétiches qui les attendront d'une visite à l'autre, qui feront sens pour eux seulement, petite boite où il cache les bonbons préférés de l'une, fil jaune trouvé dans une balade. Il est le loup, ils sont petit chat ou crocodile, il les dévore, il s'écroule sous leurs coups, il frôle les limites du réel.
- Il a l'air trop bon ton pouce, il y a du lait au bout ? Miamm, tu me fais goûter ?

Chaque mardi, Mireille passe la soirée dans la famille d'Amel. Le père d'Amel est un ami de Chemseddine, ils se sont connus dans un foyer de jeunes travailleurs, l'ouvrier a tout appris à l'étudiant. Même Mireille a appris à cuisiner avec lui. Elle ne s'y était jamais essayé, évitant de se mesurer à Euphie si bonne cuisinière et ça lui convient bien de cuisiner arabe, elle se met ainsi hors compétition.
Quand Amel est entré à l'école primaire, son père s'est inquiété, qui allait pouvoir l'aider dans ses devoirs ? Depuis, Mireille vient chaque semaine, Amel est maintenant en 4$^{ème}$, sa plus jeune sœur vient d'entrer au CP.
Dès qu'elle arrive, les quatre enfants l'accueillent, les petits lui sautent dans les bras, chacun sort ses devoirs. Les livres sont étalés sur le lit ou par terre, une bonne odeur flotte dans les deux pièces où vit toute la famille. Mireille a déjà dans l'escalier reconnu le parfum caractéristique de la *mloukhia*, son plat préféré. Un petit clin d'œil complice et reconnaissant à la maîtresse de maison accompagné de quelques mots en charabia franco-arabe et le travail avec les enfants commence. Le travail ? Est-ce vraiment du travail que cette avalanche de papotages, de bouts de poèmes, de

questions en tout genre, de règles de grammaire, de lectures impromptues ou imposées, de rêves, de projets et de câlins ? Amel reste la plus sérieuse, s'énerve contre son frère :
- Je t'avais bien dit de noter sur ton cahier ce que tu n'avais pas compris !
- Oui, mais j'ai oublié !
- Evidemment ! Tu sais, Mireille, moi, quand j'étais petite, si je ne comprenais pas quelque chose, je ne me prenais pas la tête, je ne demandais à personne, tranquille je l'écrivais dans un coin de mon cahier et quand tu arrivais, tu m'expliquais tout.
- Bouge pas, Mireille !

Tandis que la plus petite, collée contre elle sur le lit, lui montre son livre de lecture, son frère et sa sœur, chacun d'un côté, peignent ses longs cheveux qui font leur admiration parce qu'ils sont tout raides ! Et Mireille qui a tant rêvé de les avoir frisés… La télé fait entendre son ronron : ce n'est pas parce qu'on est ouvrier qu'on va priver nos enfants de télé !

- Pourquoi à la télé ils parlent toujours de Paris et pas de Vénissieux ?
- Bravo, tu as repéré le centralisme parisien. Comment je vais pouvoir te l'expliquer?
- Moi, je sais, c'est parce que c'est une grande ville.
- Tu as raison, c'est la première raison. Mais il y d'autres grandes villes en France et il y a d'autres pays que la France et certains pensent qu'il faudrait aussi parler…
- De la Tunisie !
- Oui, aussi. Tu voudrais habiter où quand tu seras grand ?

- Moi, je serai hôtesse de l'air, comme ça je pourrais aller partout.
- Et tu ne seras pas obligée de choisir ! Quand tu es arrivée en France à quatre ans, tu as dû apprendre le français, alors je te disais que moi je ne savais pas parler arabe et quand tu étais fatiguée de faire tant d'efforts dans une langue nouvelle, tu venais vers moi et tu me disais "répète : *horra, horra*". Je répétais sans réussir à prononcer correctement le h et le r roulé et on riait et tu étais soulagée.
- Et nous, on était où ?
- T'es bête, on n'était pas nés, moi je suis né à Lyon. Dis, tu corriges mes fautes, Mireille ? C'est pour jeudi.
- Montre-moi ça. *Des garçons et des filles très gaies*. Pourquoi on ne met pas de e ?
- Je ne sais plus.
- Parce que le masculin l'emporte sur le féminin. D'ailleurs, moi je trouve que ce n'est pas normal.
- Pas normal ?
- Pourquoi c'est toujours le masculin qui l'emporte ? et nous les filles, alors ?
- Ah non, c'est trop bien, nous les garçons on est les plus forts. Amel, on est les plus forts ! On est les plus forts !
- Tache de te rappeler la règle, ce sera déjà pas mal. Mireille, tu peux me faire montrer les équations si tu as fini avec lui.
- On dit montrer, pas faire montrer. Apporte ton cahier. Et ton livre aussi, ça fait longtemps que je n'ai pas fait de math, il faut que je revoie ça.

Les heures passent, après le repas, on s'y remet, les enfants n'en ont jamais assez, ça peut durer jusqu'à minuit. Elle repart chaque fois avec un panier plein, *mlukhia* ou couscous, galettes, dattes ou olives venues directement du pays. Au début Mireille venait le mercredi après son travail mais elle a préféré décaler au mardi pour que les enfants puissent dormir le lendemain matin. Est-ce parce que les devoirs se mélangent délicieusement aux jeux et autre plaisir de bavardage, est-ce parce que sa venue est présentée par les parents comme une faveur qu'elle leur fait ? Ils se montrent tous les quatre dans une soif d'apprendre merveilleuse. Enseigner à qui le réclame, quel délice !

Vous avez oublié qu'elle n'a pas d'enfant et que c'est insupportable ? Elle, elle ne peut pas l'oublier, c'est comme un coup de poing permanent dans le ventre. Les enfants des autres sont ailleurs dans sa vie, autonomes et libres. Ils n'ont rien à voir à l'affaire. Qu'elle ait tant de plaisir avec eux ne change rien. La douleur est là, c'est tout. On parle toujours de la souffrance face à la mort de son enfant. Mais la souffrance de celle qui n'a pas eu d'enfant ? Vous dites qu'il n'y a pas plus douloureux que la perte d'un enfant. Mais que savez-vous des autres souffrances ? Peut-on mesurer la douleur, comparer, étalonner ? C'est ce que Mireille parfois voudrait hurler : qu'en savez-vous ? Mais son cri s'étouffe en elle car la souffrance de la femme sans enfant n'est pas reconnue comme telle, elle est considérée comme la douleur d'une maladie, la stérilité. Mais c'est un deuil ! Vous, crie Mireille en silence, vous pleurez un enfant mort, nous, nous pleurons un enfant pas né et nous pleurons et sentons sa peau si douce, ses cheveux rêvés noirs ou parfois blonds, son odeur qui nous chavire, son prénom multiple et changeant, ses yeux brillants dans le noir de la non-vie et sa voix, surtout sa voix qui murmure maman, sa voix qui crie papa ! papa ! à cet homme qu'on aime et qu'on n'a pas pu, pas su faire père. Non, ils ne savent pas la souffrance innommée, illicite, du deuil de son enfant rêvé, ce bébé conçu avant tout avant. Car elle était toute petite quand elle a fait le brouillon de sa maternité. C'était avec son petit frère, l'enfant de son enfance et il devait être le précurseur, l'annonciateur, le prophète. Mais tout s'est brouillé.

Les clefs glissent dans la boite à lettres. Ça y est, plus d'hésitation possible, elle rentre chez elle. Elle ne peut plus rester, elle n'a plus les clefs. Aymeric est parti ce matin pour assurer ses cours, tout entier à son chagrin. Devrait-elle rester jusqu'à son retour pour lui remonter le moral ? Ne le trahit-elle pas en partant ? Mais ça y est, c'est décidé, elle n'a plus les clefs. Oui, mais elle pourrait attendre son retour dans le bistrot au pied de son immeuble. Toute la journée ? Et puis, il n'a rien demandé, il n'a pas besoin d'elle et Chemseddine l'attend, ils vont se réconcilier. Elle ne peut supporter plus d'une nuit de colère contre lui, ses reproches se sont estompés, il doit être triste lui aussi, peut-être a-t-elle un peu exagéré. Elle monte dans sa voiture, pose son slip sur le siège avant à côté d'elle, il est tout mouillé, elle a dû le laver et il n'est pas encore sec, elle est sans culotte sous sa robe. Elle met le contact. Mais peut-elle laisser Aymeric dans cet état ? Une sourde angoisse lui vrille le ventre. Pourquoi se sent-elle toujours responsable de ce petit frère ? Sa mère le lui a confié, comme si elle-même ne pouvait le reconnaître comme son fils. Quand il avait treize ans, Euphie avait demandé à Mireille, qui avait à peine seize ans, de parler à son frère pour savoir pourquoi il s'enfermait dans la chambre du sous-sol avec son copain, un garçon qu'elle jugeait sévèrement, plus grand, plus déluré. Mireille avait été déboussolée par cette demande, cette allusion voilée à une hypothétique sexualité de son frère, et une sexualité désignée implicitement comme déviante. Le fantasme affolé d'une mère derrière une porte fermée. Elle l'avait rejetée comme si elle ne l'avait pas comprise, il y avait quelque chose de trouble et de délicieux en même temps, un rapproché troublant, un condensé de rôle maternel, fraternel avec un gramme d'incestuel. Plus tard elle deviendra sa confidente quand il viendra, au retour de ses sorties prolongées d'adolescent, escalader et frapper à sa fenêtre pour se faire ouvrir et lui confier ses histoires d'amour et ses découvertes politiques, lui parler de ses amoureuses et de ses copains anarchistes. Toute à ses souvenirs, Mireille s'est apaisée, elle met le contact, elle démarre, la vieille Mercédès n'a pas trop pinaillé, elle roule, elle quitte Grenoble. Sa dispute avec Chemseddine lui apparait bien bénigne. Mais est-ce bénin qu'il lui parle sur ce ton humiliant, qu'il la critique pour un oui et pour un non ? Elle sait bien qu'elle est d'une susceptibilité excessive, elle se souvient l'avoir considérée enfant comme un "péché" contre lequel lutter. Elle se laisse aller au plaisir de sentir sa colère apaisée et sa tendresse l'inonder. Mais Aymeric ? Comment sera-t-il ce soir ? Peut-elle le laisser tomber ? Il lui a raconté récemment combien il s'était senti abandonné l'année de sa cinquième, quand les zéros et les colles pleuvaient sans qu'il ne puisse rien arrêter, quand il avait été puni si injustement. C'était mai 68, et tandis que les grands lançaient des pavés, les petits s'étaient amusés à jeter des pierres et casser des vitres. Il se trouve qu'Aymeric n'était pas avec eux mais qu'il fut le seul incriminé. Quand il sortit du bureau du directeur avec son père qui avait été convoqué et qu'il lui dit qu'il n'avait pas cassé de vitres, celui-ci lui répondit avec légèreté "Tant pis, tu es puni, c'est fait, c'est fait." Car Géni avait pour principe de toujours donner raison aux professeurs, à l'autorité. Mireille ressent à nouveau cette douleur d'imaginer ce petit garçon, son frère, en pleine détresse, seul au monde, se demande à nouveau pourquoi elle n'a rien vu, toute préoccupée de ces magnifiques horizons qui s'ouvraient à elle en 68. Comment a-t-elle pu être aveugle à ce point ? Et aujourd'hui, comment est-il ? Il faut qu'elle soit là quand il rentrera, elle va faire demi-tour, tant pis, elle l'attendra au café en-bas de chez lui. Elle ralentit, cherche un endroit sur la nationale pour tourner. Elle sent une odeur bizarre dans l'habitacle, se dirige vers un terre-plein, une odeur de roussi vient de l'avant, elle coupe le moteur, des flammes sortent du capot, elle s'affole, descend de la voiture, son slip est resté sur le siège, zut, elle est sans culotte, elle ne pensait pas avoir à descendre de la voiture, elle panique, ouvre le capot. Un automobiliste s'arrête à côté d'elle, zut, elle n'a pas de culotte, les flammes s'apaisent. Elle entend dans un nuage l'homme qui la rassure, il est mécano, il affirme que tout va bien, explique ce qu'il faudra vérifier dans le moteur. Tout va bien ? Elle ne sait plus très bien où elle en est, elle flotte dans un nuage d'où émerge cette seule certitude : la voiture a besoin de Chemseddine. Elle n'a plus à choisir entre son frère et son amant. Elle démarre. Elle roule vers Lyon.

Elle arrive devant *le Cinématographe* et se gare juste en face du bureau de Chemseddine. Elle fait des appels de phare droit vers la vitre du bureau, à l'intérieur une lampe s'allume et s'éteint plusieurs fois. Comme elle aime ces clins d'œil qu'ils se font ainsi ! Elle fond de tendresse pour cet homme qu'elle maudissait hier, il n'est plus fâché ! Elle aime aussi l'ambiance dans laquelle il travaille, cette ambiance soixante-huitarde.
Car ce sont bien les idées de 68 que professe toute l'équipe du *Cinémato*. Le seul cinéma autogéré de France, qui a pris le nom de *Cinématographe* tout simplement, passe des films d'art et essai non distribués dans les autres circuits. Chemseddine est heureux d'y travailler, il a besoin d'argent pour payer ses études et c'est bien plus agréable que de faire la plonge au grand restaurant du Nord de Lyon ou le nettoyage dans une usine de teinture. Dans ce milieu s'affichant profondément antiraciste, il tente d'oublier sa déception sidérée lors de son arrivée en France. Il en avait rêvé de ce pays des droits de l'Homme et de la démocratie, toute son adolescence il a eu l'oreille collée à la radio où France Inter distillait l'image d'un monde de liberté et de débats, il en délaissait les sorties à Bizerte et les soirées du Ramadan à la plage. Solitaire, il habitait en liberté. Un pays qui n'existait pas. Au *Cinémato* il retrouve des bribes de ses rêves, c'est là, dans ces idées remuées à l'envi, auprès de ces gens regroupés dans l'enthousiasme d'être ensemble, de penser ensemble, qu'il peut espérer être arrivé à bon port.

Son exil peut enfin prendre sens. Peut-être. Il est chargé de la comptabilité mais pour lui comme pour toute l'équipe, être au *Cinémato*, c'est juste vivre : on y fait salon, on se rencontre, on se dispute, on fait la caisse ou on discute, on se réunit ou on balaie, on voit des films, on en choisit. Ce n'est pas un hasard si l'association s'appelle *Vivre le cinéma*. Aujourd'hui c'est l'effervescence : on prépare une nuit du cinéma. Cinq films dans la nuit jusqu'au petit déjeuner du matin, café et croissants. On a dressé des tables dans le hall où les spectateurs pourront s'approvisionner durant toute la nuit en boisson et sandwich. Dans sa cabine, Jean s'organise : il lui faudra à chaque pause d'un quart-d'heure, charger les énormes bobines pour le changement de film. Elles sont arrivées dans l'après-midi, il a eu le temps d'en vérifier deux, heureusement, il a dû réparer trois cassures sur le film de Hitchcock, ç'aurait été rageant d'avoir une coupure pendant la projection. Il a déposé son matériel de rafistolage à l'abri des passages nombreux en cabine, pas question cette nuit que chacun fasse son rangement personnel. Il répond à peine à ceux qui passent lui dire bonjour, tout concentré qu'il est sur son organisation. Les bénévoles sont venus en masse et il entend les premiers spectateurs arriver. Chemseddine passe la tête par la porte, lui fait un petit signe, il sait que Jean n'aime pas être dérangé en pleine bourre. Dans le hall, un groupe commente les derniers évènements, les difficultés financières du cinéma deviennent cruciales, on apprend que l'association Léo Lagrange se proposerait comme repreneur.

- Ce serait la fin du *Cinémato* !

- Mais non, Léo Lagrange serait seulement gestionnaire et on garderait notre autonomie de programmation.
- Tu crois qu'ils vont nous renflouer sans prendre les commandes ? Tu rêves !
- C'est une association de gauche, ne l'oublie pas !
- Quelle gauche ? Tu crois encore que le PS, c'est la gauche ?

Chemseddine tente d'expliquer les exigences de Léo Lagrange au niveau comptable. Il en a beaucoup parlé avec Jean et ils se sont fait leur opinion, l'association, socialiste ou pas, ne leur laissera aucune marge de manœuvre. En fêtant la victoire de Mitterand, ils fêtaient la victoire de leurs idées car c'est bien leurs idées qui l'avaient porté au pouvoir, mais ils n'ont jamais été dupes, rien ne pouvait changer vraiment puisque le système restait le même. Et pourtant ils ne s'habituent pas à voir des gens au discours marxiste *se vautrer dans le fauteuil du pouvoir et des compromissions*, comme ils disent.

En quelques instants la salle se remplit. Le premier film, Lacombe Lucien, raconte l'histoire d'un brave et tout jeune paysan trop souvent humilié qui se laisse séduire par les idées fascistes et l'autorité que cela lui octroie au sein de la Gestapo et qui s'y comporte comme un monstre. Mireille s'installe. Elle s'est toujours demandé avec angoisse si elle aurait osé résister au fascisme. Elle a longtemps idéalisé son père résistant mais elle sait maintenant qu'il a surtout fui le STO, service de travail obligatoire et qu'il n'était pas si opposé que ça aux idées de Pétain, le voir réhabilité ne le choquerait pas. Sur quel modèle s'appuyer ? En qui croire ? Elle a développé ses idées et ses engagements en opposition à sa famille et cela lui semble dans l'ordre des choses. Elle est toujours surprise de voir des amis en accord politique avec leurs parents. Elle en éprouve en même temps un peu d'envie. Elle tente de s'inscrire dans une histoire de luttes populaires anciennes, de se refaire des ancêtres anars. Elle adoptera alors comme grands-parents des Louise Michel ou Bakounine.

Le film est terminé, le deuxième sera plus léger. Quant au troisième, celui du milieu de la nuit il a été choisi pour réveiller le public : c'est *Les oiseaux* d'Hitchcock.

A l'entracte, dans le bureau où se rassemblent les bénévoles et les salariés, l'inquiétude flambe. Il n'y a pas assez d'argent pour payer tout le monde, le *Cinemato* est menacé. Pour le sauver, écrit le nouveau directeur dans le cahier de liaison, il faut licencier. Qui ? Chemseddine. Puisqu'il n'est pas déclaré, ça ne posera pas problème. Personne ne semble réagir. Mais le lendemain une main a dessiné à côté de la phrase abominable une croix gammée.

Ce sera le seul baume à la blessure que ressentira Chemseddine. Trahi par des militants à qui il faisait confiance, renvoyé à sa condition d'émigré, floué pour avoir accepté de n'être pas déclaré, abandonné de tous, il s'attachera profondément au geste rageur de Jean dans la marge du cahier. Une amitié profonde s'y glissera. Et toute leur vie ils se raconteront à l'envi la fin du *Cinémato* et l'épisode de la croix gammée et le scandale levé par Jean qui dénonçait les propos indécents. Mireille trouvera à l'exprimer : quand une lampe éclaire un tas de fumier, on préfère dire que c'est la lampe qui pue.

Et c'est Jean qui filmera leur séjour en Tunisie. Chemseddine à la fin de ses études n'a pas trouvé de stage en France, comme tous ses amis aux noms imprononçables, alors il achète de vieilles moissonneuses-batteuses et va faire les saisons dans son pays. Double revanche. D'abord parce qu'il reprend l'affaire familiale, la refonde totalement, perpétuant le rêve de son frère aîné, le brillant, le prometteur qui a échoué à créer son entreprise. Ensuite parce qu'il arrache à cette France ingrate des moissonneuses qu'elle a dédaignées pour leur donner une deuxième vie. Il ne rentrera pas bredouille du pays de cocagne… Jean a filmé le départ dans la voiture surchargée, la réparation épique du moteur dans un garage improvisé. Avec sa caméra super 8, il capte la distillation des fleurs de géranium dans la cour étroite de la maison, il a un regard enthousiaste pour les Tunisiens et leur inventivité à compenser leur manque de moyens. Sur la pellicule on découvre la gazelle nouvellement repeinte sur la moissonneuse, il faut dire que c'est tout un poème pour eux que cette gazelle emblème de la marque John Deere. Sur le film on voit le blé jaillir en rayons de soleil sur la barre de coupe, on voit les chauffeurs à l'ombre buvant le thé. Pendant ses congés, Mireille les rejoint et se laisse séduire par leur passion, s'amusant de cette agriculture si différente de celle de ses grands-parents, où l'odeur du gasoil se mêle à l'odeur de la paille, où il faut une heure pour moissonner un seul rang tant les champs sont immenses, avec la mer au bout. Elle se désespère de ce pays sous le joug où tout est compliqué, où pour trouver une pièce de rechange il faut négocier, patienter, batailler, avoir ses entrées… ou payer un bakchich. Bakchich aussi pour avoir une carte d'identité, pour que les policiers ne dressent pas une contravention. Le droit n'existe pas dans les ex-colonies. Mireille devine Chemseddine déchiré entre son pays qu'il voit s'enferrer dans une misère sous dictature et son pays d'adoption, qui installe sa démocratie en piétinant le reste du monde.

Ici on parle de prix du pain comme en Occident on parle du temps, chaque fois qu'on se parle. Mais aujourd'hui, 17 janvier 1991, il n'y a plus qu'un sujet : les Américains et leurs alliés attaquent l'Iraq. C'est la consternation.

- C'est le pays le plus développé de la région, c'est ce qui les gêne.

Toute la famille participe au débat, certains sirotant le thé traditionnel très fort, d'autres circulant d'une pièce à l'autre, donnant un nouvel argument au passage.

- Pour la santé, pour l'éducation, les irakiens, c'est les meilleurs.
- Et leur armée est la plus forte ! Grâce à l'Occident d'ailleurs qui leur a vendu des armes et les a soutenus contre l'Iran…
- S'ils veulent délivrer un pays occupé, qu'ils délivrent la Palestine.

Houria, jeune adolescente paisible aux yeux vifs, dépose des amandes grillées sur la *meïda*, la table basse, elle s'installe sur un tabouret, s'enflamme :

- On sait très bien pourquoi ils veulent délivrer soi-disant le Koweit, parce qu'il y a du pétrole et un dirigeant qui leur est soumis, sans compter l'accès au golfe !

Mireille attrape quelques pignons de pin au fond de son verre de thé, réagit à son tour :
- Les pays sous-développés, ils les aident surtout à rester sous-développés.

Elle s'étonne de voir son entourage partager ses analyses, découvre l'argumentation pointue de chacun, y compris les femmes, même toutes jeunes. A son retour en France elle sera atterrée de se trouver au contraire isolée, rejetée et diabolisée dans sa dénonciation de cette guerre qui ravagera le pays, sidérée du niveau d'analyse simpliste, en gentils (c'est nous) et méchants (c'est eux), de la naïveté face aux mensonges, que ce soit les armes chimiques ou cette version délirante : *les frappes militaires chirurgicales* ne toucheraient pas les civils.

Elle pense à son père qui est allé délivrer l'Indochine, protéger les gens contre les méchants Viêt-Cong. Il est parti le lendemain de sa naissance et il y est resté deux ans. Et combien de guerres ont privés des enfants de ce ravissement d'une petite main calée dans la grosse main d'un père ? Car elle a grandi sans le connaître, fait ses premiers pas sans le secours d'une main paternelle, ses premiers caprices sans les gronderies d'une voix virile, ses premiers mots ont été maman, tatie, mamie et elle a su dire mon père sans avoir dit papa. Elle courait seule déjà dans toute la maison, dans le jardin et la grange sans que jamais la silhouette d'un père n'y ait été mêlée. Son père n'était qu'un mot dans la bouche de sa mère. De cette attente, elle était absente comme l'est un spectateur, pas directement concerné. Son père n'était qu'un creux dans l'esprit de sa mère.

Mais son amant, lui, n'est pas une idée, il existe en vrai et quand il est au loin pendant de si longs mois, sa pensée de lui la ravage. C'est comme si on lui volait une part de sa vie. Il est un absent tellement nul, tellement absent. L'absence est tout un art, elle peut être ce temps où l'on invente l'autre, où les mots viennent donner du relief aux sentiments, où les évènements revisités prennent une autre densité et rayonnent, où l'échange à distance ouvre du nouveau et de la surprise. Mais Chemseddine n'aime pas les mots ni les discours, et même quand elle arrive à l'avoir au téléphone, pas souvent, elle ne le retrouve pas, sans le brillant de ses yeux, sa voix n'a plus cet écho qui bruissait partout dans son corps. Et lorsque son visage aux tendres couleurs sarrasin tente de se réinstaller en elle, elle en repousse farouchement l'image, comme si elle avait peur qu'elle ne la déchire en deux. Un seul être lui manque et elle peut à ce point se sentir... dépeuplée ? L'angoisse la submerge, des pensées cauchemardesques s'effilochent dans ses nuits, elle voudrait arracher sa partie intime si porteuse de désirs pour faire taire ce corps qui mendie ! Le matin elle se ramasse, se rassemble. Elle se raccroche à ses souvenirs, à ce moment de bonheur où ils s'aimaient sous la lune dont les rayons folâtraient dans ses boucles noires, où un plus un était égal à un, sans qu'un amer zéro ne trouble l'onde de ce doux calcul. Oui, l'absence est un désastre. Mais peu à peu, et elle s'en étonne, elle retrouve son plaisir d'être, se passionne d'une conversation avec une amie. Et même, oui, se réjouit de ces petits plaisirs qu'elle ne peut savourer que seule, un repas de boudin aux pommes, une lecture à des heures indues. Peut-être que finalement tout amour a besoin de séparation et de ruptures, peut-être que le plaisir est dans cet entre-deux, entre être et aimer ? Le nombril n'est pas seulement la marque d'une séparation, il est aussi la cicatrice du plaisir. Peut-être que la jouissance n'est qu'un remake de ce qui se joue à la naissance, naître que d'aimer ?

Et puis un jour un ami tunisien présente à Chemseddine un ami tunisien qui lui propose du travail à Lyon. Les voilà ensemble tous les jours et 365 jours par an. Un émerveillement perpétuel. Ils s'inventeront d'autres naissances, d'autres divorces moins géographiques, ils s'inventeront un quotidien. Car le bonheur c'est de s'endormir le soir auprès du seul homme au monde qu'on a envie de voir là.

Chemseddine devient comptable dans une entreprise de bâtiment et d'insertion qui a pu ouvrir grâce au gouvernement de la gauche. Il y a comme ça dans l'Histoire de petites parenthèses où l'ascension sociale n'est pas complètement impossible. Géni, fils de paysans a pu faire l'école d'officiers en 1947 grâce aux combats de la résistance communiste, parce qu'il était maquisard, le patron de Chemseddine, arabe, a pu faire de l'insertion parce qu'il était socialiste en 1981. Ça ne dure jamais, très vite chacun est remis à sa place, l'officier ressentira toute sa carrière qu'il est issu du rang et l'entreprise d'insertion subira de plein fouet les récessions budgétaires des années Mitterand.
"Dans ta famille, on me regarde différemment depuis que j'ai un travail", dira Chemseddine. Mireille le reçoit comme un coup de poing au cœur : elle n'a donc rien vu ? Fallait-il que la douleur disparaisse pour qu'elle la saisisse, n'a-t-elle donc pas senti les

regards qui invisibilisaient son amour, ce "chômeur"? Et son travail en Tunisie, il comptait pour rien ? Elle a pleuré son absence. Mais a-t-elle su essuyer les larmes de sa dignité blessée ? Alors elle le prend dans ses bras et se redresse et s'élance... pour qu'ensemble, ils se remettent debout.

Et Mireille s'émerveille de voir son amour s'épaissir au long des années, s'enraciner dans les pattes d'oie à ses tempes, s'enrouler dans les noires boucles arabes blessées de blanc. Oui, leurs ruptures ont creusé cette ride mais leurs retrouvailles s'alourdissent dans sa taille, campant leur tranquille confiance. Oui, ses mains osseuses signent leurs sempiternelles disputes mais ne serait-ce pas des ailes d'oie qui naissent de ses yeux, des ailes ciselées par chacun de leurs envols ? Les mains aimées, lourdes de leur connaissance d'elle, ont laissé sur son corps leurs traces précieuses, l'ont modelée et sculptée telle. Ce que l'on appelle les ravages du temps ne font que révéler son héritage. Ils étaient le jour et la nuit, le temps en les mariant les fait aurore, il était sa différence, le voilà devenu son proche. Ils se surprennent parfois à se coller l'un à l'autre, cuisse contre cuisse pendant un repas, jambe posée sur le ventre de l'autre tandis que l'un lit et l'autre écoute la radio, les écouteurs collés aux oreilles. Dans leur petite maison au seuil des marais, ils s'installent dans une douce habitude. Ils vivent chacun leur vie pourtant et se régalent d'avoir une part d'eux étrangère à l'autre, ce quelque chose qui échappe et qui séduit, cette parcelle d'étranger dans le si familier. Quant à leur plaisir, c'est un vin bonifié par les ans, il a du bouquet et du fruit et de la robe. Elle se souvient de leur excitation des premiers temps qui jaillissait comme un volcan, de cet emballement qui l'attirait vers lui comme un aimant, toute volonté endormie, elle se souvient qu'elle ne voyait son pénis qu'érigé, dans la plénitude du désir. Elle s'amuse de la carte du tendre qu'il leur faut aujourd'hui parcourir. Car c'est le jour que se préparent leurs nuits. Parfois un simple mot suffit à titiller leur désir, des mots du quotidien chargés pour eux seuls d'un message. Quand il déballe une nouvelle housse de couette en s'interrogeant longuement sur la qualité de l'achat, elle lui propose une inauguration intime. Alors qu'elle ne semble intéressée que par la sombre beauté de la nuit, il se met à compter avec grand sérieux jusqu'à sept. Et cette promesse de septième ciel, se murmure-t-elle pour tenter de dire l'indicible, vient mouiller en pluie d'étoiles son intime voie lactée. Alors le soir elle lui lit *La prairie parfumée où s'ébattent les plaisirs* de El Nafzaoui, ce Tunisien du XIVème siècle qui lui inspire, pour parler de son plaisir de femme, ces mots trop osés. Lui, alors qu'elle lui parle de courses à faire, effleure, l'air de rien, le grain de beauté dans le haut de sa gorge qui appelle les baisers, et une douce chaleur s'épanouit dans le bas de son ventre. Quand il est plongé dans une émission radio, elle chantonne leur chanson, il simule alors une indifférence mêlée de bruits de succion gourmands qui sans l'habillage du désir ou de la poésie pourraient paraitre si triviaux. Ainsi tout au long de la journée, ils thésaurisent ces petits signaux anodins, en braises pour enflammer leurs nuits.

Le jeu sexuel, comme la poésie, comme la psychanalyse, consiste à mettre du jeu dans l'inconscient, ce mécanisme qui si souvent grince, couine, se grippe, afin que mieux huilé, il se remette en mouvement dans l'harmonie et le plaisir.

La psychanalyse aussi, oui !
Il y a entre ce petit bonhomme et elle une intensité émotionnelle toute de fulgurance et déséquilibre. Il semble l'ignorer et pourtant son être même dépend de ce fil ténu qu'elle tente de tisser tandis qu'il l'emporte dans un tourbillon insensé au cœur du sens des choses. Pendant de longues minutes, il déplace des voitures miniatures en aller-retour monotone, le temps s'étale, elle sent ses pensées qui s'évadent. Mais tout à coup il renverse tout, avant qu'elle n'ait réalisé, tout ce qui était sur l'étagère a voltigé, la terre tremble, il pousse de petits cris de rage mêlé de désespoir. Elle dessine de ses bras ouverts un espace protecteur mais il se raidit, les jouets qu'il extirpe du coffre à une vitesse vertigineuse vont se fracasser contre le mur, aucune frontière ne résiste au volcan qui a surgi de lui, franchi les limites de son corps et jailli en cascade. Elle se recule, attentive et légère, elle l'enveloppe de quelques mots qu'elle transforme en mélodie. Il gémit en sons vifs et aigus. Il lui décoche un regard. Le plus court et le plus intense regard qui soit. Elle en est bouleversée. Se demande ce qui fait miracle dans cet évènement ordinaire. Un regard vient de quelqu'un et va vers quelqu'un d'autre mais ça ne se passe pas dans un espace externe, elle le comprend tout à coup, un regard naît du plus profond d'un être pour atteindre au plus profond d'un autre être, il franchit deux corps. Et ce sans

dommage, sans déchirer, sans ravager… Lucas a repris son regard flottant mais il a laissé en elle quelque chose de lui. Une drôle d'expérience. Il s'est apaisé, il pose une petite voiture dans le camion de pompier. L'horloge indique la fin de la séance, les portes rassurantes du bureau peuvent s'ouvrir, elle peut raccompagner l'enfant vers son père inquiet.

Mireille ne se lasse pas de ce travail de psychothérapie, ne cesse de s'étonner d'avoir une profession qui lui convient si bien. Elle l'a choisie, oui, mais que sait-on vraiment des raisons de ses choix ? Son métier ne cesse de la passionner. Car on ne peut comprendre totalement la vie sans l'aide de la psychose qui la révise entièrement. Tiens, avez-vous remarqué que pour ouvrir un robinet il faut poser la main dessus, opérer une rotation d'un quart environ, lâcher le robinet, faire une rotation de la main dans l'autre sens avant de la remettre sur le robinet et opérer une nouvelle rotation ? Comment le saurait-elle si elle n'avait pas vu Evan se solidariser du robinet comme s'il faisait un avec lui en des rotations aller-retour inefficaces ? Et alors ? direz-vous. Alors, quand Evan va enfin ouvrir le robinet, vous aurez ensemble compris que le robinet n'est pas Evan, qu'il est autre et que *je* est autre et que c'est bien comme ça. Evidence, ricanez-vous. Si c'était une évidence, pourquoi tremblons-nous si souvent dans l'atroce et délicieuse tentation de nous fondre dans l'être aimé, comme la main d'Evan sur le robinet ? Si c'était une évidence, pourquoi jamais nous ne nous regardons avec les yeux des autres, pourquoi ne voyons-nous pas nos liftings pires que leurs voiles ? Etre civilisé c'est être capable de se

penser comme autre de l'autre, Aurore, Lucas, le lui ont appris jusque dans ses tripes.
Mais son travail de psychologue en pédopsychiatrie lui a aussi permis le plus beau des challenges dans des séances triangulaires en équilibre instable : un enfant, des parents, elle. Elle est la tête du triangle, en bas, et doit maintenir le lien qui relie cet enfant et ces anciens enfants que sont les parents, tout chargés de leurs héritages. Il lui faut entendre en même temps les deux angles, les deux points de vue. Les deux souffrances. Il lui faut inventer des mots doubles et vrais, percutants ces deux vérités blessées. Sinon la droite se courbe et se brise. Le moins attentionné, le moins tolérant, tire à lui, agite, casse, fait du yoyo jusqu'à envahir le coin opposé. Et ce n'est pas toujours, pas souvent l'enfant. Mireille est au sommet de sa vigilance tout en laissant advenir cette attention flottante chère aux thérapeutes. Ce sont des moments intenses, grisants. Et parfois totalement décourageant lorsqu'elle est renvoyée à son impuissance.

Plus encore, et Mireille le clame à qui veut l'entendre : la fonction publique lui convient parfaitement. Mais personne, en fait, ne veut l'entendre et dès qu'elle parle de son statut ou de cette dimension-là de son travail, les gens se détournent, tout à coup ils ne voient en elle que la militante, même pas, ils ne voient qu'un tract qu'ils renâclent à lire. Pourtant, pourtant se dit Mireille, notre travail occupe une grande partie de notre vie, n'est-il pas important d'en parler, de comprendre ce qu'il nous fait dans le plus intime de notre pensée ? Pourquoi les romans n'abordent jamais ce qui remplit tant les vies, les contrats de travail, le stress, le poids des hiérarchies ? Eh bien oui, elle est contente d'être fonctionnaire. D'abord parce qu'elle n'a à aucun moment besoin de se préoccuper de faire rentrer de l'argent. Elle peut ainsi se consacrer entièrement à œuvrer au mieux. Elle a répondu sans réserve à l'Appel des appels, ce collectif de professionnels engagés à continuer à offrir à tous santé, éducation, justice. Servir public, c'est adhérer à une idée de l'humain dont le droit de vivre, de se déplacer, de s'instruire est inaliénable, c'est affirmer ce droit pour soi comme pour tout autre, ce n'est pas du discours, ça, c'est de l'émotion pure. C'est aussi appartenir à une institution qui nous appartient, que nous avons construite il y a des siècles et préservée et fait vivre. Notre hôpital, nos lycées, nos trains. Ils sont à nous. Nous, les dirigeants et les dirigés, nous, les travailleurs et les bénéficiaires. C'est notre belle œuvre, notre trésor, notre héritage, il n'est pas monnayable car il n'a pas de prix. Et c'est pour ça que ça fait si mal de voir qu'il va aujourd'hui être vendu. La Terre, les animaux, les femmes, tout le vivant est devenu marchandise, alors pourquoi pas la santé ? Les fonctionnaires, ces êtres de chair et de sang et de dignité et d'utopie, sont chargés de couper eux-mêmes la branche sur laquelle ils sont assis. Ils en souffrent, ils en meurent comme sont morts hier, dans les grèves et les combats, ceux qui ont planté leur arbre. Mireille pense à François, qui s'est suicidé dans les locaux de France Telecom, à Martine en dépression depuis deux ans suite aux réformes de La Poste, à Christine qui se désespère de faire du sale boulot à l'hôpital et de passer plus de temps à compter les actes soignant qu'à soigner. Mireille pense à Aymeric, tellement passionné d'enseignement. Mon frère, disait-elle, il enseigne comme il respire, à croire qu'il est tombé dans le chaudron quand il était petit, c'est un pédago-né : il apprendrait à un poisson à s'envoler, à une étoile à rigoler, c'est sûr, confiez-lui le désespoir, il lui apprendra à rêver ! Elle aimait qu'il l'entraîne dehors la nuit pour lui montrer la galaxie d'Andromède, qu'il s'arrête sous un arbre pour lui dire la différence entre le chant du merle et celui de la fauvette, entre le cri de ralliement et le chant du mâle. Et qu'il lui installe un logiciel sur le chant des oiseaux. Par téléphone, il l'accompagnait de ses conseils pour changer une prise électrique et ses recommandations la faisaient rire : *ne met pas la main à plat sur le frigo car elle pourrait y rester collée.* Comme elle, il a eu cette grande chance, avoir un métier qu'il aime. Car tout humain aspire à imprimer sa modeste marque sur le monde, comme le colibri de la légende amérindienne. Mais peu à peu on lui a demandé de donner du résultat au lieu d'enseigner : les épreuves qu'il devait proposer pour le bac devaient amener à 80 % de réussite, quel que soit le niveau des élèves. Le management transformait en jungle leur jardin. L'Éducation Nationale, cette maison porteuse et portée par eux devenait l'ennemie. Et les réformes se succédaient. Alors vint la réforme Sarkozy : placés sur une ligne de départ où les meilleurs auraient la meilleure place, les profs, se bousculant les uns les autres, démarrèrent sur un circuit non défini au départ, avec dans leur sacs à dos 35 élèves s'agitant à chaque incertitude du terrain. Les profs débutants sans bagage (bien trop cher, les bagages !), ployaient sous la charge. Ils tombaient, se relevaient, tombaient encore. Aymeric tachait de se cramponner. Prêt à craquer, refusant de se déclarer en maladie, il se mit en mi-temps sous le regard indifférent de son père occupé à cracher sur les fonctionnaires et de son frère aîné à faire des blagues très drôles sur leur fainéantise. De nouveaux programmes, de nouvelles matières. Changez, inventez, leur disait-on, pourquoi avez-vous changé, inventé, leur disait-on, il faut savoir s'adapter, se recycler, leur reprochait-on, à quoi vous êtes-vous adapté, recyclé, leur reprochait-on. Tout faux quoi qu'ils fassent, invalidés quoi qu'ils fassent. On dit que le paradoxe provoque ou la folie ou la dépression ou la colère. La colère est descendue dans la rue mais sans pouvoir freiner le tsunami qui emportait services publics, conquis sociaux, tous ces liens solidaires qui font de l'humain un humain.

Que faire ? Mireille se promet de les porter soigneusement en elle sans que les années ne les flétrissent et si elle se sent souvent bien seule, elle se raccroche farouchement à cette grande vague qui traverse les siècles et les pays.

Et qui un jour portera un gilet jaune.

Aymeric et Mireille se retrouvent ensemble dans la maison familiale. Quand ils ont le cafard, ils préfèrent ne pas rester seuls avec *les parents*, comme ils disent. Euphie et Géni sont des parents pour la joie, pour les méchouis rassemblant amis et famille, les somptueuses fêtes d'anniversaire de mariage qui ont succédé aux communions solennelles de leur enfance. Mais ce ne sont pas des parents très aidants quand les choses vont mal, en tous cas pour ces deux-là, les vilains petits canards. Alors ils se couvent ensemble et frottent l'un contre l'autre leurs chagrins respectifs pour

tenter de les abraser : Aymeric vit douloureusement une nouvelle rupture amoureuse, Mireille se refuse à penser ménopause, se raccrochant à des récits de grossesse tardive sans oser l'avouer. Alors quand Géni prend son air mélodramatique pour leur dire qu'il souhaite leur parler, ils se hérissent aussitôt, Aymeric s'assoit sur le bord des fesses, Mireille traîne à ranger une dernière casserole. Euphie est toute droite sur sa chaise, bloc de solidarité avec son mari qui entame son discours.
- Voilà, vous allez tous les quatre hériter de nous et je suis très fier d'avoir un petit bien à léguer à chacun de mes enfants. Et toi, Mireille, en tant que seule fille tu auras les bijoux de ta maman. Mais après vous, où ira notre héritage ? Nous n'aimerions pas qu'il parte à l'étranger ou en dehors de la famille. Alors nous vous demandons, votre mère et moi, de nous jurer solennellement qu'après notre mort vous le transmettrez aux enfants de vos frères. C'est important pour nous deux, vous pouvez le comprendre, et une simple promesse de vous nous rassurera et nous fera extrêmement plaisir.

Le temps s'est suspendu puis s'accélère d'un coup tandis qu'Aymeric, avant même la fin du laïus, quitte la pièce et que Mireille ne siffle farouchement entre ses dents :
- On ne vous promet rien, rien du tout.

Un grand trou noir s'ouvre à elle. Elle est piétinée par des parents qui ne font que la traverser pour atteindre leur progéniture. Rejetée de la chaîne générationnelle, elle est le maillon rouillé qu'on peut tordre à sa guise. Mieux, on lui demande de se gommer elle-même pour effacer sa présence importune, elle est ce marche-pied inutile qui ralentit la marche vers l'avenir. Elle est sans enfant et sans parent. Cette relation pleine de tendresse qu'elle a construit avec Euphie, cette rencontre de femmes, vient s'embourber dans une quincaillerie de diamants et d'or à laquelle cette bourgeoise parvenue qu'est sa mère s'accroche jusqu'après sa mort. S'être sortie du fumier est donc important pour elle au point de renier sa fille, de lui arracher ses signes de féminité ? Parce qu'ils sont les signes d'une classe sociale, bien-pensante et bien française ! Ah tous ces colliers, bagues, bracelets précieux lui donnent envie de vomir. Plus jamais, même si elle ne le sait pas encore, plus jamais sa peau n'acceptera de l'or, plus jamais son corps ne se fera l'étendard d'un fric qui tue et salit l'amour. Oh! elle est aimée de ses parents, elle le sait bien, à condition d'éliminer son bel amour trop étranger. Les enfants de son ventre, ses enfants tant rêvés tant aimés sont expulsés comme des émigrés clandestins, elle-même n'est qu'une contrebandière exportant les bijoux de famille. Quant à la relation d'affection qu'elle a construite avec les enfants de ses frères, elle en est dépossédée, puisqu'elle est devenu l'écueil qui empêche qu'ils héritent, celle qui pourrait les spolier. Aymeric et elle sont les illégitimes des deux branches, celle de Géni par identification aux bâtards de l'à-l'eau, celle d'Euphie aux enfants du cantonnier. Aymeric s'enferme dans un silence farouche, traversé qu'il est par la phrase abominable que Géni lui a décoché un jour de colère *T'es pas mon fils*. Elle est restée comme une flèche embrasée prête à flamber à chaque détour de sa vie tandis que Géni aussitôt l'effaçait, oubliant et ses soupons conjugaux et les secrets de son paternel.

Notre arbre généalogique est pair, toujours, et nos histoires un maillage de deux rameaux. Les religions ont eu beau inventer l'unicité de dieu pour s'en protéger, elles n'y ont rien changé. La rencontre d'Euphie et Géni est née de ce tissage entre les blessures d'Ameysin et celles de Castelreng, de cette réponse espérée aux mystères du passé. Et si Mireille est aimée de ses parents, elle ne peut l'être comme héritière. Mais peut-être n'est-ce pas si grave de n'être aimé que par morceau, c'est même sans doute inévitable, ce n'est pas dans l'autre qu'on se refait une unité. Peut-être ne peut-on compter que sur soi-même pour recoller les morceaux du puzzle. Oui, son héritage, elle aura à se le construire sans eux, par-dessus eux, elle retissera leur histoire pour lui redonner sens en tirant les fils des amours anciennes, illicites et paysannes. Elle adoptera ses ancêtres.

Ses ancêtres, ce sont aussi ces gens du peuple qui se sont battus pour elle. Grâce à eux, elle a eu des congés payés. Oui, 5 semaines par an elle ne travaillait pas et touchait néanmoins son salaire. C'est même inscrit dans le code du travail ! Et Euphie débutant à l'usine en 1936 -et elle avait 13 ans- les a découvert avec étonnement, ravissement. Grâce à eux, elle a savouré, précédent les 35 heures, les trois huit : huit heures de travail, huit heures de sommeil, huit heures de loisirs. De loisir. De vie. Dans son enfance, Mireille avait un jour réalisé avec consternation qu'il n'y avait pas en premier la vie qui s'interrompait de temps en temps pour permettre d'aller à l'école mais qu'il y avait en premier l'école qui s'interrompait de temps en temps pour quelques vacances. Pour reconstituer sa force de travail, disent les marxistes.
Oui, vivre sa vie et la vivre décemment ne devrait pas dépendre d'un salaire, d'un travail, car c'est juste un droit humain.
Mais l'affirmer fait violence. Parce qu'elle défend ses idées avec virulence ? Oui. Mais pas que. Au fil des ans et en prenant de l'assurance, elle se fera plus souple dans ses discours, évitera les grands mots exagérés. Mais affinera ses arguments. Sans paraître moins insupportable car tout discours hétérodoxe parait violent quand il va à contre courant. Le discours majoritaire, lui, n'a pas besoin d'être agressif, il se positionne comme l'évidence, il s'impose avec le sourire. Régulièrement elle se retrouve seule à penser ce qu'elle pense, elle panique, se demande si elle est folle ou tordue, cherche autour d'elle qui partage ses analyses, se rassure et enfin se redresse, sûre d'elle à nouveau. Plus la situation politique se durcira, plus elle

gênera. Alors c'est vrai, elle ne se cache pas, emploie régulièrement les mots qui lui semblent justes, n'hésite pas à donner sa position. Car se taire, c'est cautionner. Guerre du golfe, loi contre le voile, harcèlement hiérarchique, mur en Palestine, violence policière raciste, plus tard ce sera gilet jaune et dictature sanitaire. Toute sa vie, sa dissidence lui pétera au visage et la diabolisera. Car tout dissident est par essence condamnable : trop virulent, trop pertinent. Trop trop. Et toute femme qui pense et dit ce qu'elle pense, en refusant de n'être qu'un corps, est dissidente. Souvent elle se demandera le sens de cette lutte incessante qui la porte en avant et qui lui semble parfois bien vaine et sans effet. Mais sa colère, c'est sa colonne vertébrale, si elle se bat envers et contre tout, c'est pour rester vivante. Digne. Et debout. Femme.

Alors que surgit la notion d'un revenu universel, Mireille se retrouve à défendre ces concepts tout simples : on ne doit pas perdre sa vie à la gagner, le travail n'est pas un but en soi ni l'étalon de la vie, le produit d'un travail appartient à celui qui travaille, le loisir, temps libre, est un bien précieux et un droit, il n'y a de pauvres que dépossédés par les riches. Au moment où ces évidences sont remises en cause, comment ne descendrait-elle pas dans la rue pour préserver tout ça ?

Le premier plaisir dans une manif c'est de se compter, c'est de se sentir nombreux. Et ils sont nombreux aujourd'hui pour défendre leurs retraites, ils affluent en masse place Antonin Poncet, un peu étonnés que le lieu de rassemblement ne soit pas comme d'habitude place Bellecour. Le deuxième plaisir dans une manif, c'est de se retrouver. Mireille

circule au milieu des manifestants, embrasse ceux et celles à qui elle y avait donné rendez-vous, salue ceux et celles qu'elle s'attendait à y retrouver, interpelle joyeusement ceux et celles qu'elle avait perdus de vue.
- Qu'en penses-tu ? On est plus nombreux que le mois dernier ?
- Oui, la place est noire de monde.
- Et tu as vu tous ces jeunes qui arrivent ? Je crois que c'est la première fois que les banlieues descendent ensemble au centre-ville ! Comme quoi, ils ont bien compris que la retraite par répartition, c'est le cœur même d'une société de partage.
- C'est l'avenir de tous, tout simplement.
- Mais pourquoi les lycéens sont-ils sur Bellecour ? Oh, une copine ! Françoise, ça fait un bail !
- Je ne pensais pas te trouver là, tu es toujours dans le quartier St Jean ?
- Oui, oui et on n'a jamais eu l'occasion de parler politique, ça me fait plaisir qu'on défile ensemble.
- Comme quoi, rien de mieux qu'une manif pour se connaître vraiment.
- Oui, dans une manif, on n'a pas besoin de se connaître pour se parler, le fil d'idées partagées vient nouer des liens nouveaux.
- Il parait que les cheminots bloquent le dépôt de La Mouche.
- Et les bus, ils circulent ou ils sont en grève ?

Un homme grisonnant les interpelle :
- Des grèves, moi, j'en ai fait, je peux vous le dire. Je travaillais chez Vica, les cimenteries, si je compte toutes les journées dans ma

- carrière qui ne m'ont pas été payées, c'est un an de salaire que j'ai perdu. Mais les luttes on les a gagnées, pour la plupart.
- Un an, c'est incroyable ! Et ce ne sont pas les chefs et les cadres qui se priveraient de leurs gros salaires. C'est toujours la même chose : seuls les prolos font grève et tout le monde en profite, du bas de l'échelle jusqu'en haut.
- Nos conquis sociaux sont un cadeau du peuple à toute la société !
- Un cadeau cher payé : si on compte un million de fonctionnaires grévistes aujourd'hui au taux horaire de SMIC de 8,86 €, ça fait... Attends, j'ai une calculette. Ça fait huit millions huit cents soixante euros chaque heure !
- Joli calcul !

Mireille repère le drapeau violet de SUD Santés-sociaux.

- Eh ! Tu es à SUD, toi aussi ?
- Oui quand la CFDT a accepté le plan Juppé, il attaquait déjà les retraites d'ailleurs, toute ma section a choisi de la quitter. On s'est inscrit tous ensemble à SUD.
- On a fait reculer Juppé en 95 avec nos six millions de jours de grève, on va faire reculer Sarkozy !
- Sur la Sécu par contre, on n'a pas gagné grand-chose. Et on voit bien aujourd'hui le désastre.
- C'est vrai, je reçois à l'hôpital des jeunes femmes de trente ans complètement édentées, ça me fait mal au cœur, on se croirait dans les Misérables de Hugo.

- C'est sûr qu'elles n'ont pas les moyens de payer le dentiste.

Un autre plaisir pour Mirelle, c'est les slogans, cette merveille des mots, ces flèches qui réussissent à exprimer le désespoir, la révolte et à dessiner en même temps leurs rêves d'un autre monde possible. Les slogans, c'est la poésie de la colère. Elle circule pour les lire, s'en régale et les répète pour mieux les savourer quand ils les reprendront en cœur :

*Les jeunes dans la galère, les vieux dans la misère.*
*Qui sème la misère récolte la colère.*
*Respectez la limitation de vieillesse.*
*La retraite à 60 ans, on s'est battu pour la gagner, on se battra pour la garder.*
*On se consume à consommer.*

- Des fois je me demande où sont les petits-enfants des ouvriers qui ont été tués le premier premier mai. Ils doivent bien existé pourtant. Tiens, par exemple, tu en connais, toi, des gens dont les grands-parents ont participé aux grandes grèves pour la retraite à soixante ans ?
- Non. Et mon père était maquisard mais il ne m'a jamais parlé du Conseil National de la Résistance qui nous a obtenu la Sécurité sociale pour tous.
- Il était communiste, ton père ?
- Ça ne risque pas, un gaulliste bon teint. Il n'a jamais fait une seule grève.
- Eh ! Camarades, vous n'écoutez pas la télé! Les grévistes nous "prennent en otages" !
- C'est sûr, les médias trouvent des vacanciers pour se plaindre que les grèves les retardent quand ils partent mais ne leur demandent

jamais qui leur a obtenu des congés payés qui leur permettent de partir.
- Tu vois, ce qui est dingue, c'est qu'il faut être à une manif pour se dire ces choses-là. Pourtant elles influencent toutes nos vies.
- Dans mon entourage, dès que j'ouvre la bouche, les gens se mettent en mode *avion*, ce que je dis n'arrive pas à leurs oreilles et un écran s'ouvre à eux avec ma tête sur le corps d'une pasionaria hystérique barrée d'un sens interdit.
- Ouahou, je vois bien l'image !

Quand ils entendent l'hélicoptère, ils pensent d'abord à un sauvetage. Mais non, c'est un hélicoptère militaire et il est là pour les surveiller. Il survole la place Bellecour qui est totalement encadrée par des cars de CRS. Une lourde atmosphère de guerre pèse sur tout le quartier. Ils essaient d'aller voir ce qui se passe mais les CRS les empêchent d'approcher. Ces derniers pourtant laissent passer les plus jeunes, refermant le cercle derrière eux. Pas tous les jeunes ! La rumeur enfle : ils sont triés au faciès ! On s'agite, on s'interroge, les nouvelles sont contradictoires, le départ du cortège aurait dû avoir lieu déjà, qu'est-ce qu'on attend ? Le camion de tête appelle à s'ébranler, lance quelques slogans. Mais où sont les jeunes, enfin les lycéens, enfin les, les …beurs ? Comment dire ? Les racisés. Car on les a bien vus, nos petits français des classes populaires, ils sont descendus de leur banlieue, ils sont venus se joindre à nous. Nous les vieux, les militants, les habitués.

On le comprendra le soir : la manif a été coupée en deux, les deux mondes qui auraient enfin pu se rejoindre ont été scindés. La police sait bien ce qu'elle fait, elle connaît le danger de la colère. De l'autre côté du mur de CRS, des jeunes gens qui essaient de s'échapper sont aspergés de gaz lacrymogènes, les canons à eau les repoussent d'un côté à l'autre de la place, ils ont froid et les heures passent, ils ont faim et les heures passent, après une accalmie des déluges d'eau les obligent à nouveau à se déplacer et les heures passent, ils ont envie d'uriner, où ? Aucun lieu pour se cacher, se soulager, la plus grande place d'Europe est un immense espace sans refuge, sans issue, ils sont à la merci de ceux qui les enclavent et les heures passent. Ils sont jeunes et de peau foncée.

Place Bellecour le 21 octobre 2010, sept cents manifestants sont nassés sept heures durant par la police.

Ces jeunes à la peau foncée, ce sont ses enfants et les enfants de ses enfants et Mireille sait que leur rage est à la fois redoutable et porteuse d'espoir.

Ses petits-enfants ? On devient grand-mère sans forcément avoir eu d'enfants : on entre dans la ronde toutes ensemble, sans y penser, lentement. Un ado dans la rue vous traite de mémé, une actrice qu'on voyait toujours jeune n'a plus les mêmes rôles au cinéma, une copine a un petit-fils, puis une autre et enfin, dernière étape, votre frère devient grand-père. C'est fait, vous en êtes. Mireille s'y installe avec la même curiosité que dans toutes les étapes et évènements de sa vie, passionnée de comprendre, de sentir, d'analyser, de chercher sens. Et de faire des liens.

Du haut de ses deux ans et demi, Martin attrape son biberon et disparait puis revient les mains vides vers le fauteuil. Son grand-père arrive avec le bavoir, le lui met, cherche le biberon.
- D'abord je ne trouve plus le bavoir, maintenant je ne trouve plus le biberon. Où l'ai-je mis ? Il sait plus ce qu'il fait, ton Papiland.

Il comprend en voyant Martin qui se trémousse, tout rieur.
- Mais où il est, ce biberon ? Tu ne l'as pas vu, Martin ?

L'enfant fait de grand signe de dénégation, tout réjoui mais se retenant de rire.
- Je l'ai peut-être laissé à la cuisine ?
- Oui, oui.
- J'y vais... Non, il n'y est pas. Aide-moi, Martin, je ne le trouve pas.

Martin se précipite vers la cuisine et revient avec un verre vide.
- Ah ben non, ce n'est pas un biberon, c'est un verre.

L'enfant court, revient avec le téléphone.
- Ça c'est un téléphone, moi je cherche le biberon. Ça c'est une tablette de chocolat, ça c'est le pot. Mais non, ça c'est ma casquette, ça ne se mange pas.

Le petit rit aux éclats, approche tout doucement en cachant le biberon sous son pull, quelques gouttes de lait coulent sur son ventre.
- Mais qu'est-ce qu'il y a là, dans ton ventre ? Tu as grossi ? Tu as mangé plein de chocolat ? Mais c'est du lait qui coule, oh, tu es une maman ? Oh mais non, c'est le biberon !

Papiland saisit le garçon dans ses bras, l'embrasse et le chatouille, se régale de son rire, s'émerveille de son intelligence : à son âge, il sait déjà feinter et bluffer ! Quel phénomène !

Mais dites-moi, qui est-il donc, ce joli enfant blond qui s'amuse à faire des blagues ?

Eh bien c'est le petit-fils de Roland.

Roland, enfant, était assis entre Mamie Jeanne et Euphie, c'était sa place habituelle jusqu'à ce qu'Euphie exaspérée le place sur le côté pour éviter le face à face avec Aymeric. Car c'était entre les deux enfants des chamailleries à n'en plus finir. Oh ! Roland ne faisait rien, il était pleinement innocent, ne disait pas un mot. Alors pourquoi, pourquoi le petit Aymeric tout à coup s'agitait, criait, lui disait d'arrêter. - Arrêter quoi ? Je ne fais rien !
- Cesse de taquiner ton frère, Roland.
- Je le taquine pas...
- Il me fait des grimaces !
- Bon, des grimaces, ce n'est pas grave, Aymeric, mange, ne le regarde pas.

Euphie soupire, excédée. Mamie glisse un quartier de pomme dans l'assiette du petit dernier, tentant de détourner son attention tout en surveillant d'un air complice le visage de Roland. Il est parfaitement immobile, seuls ses yeux roulent drôlement. Incroyable, il réussit encore à envoyer des signaux ironiques et provocateurs à son frère... Mamie Jeanne rit intérieurement mais se penche vers Aymeric, elle voudrait éviter que ça ne dégénère à nouveau.
- Tu voudras venir avec moi ramasser des pommes à la Peïendrire ?

Aymeric la regarde de ce petit air tendre et vif qui charme tout le monde. Il est toujours partant pour batifoler dans les prés et partir à l'aventure dans les bois. Il croque un nouveau morceau de pomme, demande s'il y aura des fraises.
- Non ce n'est pas la saison.

Aymeric se fige puis se met à trépigner puis hurler.
- Il s'est moqué de moi, il s'est moqué !
- Quoi ? Mon visage n'a même pas bougé, je n'ai pas dit un mot : il rêve !
- Si ! Il s'est moqué parce que j'ai dit qu'il y avait des fraises ! Maman !
- Roland, ça suffit ! Mais qu'est-ce que je vais faire de vous, ces disputes sont exaspérantes. Cessez ou je prends l'un pour taper sur l'autre !

Mireille prend son petit frère par le cou, elle n'a rien vu et ne comprend pas ce qui se passe mais ne supporte pas de le voir pleurer. Roland se drape dans sa dignité, tout fier d'avoir réussi son coup, et sans parler, sans grimacer, juste avec les yeux ! On ne peut rien lui reprocher ! Il demande sagement s'il peut sortir de table.

Et qui est-il, ce Roland espiègle et malicieux ?
Ben, c'est le petit-fils de Mathurin !
Mathurin a appris à conduire à plus de 50 ans, et ce n'était pas facile, c'est bien vieux pour apprendre. Parce qu'il voulait venir voir son fils en Savoie. Bon, c'est la version qu'il a donné à tous pour montrer qu'il était un bon père et un bon grand-père, il n'a pas parlé de son sentiment de liberté au volant de sa petite 3 chevaux et de son allégresse à se déplacer où il veut, de Castelreng à Limoux ou jusqu'à Carcassonne. En tous cas il a bien du plaisir à passer quelques semaines dans la belle villa de son fils, il est fier de sa réussite et de sa jolie famille. Et il aime lui rendre service. Géni n'est pas un génie pour le bricolage et il suit sagement les conseils de son père tant pour le jardin que pour les autres travaux. Leur relation s'est équilibrée ainsi, le fils officier intello, le père bricoleur et ingénieux. Ils ont construit ensemble un trottoir tout autour de la villa. Un reste de rivalité pourtant titile Mathurin en tant que chasseur, d'autant qu'il ne peut pas tirer car il n'a pas pris le permis ici. Bon, ça ne le gênerait pas mais Géni est légaliste à outrance. Mathurin est assez fier de ses talents de braconnier et s'arrange pour faire savoir ses succès, l'air de rien pour ne pas trop choquer son fils. A Castelreng les lapins de garenne ne sont pas toujours tués au fusil. Mathurin aime qu'Aymeric les accompagne à la chasse, il apprécie son enthousiasme et sa curiosité de petit garçon. Lui faire plaisir est tellement simple et agréable. Il lui a sculpté un magnifique sabre en bois avec lequel il joue indéfiniment, lui a fabriqué un pipeau dans une branche de sureau. Aymeric va chercher le fusil, appelle le chien, il est tout excité. Et les voilà partis tous les trois. Géni marche à

grands pas devant eux, il va toujours trop vite, marche trop vite, tire trop vite. Mathurin inspecte les buissons, repère les traces, s'extasie d'un colchique en fleur, se régale des déclinés de vert dans les champs, dans son pays en cette saison tout est brûlé par le soleil. Du coin de l'œil il observe Aymeric : l'enfant s'élance derrière son père, ralentit pour se mettre au diapason de son grand-père, suit son regard de peur que quelque chose lui échappe. Il est à l'affût pour ne pas rater ce moment magique où le lièvre va surgir, où le chien va se mettre à l'arrêt, museau frémissant et patte levée. Sera-ce vers son père qui a pris de l'avance ou vers son grand-père si attentif ? Il choisit d'accélérer mais à ce moment Mathurin s'immobilise, dirige son regard vers un bosquet tout proche. Aymeric revient vers lui en courant, s'efforce de ne pas faire de bruit. Mathurin se fait un visage de guetteur, des allures de chien à l'arrêt, il tend le bras devant l'enfant pour lui indiquer de ne plus avancer, se penche en avant. Il croit entendre le cœur du petit qui s'accélère, voir ses joues rosir, il se régale de cette excitation délicieuse : il prolonge l'instant. Puis se redresse "zut elle est partie, une belle poule faisane, dis-donc". Aymeric le regarde, interrogateur. Est-ce une blague, encore ? Le visage de son grand-père est impassible, il reprend sa marche. "C'est pas vrai, hein, tu n'as rien vu ? – Comment ça, j'ai rien vu, même toi tu l'as senti, peuchère, qu'elle était tapie là." Il rit, il est heureux.

Mireille se laisse toujours prendre aux discussions sur la transmission qui se faufile incognito à travers les prénoms.

- J'ai appelé ma fille Alix, persuadée que c'était un prénom de fille, je ne voulais surtout pas un prénom mixte comme le mien, et j'ai découvert qu'un de mes oncles s'appelle Alix, je ne connaissais que son surnom, Lili.

Ils sont installés autour d'un café, fatigués par le travail collectif du matin.

- Ma mère a toujours raconté, c'était la légende familiale, qu'elle a hésité pour son fils aîné entre deux prénoms, Roland et Yves, et que c'est au moment de l'accouchement, alors qu'il refusait de respirer, qu'elle s'est décidée pour Yves… Tyvan, son frère, est mort quand elle était enfant. Mais elle ne voit aucune ressemblance entre les deux prénoms !
- Dans ma famille c'est les professions qu'on se transmet de façon cryptée.
- Et moi je me dis parfois que c'est peut-être parce que mon grand-père a refusé le don de guérisseur que je suis psy et que ma nièce est devenue naturopathe…
- Joli clin d'œil entre génération.

Ce qui est sympa dans les chantiers collectifs, c'est qu'on revisite le travail, ce qui est corvée devient plaisir, chacun fait selon ses compétences. Mireille s'amuse à manier la tronçonneuse, juste un essai, et même la hache, sous les conseils avisés de Francis. Elle ne transporte que quelques bûches, ménageant son dos, adoptant un rythme qui lui convient, entre deux bavardages. Oubliées, les notions de rentabilité, efficacité, rapidité. Rejetées aux oubliettes. La fatigue la rattrape ? Elle va s'agenouiller à côté du petit Léo pour l'aider à charger sa mini camionnette de brindilles de bois pendant que ses jeunes parents, rassurés de le voir accompagné, se consacre au débitage des troncs d'arbre. Ils savent tous qu'ils n'ont rien inventé, qu'ils ne font que reproduire les travaux collectifs d'autrefois et ça leur plaît bien. Recréer une société plus humaine, où on prend le temps de parler à ses voisins et d'échanger ses talents, c'est ce qu'ils essaient de faire avec l'Accorderie. C'est bien dommage d'être obligés de créer une association pour ça mais c'est la seule manière de n'être pas engloutis dans un système plus fort qu'eux. Même s'il faut le changer, ce système, on ne va pas attendre le grand soir pour vivre autrement. Ils s'attachent à toutes ces initiatives qui naissent un peu partout et qui changent le monde à leur façon, avec simplicité. Dans le plaisir.

- Bon on s'y remet ?

Mireille se réjouit de pouvoir échanger avec des gens qui lui sont proches et différents tout à la fois. Elle se laisse toujours étonnée par toutes ces idées qui fusent dans des domaines qui lui sont étrangers : ramasser des herbes et fleurs dites sauvages pour en faire une salade impromptue et colorée... apprendre à recycler des objets au lieu de les jeter... emballer ses cadeaux dans du tissu réutilisable... ne pas labourer la terre. Elle se risque même à chanter, elle, la non-petite-fille de Clément qui chantait si bien.

Mais il est un sujet qui coupe et divise et elle est chaque fois bouleversée de sa violence larvée, innocente. C'est l'islam. Et une fois encore ce jour-là la conversation dérape.

- Moi je crois que l'Histoire nous mène vers une islamisation de l'Europe, on sera toutes obligées de porter le voile.

- Très bien, comme ça on pourra cacher nos vieilles peaux ridées et éviter le lifting, cette mutilation. Et cacher nos tatouages quand on en aura marre. Le voile, on peut l'enlever, lui au moins il n'est pas irréversible.
- Tu te moques ? Et pourtant c'est écrit dans le Coran, la guerre sainte et tout ça. Ce qu'ils veulent, c'est dominer le monde et pour ça ils n'hésitent pas à tuer, les attentats n'en finissent pas, nous ne sommes jamais à l'abri du terrorisme. Tu as vu Charlie Hebdo ? Le danger islamiste, c'est une réalité, et les islamo-gauchistes voudraient qu'on ferme les yeux.
- Tu vois bien que toute cette propagande contre les musulmans est politique.
- Ils ne sont pas comme nous, je te dis, leur religion les empêche de s'assimiler, ils ne seront jamais français et resteront étrangers. Leur religion est incompatible avec nos démocraties : c'est pour ça qu'ils ne s'intègrent pas. Je ne suis pas croyant mais c'est quand même notre culture chrétienne qui est menacée.
- Sais-tu que c'est exactement ce qui se disait des juifs en 40 ?

Regards de travers, haussements d'épaule : ça y est, la voilà taxée d'agressive, comme si elle raisonnait à l'envers, à contre-courant, sa parole est invalidée. Elle est l'anarchiste, une sorte de maladie, non ?

Quel régal de se retrouver entre militants pour fêter les 100 ans d'une amie ! Émilienne a été active au sein du collectif 69 pour la protection du peuple palestinien et ses camarades de lutte lui ont fait la surprise de rassembler autour d'elle tous les amis et compagnons de route. Il faut dire qu'elle a commencé à militer contre la guerre en Indochine et n'a jamais cessé. Ils sont tous là, les anciens militants pour l'indépendance de l'Algérie, ceux qui se sont battus contre l'apartheid en Afrique du Sud, les soixante-huitards, les 343 salopes, le collectif français émigré, la campagne de boycott contre l'apartheid en Israël. Assise toute raide, une main glissée entre son dos et le dos du fauteuil, Émilienne resplendit. Mireille comprend que son dos la fait souffrir, s'en inquiète.

- Ça va aller mieux, je viens de mettre un rigolo.

Elle rit.

- C'est le nom d'un cataplasme, ça m'occasionne des brûlures mais qu'est-ce que ça soulage ! Pour quelques heures seulement… Pas grave !

Emilienne aime raconter qu'elle s'est retrouvée veuve en 1943 avec deux enfants en bas âge sans pouvoir exercer son métier d'institutrice puisque le gouvernement de Vichy interdisait la fonction publique à qui avait un parent étranger. Or si sa mère était française, son père était anglais. Elle a confié un jour à Mireille que son mari s'était suicidé juste après sa mobilisation. Son antimilitarisme a dû germer là mais c'est sa rencontre avec Chăm, son deuxième amour, qui l'a amenée à militer pour l'Indochine. Elle a aimé un homme puis le pays de cet homme puis la justice pour son pays puis la

justice pour tous les pays. Ils ont vécu ensemble jusqu'à sa mort.
- Et je l'ai aimé passionnément jusqu'à la fin. Ne crois pas les grands spécialistes qui te disent que la passion ne dure que trois ans, il n'y a aucun modèle en amour. Tu sais, toute la littérature nous explique que l'amour entre deux personnes ne débutent pas toujours en même temps pour les deux, sauf coup de foudre. Mais ce qu'on ne dit pas c'est que, sauf *coup de froid*, il ne s'attiédit pas en même temps pour les deux.
Elle rit.
- C'est cet écart qui fait souffrance. Chăm a toujours été affectueux avec moi, amical, c'était un compagnon agréable. Mais la flamme qui m'habitait encore ne l'habitait plus, je m'en rendais bien compte et je ne pouvais m'empêcher de lui demander plus et plus et plus, j'étais insatiable. Mon corps ménopausé ressentait cruellement le besoin de mains qui lui redonnent forme et chair et vie, un désir de caresses qui l'animent à nouveau, une soif éperdue d'un regard qui le reflète en couleurs, une fois encore.
- C'est beau ce que tu dis. Tu parles comme un poète.
- Parce que quand on est dans le noir, on a besoin de poésie, ça met un peu de sens à ce qu'on ressent et qui nous échappe.
- Moi aussi j'en ressens le besoin, je lis des auteurs arabes comme El Nafzaoui, ça aide. Mais je ne voulais pas t'interrompre.
- Comment te dire ? J'étais devenue transparente. Cet amour mort pour lui et chez

moi trop vivace me faisait zombie, c'était un amour mort-vivant plus féroce que tout. Parce que, tu comprends, il me le livrait en m'en privant, ce compagnon qui n'était plus un amant. Je souffrais.
- Vous ne faisiez plus l'amour ?
- Ce n'était pas ça le problème, vois-tu. Je ne crois pas en tous cas. Mais face à ce lui sans moi si lumineux, si tranquille, je n'arrivais pas à préserver un moi sans lui, à m'inventer. Non, ce n'est pas une question physique.
- Tu as raison. J'ai un copain qui a un appétit sexuel très fort et se montre très tiède dans la relation à sa femme.
- Ce qui est énervant, c'est qu'on nous demande à nous les hommes d'avoir jusqu'à la mort une libido exacerbée.

L'homme qui vient de parler a rejoint le petit groupe qui s'est formé autour d'Emilienne. Elle a une façon d'aborder ses confidences qui font témoignage, transmission. Son naturel plein d'assurance ouvre la porte à une réflexion politique sur l'intime, sans gêne ni prestance. L'homme continue.
- J'ai eu vraiment honte quand j'ai commencé à ne plus avoir envie, ce n'était pas une difficulté à bander, je n'y pensais plus, c'est tout. C'est la première fois que j'en parle d'ailleurs. Si je le dis, c'est parce que ça fait encore partie de ces stéréotypes qui nous piègent. Mais ma plus grande honte a été de comprendre que ma compagne se masturbait, c'est comme si j'étais incapable de lui donner son plaisir.
- Moi il m'arrive de me masturber à côté de mon mari, et bien j'estime que c'est lui qui me

fait jouir, point barre. Et aussi toute notre vie sexuelle passée, ces souvenirs écrits, je pourrais dire calligraphiés, en moi.
- Tu es mariée ?
- Un tout petit peu.
- Quoi ? ça veut rien dire ! Tu es mariée ou tu ne l'es pas !
- Un peu mariée, amoureuse à fond, compagne au jour le jour, amante, c'est sûr, et, au futur, mère de ses enfants.
- La sexualité n'est pas un acte physique c'est une expérience psychique, elle s'enrichit aussi du passé, proche ou lointain et du futur. Un jour j'ai fait l'amour sur un arbre, c'était tellement inconfortable que je n'ai pas pu jouir mais tellement fantaisiste que ça a ébloui tous les orgasmes qui ont suivi.

On sent que les plus jeunes sont désarçonnés par une conversation qui glisse bien loin du débat sur la politique de l'OTAN en Syrie ou l'islamophobie. Certains s'éloignent, une jeune femme intervient :
- Le phallocratisme, c'est aussi ce modèle d'hyper-virilité qu'on exige des mecs.

Les discours flambent à nouveau : féminisme/non mixité/ priorité des luttes/ femmes voilées.

Pourquoi, mais pourquoi, se demande Mireille, est-il si difficile de parler de soi pour comprendre le monde, comme le fait si bien Emilienne ? Et pourquoi certaines expériences si ordinaires à l'humaine condition doivent-elles restées non dites ?

*Conte pour enfants (4)*
*Il était une fois une famille de 4 enfants.*
*Le patriarche a édicté dès leur naissance une vérité que tous doivent accepter comme telle : je traite également mes 4 enfants. Dire le contraire ou même voir le contraire entrainerait un cataclysme familial abominable. C'est devenu une règle incontournable : ne pas dire, ne pas voir.*
*Très aimablement et même affectueusement le patriarche, aidé de son épouse, accumule les preuves que la vérité est la vérité. La mère trouve de jolis bols ? Elle en achète 5, un pour elle, un pour chacun de ses 4 enfants. Et ainsi on peut voir dans les 5 maisons le même plat décoré, le même bol chinois, le même coussin de siège. Comme c'est mignon…*
*Et tendrement il l'appelle ma femme préférée.*
*La vérité reste vérité tout au long des années sans qu'aucun enfant ne crie "le roi est nu"… Tout le monde voit et admire les magnifiques habits d'équité du patriarche, portant haut et fier les couleurs de sa Dame, la mère de dieu. Même si les 2 hors-caste de la famille, les deux plus jeunes, la fille et le benjamin, se sentent parfois gênés aux entournures de l'habit de paria imposé à leur naissance.*
*Mais voyez comme c'est touchant que celui qui n'a pas été désiré soit pourtant si aimé et gâté ! Par contre jamais, jamais ne sera avoué l'amour excessif pour l'aîné, le ressuscité : car il était mort-né avant que les prières du père à la vierge ne lui donnent la vie, une vie d'excellence en tout. On n'y peut rien si ce*

*bébé, petit génie fils de Géni, est l'incarnation des ambitions parentales…*
*Ils grandissent.*
*Les deux aubains, en affirmant des choix de vie complètement dissidents dans le clan, endossent un habit relooké, coloré et retaillé à leurs mesures. Et ma foi ils découvrent qu'on y est bien, qu'on s'y épanouit et qu'on y a un grand plaisir.*
*La fille développe des idées politiques d'égalité, de lutte aux côtés de tous les opprimés et déshérités de la Terre. Et le principe fondateur de sa vie sera "je vois ce que je vois, je sais ce que je sais". Elle en prendra plein la gueule en éclairant l'intervention militaire en Iraq ou la condition des Palestiniens, en dénonçant la casse de la psychiatrie ou l'aspect destructeur du pouvoir hiérarchique. Encore et toujours, quand une lampe éclaire un tas de fumier, on dit que c'est la lampe qui pue. Hélas, hélas, elle restera très longtemps sans allumer la lampe au sein de la famille.*
*De son côté le fils aîné, dit fils héritier, développe des idées politiques sur le mérite et les prérogatives des classes dominantes et en particulier cette étonnante notion de racisme anti-blanc : c'est du racisme de s'attaquer aux privilèges des "blancs" puisque leur patrimoine génétique (ou culturel ?) leur y donne droit. L'héritier est droit dans ses bottes (même si peut-être elles lui donnent des ampoules) d'homme qui a réussi. Certes, il n'est pas toujours facile de porter sur ses épaules les ambitions familiales.*

*Quant au fils cadet, ou fils héritier n°2, il opposera à tout et tous une affection et une écoute de l'autre appelées fraternité.
La vérité reste donc la vérité jusqu'au jour où les filles du fils héritier soulignent en riant d'aise que leur père est le chouchou.
Bon.
Il faut s'y faire.
On a enfin le droit de voir ce qu'on voit. Mais toujours pas de le dire, encore moins de le remettre en question.
Les années passent, les enfants sont devenus des grands-parents.
Mais même grands-parents, on reste l'enfant de ses parents.
Une vulgaire histoire d'héritage fera éclater le miroir aux alouettes. Ah, l'héritage ! Révélateur des plus fines entourloupes familiales. Oh, il n'est pas besoin de grosses sommes. La bague de l'arrière-grand-mère suffira, ou un simple buffet en noyer, pourvu qu'il soit bien chargé, linge sale à laver en famille. Les déshérités apparaitront alors comme intéressés et jaloux. Sauf si quelqu'un allume la lampe. Car cette fois les deux parias refusent d'endosser l'habit de bâtards reçu par héritage, imposé, et disent à haute voix qu'il y a iniquité.
Et la fille ajoute : j'en souffre.
Catastrophe !
Le patriarche entre dans une violente colère.
Le mot est lâché : jalousie
Or il se trouve que dans le pays où se passe cette histoire il n'existe qu'un mot, jalousie, pour dire l'envie maladive de tout ce que*

*possède l'autre et les inégalités réellement subies. Pourtant la jalousie c'est aussi réclamer sa place à part entière. Et ils la réclament, ma foi !*
*Dans cet éclairage des lézardes généalogiques, la fille et le benjamin se lancent passionnément dans l'étude de cet arbre tendre et cruel. Comme ils l'ont toujours fait, ils marchent main dans la main.*
*Ils furent heureux et n'eurent pas d'enfant.*

Mireille se passionnera, une fois la douleur atténuée, de cette recherche d'un fantôme voyageant de génération en génération, zombie volage, têtu, trompeur, arbitraire, autoritaire. Et impuissant. Il se trompe de personne ou de génération, désigne comme avorton le désiré et comme bâtard le légitime, confond Euphie et Mireille, Basile et Aymeric, Yves et Tyvan. Mais il transporte dans ses voiles, déguisé, le meilleur du passé. Mireille aurait-elle été, sans lui et ses erreurs hallucinées et fantasques, l'âmie-sœur d'Aymeric ? Si sa mère n'avait pas refusé l'avortement si raisonnable, aurait-elle eu cette rage de vivre envers et contre tous ? Si elle avait été héritière, se serait-elle placée avec cette ferveur du côté des déshérités, des anti-blancs ? Car puisque être blanc, et c'est évident, n'est pas une couleur de peau, c'est donc un concept et ce concept affirme la suprématie d'un groupe humain. Aurait-elle aimé Chemseddine, cet homme déroutant lui ouvrant d'autres routes, cet inattendu l'attendant au seuil d'elle-même, là où elle s'était perdue, aurait-elle su accueillir cette surprise de la vie, cet amour à la marge de toutes les marges lui entrouvrant, malgré quelques doigts coincés parfois, des portes inimaginées ? Aurait-elle su transgresser les interdits tout en jonglant avec les compromissions et les aliénations au modèle imposé ? Aurait-elle eu cette audace de prendre à pleine vie, à pleine dents tous les plaisirs ? L'audace d'aimer… Oui, aimer est révolutionnaire !

Elle était assignée dès sa naissance, en tant que fille, rescapée d'un projet d'avortement, à être la bonne, si bonne fille consacrée à ses vieux parents. Comme dans les sociétés patriarcales. La version moderne de la vieille fille consacrée à la famille procréatrice. Elle est Céline aux beaux yeux *"Est-ce pour ne pas nous abandonner que tu es restée sans mari"* elle est la vieille fille dans le jeu éponyme si drôle.
Sainte Mireille de mai 68.
S'est-elle donc soumise à l'assignation ? Elle n'a pas eu d'enfants parce qu'elle a accepté l'injonction de ne pas en avoir ? Sauf qu'elle aime, un homme partage sa vie et la sauve de la folie en la sauvant en partie de la sujétion au passé. Elle n'est pas vieille fille, seulement sans enfant. Et cette fille de ses parents qu'elle s'est inventée, si elle colle parfois à l'injonction, est unique pourtant, elle est sienne, elle l'a construite et elle lui convient, elle est présente, oui, mais pas consacrée, elle est aimante, oui, mais pas dévouée. La différence entre Céline aux beaux yeux et elle c'est le plaisir, le plaisir dont elle est l'héritière, celui que lui ont enseigné Jeanne et Mathurin. Ce plaisir d'un bavardage, d'un voyage, d'un câlin. Et même, même le plaisir de la découverte de cette phase de la vie qu'est la vieillesse.

Quand elle parle à Euphie et Géni de fêter leur soixante-dix ans de mariage, dans un premier temps ils ne réagissent pas. Un matin, Euphie lui dit que non, ce n'est pas possible, il faut abandonner le projet. Il faudra plusieurs jours à Mireille pour comprendre que sa mère pensait avoir à organiser la fête elle-même et que cela l'angoissait : où commander le vin, combien de gâteaux faut-il ? Elle prendra le temps de la rassurer, de lui expliquer qu'elle n'aura à s'occuper de rien. Alors Euphie se redressera, ira chercher un vêtement dans son placard : "Tu penses que je pourrais mettre cette veste ?" Et la voilà au restaurant, resplendissante dans sa petite veste et ses chaussures montantes aux brillants festifs, entourée de ses quatre enfants, de ses petits-enfants, de ses arrière-petits-enfants. Droite. Royale. Belle encore et toujours. A ses côtés , Géni retrouve pour une journée sa galanterie pour son épouse à qui il récite un poème composé pour elle, il retrouve son aisance sociale, fait un petit discours, accueille chaque ami, bavarde avec ses conscrits, affirme fièrement son âge, quatre-vingt-treize ans. Il faut dire qu'ils n'en reviennent pas tous les deux d'avoir atteint cet âge, d'être toujours ensemble après tant d'années. Et Mireille se régale de pouvoir continuer à profiter d'eux, de les voir si actifs, si vivants. Libres encore à quelques années de l'insupportable enfermement sanitaire qui s'annonce. Leur soif de vie à tous les deux est une joie. Et un problème. Quand Géni va sur sa *pétrolette* acheter tout ce qu'il faut pour faire un couscous, invite son beau-frère, affirme qu'il va très bien se débrouiller pour le cuisiner, comment lui faire comprendre qu'il n'y arrivera pas, qu'il mettra sa femme en danger car elle voudra l'aider, qu'ils se disputeront, qu'avec ses yeux si faibles, si faibles elle risque de se blesser ? Comment l'arrêter ? Promettre un grand couscous en famille, plus tard, congeler la viande, se fâcher, se calmer, expliquer l'angoisse d'Euphie. Convaincre sans blesser, négocier pour ne pas le mettre face à son impuissance. Ouf ! C'est gagné... pour cette fois.

Quant à sa *pétrolette*, ce fut tout un poème ! Lorsqu'il a accepté leur installation dans un foyer résidence, à neuf cents mètres de leur maison, il avait son idée : acheter un fauteuil roulant électrique pour rentrer chez lui tous les jours et faire son jardin. Mais voilà que le monde entier se met contre lui, il est trop imprudent, il l'a toujours été, il va avoir un accident, il va se tuer sur la route. Ce qui est la preuve, soit dit en passant, qu'il est encore vivant ! Roland et sa femme seront les premiers avec Mireille à le soutenir. Il faudra convaincre la famille et surtout la direction du foyer résidence. A croire que malgré les grands discours, on préfère les personnes âgées sagement affalées dans un coin. Il fallut aussi convaincre Euphie, affolée de le voir partir sur *son engin, son tracteur, son taxi, son truc, sa mobylette*. Elle cherche ses mots, Euphie, elle qui parlait un français si châtié, elle cherche ses mots mais ses erreurs de langage sont un florilège d'expressions qui marquent son humeur du moment. Gênée par sa mauvaise vue, elle s'est courbée vers le sol, s'appliquant à ne pas trébucher. Ce qui ne l'empêche pas de faire sa promenade quotidienne, de demander à aller vérifier la crue du Rhône, d'aller rendre visite à plus âgé à la maison de retraite (plus âgés ? les centenaires ! Mais elle ignorera superbement le fils d'Ambroise qui y réside aussi). Super, direz-vous ! Oui. Mais regardez-là en train de ranger. Vous posez un papier sur la table, vous vous retournez, hop ! Il est rangé ! Où ? Elle ne sait pas, elle n'a pas bien vu. Elle fait enfiler une veste à son mari parce que, c'est sûr, il va avoir froid, mais il n'a pas envie, ils tanguent dangereusement, accrochés l'un à l'autre, aïe, ils vont tomber ! Elle se lève à deux heures du matin, déjeune, à dix heures elle

pense qu'il est quinze heures, elle dit à sa fille que son mari a dormi toute la journée.
- Vous aussi, dit-elle, vous avez eu une coupure de... de soleil ?
- Mais maman, ça s'appelle la nuit.
- Mais non, qu'est-ce que tu racontes, c'était une coupure d'atmosphère, tu me taquines.

Mireille grâce à elle redécouvre le temps, les minutes qui s'écoulent et se prolongent, s'épaississent. S'irrite parfois quand leur programme ne s'accommode pas de ce rythme. Elle l'écoute parler avec sérénité de sa mort qui se rapproche et se régaler des minutes qui lui sont encore données. Si la vie est un festin, elle en savoure le dessert !

Dix ans auparavant Euphie a fait un AVC et pendant trois jours s'est absentée du monde. Mireille s'est cramponnée à elle, la retenant dans la vie, accrochée à elle comme à une planche de salut... à sauver ! ...dans un tremblement de mère qui la laissait naufragée. Pas question de la laisser partir, elles n'avaient pas encore vécu tout ce qu'elles avaient à vivre ensemble ! C'est ce que Mamie Jeanne lui avait murmuré au cœur, ce qu'elle n'avait pas pu entendre jadis. Et peu à peu dans le pauvre corps échoué, poupée de chiffon écrasée de silence et de fatigue, s'est mis à briller une lueur palpitante, elle a vu son reflet réapparaitre dans les yeux de sa mère, et des mots ont émergé des limbes et c'étaient des mots de sollicitude maternelle, *Habille-toi, ne rentre pas trop tard, as-tu mangé ?* Et voilà qu'Euphie oubliait tous ces critères sociaux qui avait si longtemps troublé le regard qu'elle portait sur sa fille. Mireille, qui, à 2 ans, était *papillon qui s'envole,* le redevient dans ses yeux fatigués qui n'aperçoivent que le mouvement et la couleur d'une robe virevoltant autour d'elle pour lui apporter sa gaieté, sa vie. Oui, Euphie était sauvée ! Il a fallu alors qu'elles se détachent peu à peu l'une de l'autre, qu'elles quittent ce corps à corps de survie, cette fusion salvatrice. Mireille s'est tournée vers Chemseddine et tout ce qui faisait sa vie et Euphie vers sa grande vieillesse. Et elles la vivent intensément, ensemble. Euphie laisse venir à elle les souvenirs, des poèmes appris dans son enfance *"Encore au lit mademoiselle, n'entendez-vous pas les oiseaux chanter, il faut vous lever ma belle"* ou *"Chère vieille maison que ton âge décore"*. Mais le mystère de sa naissance, le laissera-t-elle surgir des lacunes du passé ? Non, jamais, Mireille seule entendra les silences. Et elle se chargera du secret, tout étonnée que les amours de Jeanne qui ont tant fait souffrir sa mère soient pour elle une invite à la liberté. Comme s'il leur fallait sauter une génération pour retrouver leur sens vrai, affranchi des tabous. Et elle découvrira à son tour un des délices de l'âge : transmettre.

Et verra la relève assurée avec de tout jeunes Maël, Lou, Ella, militant à ses côtés.

Anarchistes !

L'expérience de la vieillesse est nécessaire à tout être humain, qu'elle soit livrée dans l'échange ou qu'elle soit vécue directement. Savoir que l'on peut se définir autrement que par le faire, autrement que par ce qu'on produit ou ce qu'on possède, qu'on peut arrêter de courir, se mettre au présent, faire le point, vivre, est nécessaire à chacun de nous.

Mireille reçoit ce dernier héritage.

de Chantal Mirail

Une femmes,
nouvelles au féminin pluriel.
Éditions Le A Martin éditions, novembre 2000

Des figues contre un mur de barbarie,
roman témoignage en Palestine.
Éditions Ancre et Encre, octobre 2004

Lapis lazuli, un hiéroglyphe à double lecture
Éditions Ancre et Encre, mai 2003

Les légendes du chat.
Éditions Ancre et Encre, avril 2004

La galère pour des cacahuètes,
po*li*tar aux Minguettes.
BoD éditions, mars 2020

Contes de lumière sur le continent noir.
BoD éditions, mai 2020

De corail et d'edelweiss,
poèmes.
BoD éditions, 2021